Josef Schley

ZentralStadion

AF215050

Die `Tennisplätze am Ku´damm` sind seit einer Saison unter neuem Namen wieder eröffnet, als einer der beiden Inhaber ganz in der Nähe der Courts umgebracht wird.

Kriminalhauptkommissar Hans Stern vom LKA Berlin und das Team der Ersten Mordkommission übernehmen den Fall. Die Ermittlungen gestalten sich zunächst schwierig. Tatzeugen scheint es nicht zu geben, die Suche nach der Tatwaffe bleibt erfolglos.

Ist das Motiv für das Verbrechen im engeren Umfeld des **ZentralStadions** zu finden oder doch im Privatleben des Opfers?

Die Antwort auf die Frage weiß vielleicht der Obdachlose, der sich häufig in der Nähe des Tatortes aufgehalten hat. Die fieberhafte Suche beginnt.

Erklärung

Josef Schley

ZentralStadion

Kriminalroman

1.Auflage 2017
Copyright © Autor Josef Schley, Berlin, 2017
Coverfoto © Franziska Kühn
Umschlaggestaltung: FMK/ WJG Berlin/ Leipzig
Herstellung und Verlag:
BoD - Books on Demand, Norderstedt
ISBN 9783744887922

Für Elke

Der Autor, Pseudonym **Josef Schley**, wurde 1952 in Neuwied am Rhein geboren. Seit 1978 lebt er, nur unterbrochen von Einsätzen als Tennistrainer und Skilehrer im europäischen Ausland, in Berlin. Bis 2013 arbeitete er hauptberuflich als Sportlehrer. Seit 2011 widmet er sich als Autor dem Schreiben von Kriminalromanen.
Er hat eine Tochter.

Der vorliegende Roman **ZentralStadion** entstand in den Jahren 2016/2017.

Ebenfalls im *Verlag BoD, Norderstedt,* erschienen:

Josef Schley   **SKIFAHRT**
Josef Schley   **ROCKFEST**

Weitere Informationen zum Autor unter:

Facebook   **Josef Schley, Autor**

1 Das gleichmäßige Rollen des Laufbandes war das einzige Geräusch, das in der großen Trainingshalle zu hören war, begleitet von dem rhythmischen Stakkato seiner Schritte. Außer ihm trainierte niemand mehr an den zahlreichen Geräten. In einem Teil des Raumes war bereits die Beleuchtung ausgeschaltet. Ungewöhnlich, dachte Bernd Schöne und spürte, dass ihm die Atmosphäre nicht gefiel. Das Fitness-Studio warb damit, vierundzwanzig Stunden geöffnet zu haben. Doch davon machte offensichtlich kaum jemand Gebrauch. Beim Blick durch die breite, gläserne Fensterfront hinaus auf die Straße stellte er fest, dass auch der Ku`damm heute Abend nahezu verlassen dalag. Nur vereinzelt fuhren hin und wieder ein paar Autos in Richtung Adenauer Platz oder stadtauswärts. Wurde heute ein Fußballspiel im Fernsehen übertragen? Schöne war es egal. Er interessierte sich nicht mehr für Champions-Ligue oder Europa-Ligue. Ihn nervte das grenzenlose Profitstreben aller Beteiligten, das zunehmend im Vordergrund stand. Noch vor dem Fußball. So kam es ihm jedenfalls vor.

Seine Tenniskumpels zogen ihn zwar deshalb immer wieder mal auf. Aber das tangierte ihn nicht besonders. Im Gegensatz zu ihnen schaute er sich jedoch hin und wieder mal ein Berlin-Liga-Spiel des 1. FC Wilmersdorf an oder ging zum BSC in die Hubertusallee.

Schöne hörte, wie hinter ihm eine Tür ins Schloss fiel. Eine Reinigungskraft betrat grußlos den Raum und begann schweigend, den Müll aus den Abfalleimern in einen großen blauen Sack umzufüllen. Die Mitarbeiter rechneten wohl auch nicht damit, dass heute noch viele Kunden zum Training erscheinen würden. Vielleicht lag es auch an dem ungemütlichen Wetter, das schon den ganzen Tag in Berlin herrschte. Viele Leute zogen es vor, den Abend zu Hause zu verbringen.

Ungemütlich für ihn war auch die heutige Diskussion gewesen. Natürlich hätte er damit rechnen müssen. Hartmut wollte die neue Traglufthalle unbedingt. Er selbst hatte sich aus gutem Grund dagegen ausgesprochen. Dass ihre Auseinandersetzung so aggressiv geführt werden würde und in einem heftigen, wütenden Streit enden würde, hatte er nicht vorausgesehen. Ihm graute es schon vor dem morgigen Tag.

Er lenkte seine Gedanken wieder in die Gegenwart. Schließlich war er am Abend extra noch hierher ins Studio gefahren, um sich von der Aufregung abzulenken. Obwohl es schon spät gewesen war. Er schaute auf das Display seines Trainingsgerätes. Noch drei Minuten, dann war die Dreiviertelstunde um. Er würde sein Lauftempo beibehalten. Heute hatte er keine Lust, seinen Pulsschlag durch einen ausgedehnten Spurt am Schluss noch einmal in die Höhe zu treiben. Der Tag war anstrengend genug gewesen. Und der morgige würde ebenfalls sehr schwierig werden.

*

Der Wagen parkte in der kleinen Seitenstraße unweit vom Ku`damm. Hinter einem russischen SUV war er nahezu vollständig vor Blicken geschützt. Bei der Dunkelheit und dem Vorhang aus dichtem Nieselregen war seine Farbe kaum auszumachen. Auch die Kennzeichen des Wagens waren nicht zu erkennen.

Im Inneren des Fahrzeugs saß jemand. Die Person strich nervös über das Display eines Smartphones. Immer wieder schwenkte ihr Blick zu dem dunkelblauen BMW in einer Parkbucht ein Stück weiter vorne. Die Zeitansage im Radio, das ganz leise lief, vermeldete dreiundzwanzig Uhr und sechs Minuten. Die Person griff nach einer Zigarettenschachtel auf dem Beifahrersitz, nahm eine Zigarette heraus und führte sie zum Mund. Im Schutz der hohlen Hand ließ sie den Zigarettenanzünder kurz darauf folgen. Gleichzeitig war das Geräusch der Seitenscheibe zu hören, die ein Stück nach unten glitt und einen Spalt zum Abziehen des Rauches freigab. Nach einem tiefen Zug an der Zigarette suchte sich der erste Rauchfaden den Weg ins Freie. Das unterdrückte Husten war außerhalb des Wagens nicht zu hören. Ein Blick zur Uhr verriet, dreiundzwanzig Uhr und acht.

*

Bernd Schöne öffnete die gläserne Ausgangstür zum Lehniner Platz und stieß gleichzeitig einen leisen Fluch aus. Auch eine halbe Stunde, nachdem er sein abendliches Training mit ein paar eher lustlos ausgeführten Stretchingübungen beendet hatte, hatte es immer noch nicht aufgehört zu regnen. Außerdem wehte ein kühler Wind. Im Schutz des schmalen Vordachs über dem Eingangsbereich stellte er seine Sporttasche ab, griff in die Seitentasche seines Anoraks und fischte eine Schachtel Marlboro und ein Einweg-Feuerzeug heraus. Gewöhnlich rauchte er die Zigarette nach dem Training auf dem Weg zu seinem Wagen. Er mochte die besonders intensive Wirkung der ersten drei, vier Züge. Heute würde er einfach hier stehen bleiben und rauchen. Sein Auto würde er jedenfalls nicht verpesten.

Kurz darauf warf er die kaum zur Hälfte gerauchte Zigarette verärgert auf den Boden. Der böige Wind hatte sie nass werden lassen. Außerdem war ihm kalt geworden. Er schulterte seine Tasche, zog den Reißverschluss seines Anoraks bis zum Kinn hoch und begann zu laufen. Zum Glück hatte er es nicht weit bis zu seinem Auto. Kaum in die Albrecht-Achilles-Straße eingebogen, betätigte er bereits die Funk-Fernbedienung. Eilig verstaute er die Sporttasche im Kofferraum, dann saß er im Innern seines Wagens. – Geschafft!

Für einen Moment lehnte er sich zurück und schloss die Augen. Ein gedämpftes Klopfen an die Seitenscheibe ließ ihn zusammenzucken. Bernd Schöne riss die Augen auf und fuhr herum. Mit klopfendem Herzen drehte er den Zündschlüssel und betätigte den Fensterheber. »Du?«, sagte er. Es ärgerte ihn, dass seine Stimme belegt war.

*

2 Die Sportanlage befand sich mitten in einer kleinen Wohnsiedlung, nur einen Steinwurf von Ku`damm und Schaubühne entfernt. Eingerahmt von einer Reihe alter, ehrwürdiger Pappeln und einem neuen, grün gefärbten Zaun wirkte sie wie eine kleine Oase inmitten der hektischen Großstadt.

Pawel Greskowiak schob sein Fahrrad auf das massive Eingangstor zu. Sein Blick schweifte über das neu gestaltete Gelände.

Die Arbeiten waren in den letzten fünf Tagen erkennbar fortgeschritten. Die rote Asche auf den vier Tennisplätzen im vorderen Teil der Anlage war frisch aufgetragen und intensiv gewalzt worden. Das Weiß der neu verlegten Linien bildete einen angenehmen Kontrast zum dunklen Rot des Ziegelmehls und der flaschengrünen Farbe der frisch gestrichenen Netzpfosten. Komplettiert würde das Bild, wenn sie heute die schwarzen Netze angebracht hätten. Herr Fender, einer seiner beiden Chefs, hatte eine gute Idee gehabt. Er wollte die Plätze nicht einfach nummerieren wie früher. Platz eins, zwei, drei und so weiter klingt viel zu langweilig, hatte er gesagt. Stattdessen hatten sie den Tennisplätzen Namen von berühmten Spielern und Spielerinnen gegeben. `Platz Steffi Graf`, `Platz Boris Becker`, `Platz Martina Hingis`. Der zentrale Platz direkt vor der Terrasse des Clubhauses war nach dem größten Tennisspieler aller Zeiten benannt. `Platz Roger Federer`.

Im hinteren Teil des ZentralStadions, wie seine beiden Chefs ihre Sportanlage genannt hatten, befanden sich zwei Beach-Felder, auf denen sowohl Beach-Volleyball als auch Beach-Tennis gespielt werden konnte. Daran angrenzend waren erst in diesem Jahr die neuen Minigolfbahnen aufgebaut worden, die die Besucherzahl ihres Sportparks beträchtlich erhöhen sollte. Pawel Greskowiak war ein bisschen stolz. Er selbst hatte die Idee dazu gehabt und den beiden Betreibern den Vorschlag gemacht. Die zwei Tennisplätze, die sich vorher auf der Fläche befanden, waren kaum gebucht worden. Der Abstand ihrer Grundlinien zum Zaun war zu gering.

Greskowiak hoffte, dass sich die zusätzliche Investition rentieren würde und die Kunden auch den ein oder anderen Euro im Club-Restaurant lassen würden. Das war auch dringend nötig. Seine beiden Chefs hatten das Gelände erst vor zwei Jahren von einer großen Investmentfirma gepachtet und er schätzte, dass sie mindestens zweihunderttausend Euro investiert hatten, bevor sie das ZentralStadion im letzten

Jahr eröffnet hatten. Pawel gefiel die Anlage. Das Einzige, was den optischen Eindruck etwas störte, war der alte Geräteschuppen unmittelbar neben dem Eingang. Er nutzte ihn nicht, aber seine Chefs hatten ihn immer noch nicht abreißen lassen.

Der Platzwart griff in die Seitentasche seiner alten Armeehose und zog den schweren Schlüsselbund heraus. Um Torpfosten und Eingangstür war eine Sicherheitskette aus Stahl gewickelt. Einen seiner zahlreichen Schlüssel steckte er in das massive Vorhängeschloss, das die Kette zusammenhielt. Einen zweiten Schlüssel steckte er in das Torschloss und drehte ihn zweimal um. Die Sicherheitsmaßnahmen waren notwendig geworden, seit im angrenzenden Hochmeisterpark immer häufiger Obdachlose campierten. Seitdem war bereits zweimal probiert worden, ins Clubhaus einzubrechen. Neuerdings hatten sie im Innern des Hauses auch eine Überwachungskamera installiert.

Pawel Greskowiak schob sein Rad auf das Gelände, schloss das Tor sorgfältig und ging Richtung Clubhaus. Unter seinen Schuhen knirschte der Kies, mit dem der kleine gemütliche Biergarten ausgelegt war. Gerade als er sein Fahrrad neben dem Gebäude abgestellt hatte, klingelte sein Telefon.

»Chef?«, meldete er sich. Er hatte auf dem Display seines alten Nokia-Handys die Nummer eines der Betreiber erkannt.

»Pawel? Fender hier. Morgen. Ist Bernd schon da?«

»Nein, hier ist noch niemand. Ich hab gerade erst aufgeschlossen. Ich bin der Erste auf der Anlage. – Wieso fragen Sie?«

»Ich erreiche ihn zu Hause nicht. Und an sein Handy geht er auch nicht. – Mist!«

»Und Sie? Sie wollten doch auch um acht Uhr hier sein.«

»Deshalb ruf ich ja an. Ich muss noch was erledigen. Ich brauch noch `ne Stunde und wollte mit Bernd absprechen, wie heute alles organisiert werden muss. – Okay, ich beeil mich. Fang du schon mal mit den Netzen an. Ich komme so schnell wie möglich.«

Er legte auf.

Wütend packte auch Pawel sein Handy weg. Er runzelte die Stirn. Es blieben nur noch wenige Tage bis zur Eröffnung und es gab noch so viel zu erledigen. Aber seine beiden Chefs hatten Wichtigeres vor und die Arbeit blieb wieder an ihm hängen. Wie ferngesteuert verschwand seine Hand in der Innentasche seiner Jacke und brachte einen Flachmann aus mattiertem Edelstahl zum Vorschein. Er drehte den Verschluss auf und nahm einen kleinen Schluck daraus. Wenigstens rauche ich nicht mehr, dachte er, als er die flache Flasche wieder in der Innentasche verstaute. Mit dem Trinken würde er auch bald aufhören.

Ein Blick auf die Uhr trieb ihn zur Eile. Es war fast dreiviertel Neun und noch keiner hatte einen Handschlag getan.

*

3   Kriminalhauptkommissar Hans Stern öffnete die Tür zum Besprechungsraum der Mordkommission im ersten Stock des LKA-Gebäudes in der Keithstraße und stellte den Becher mit Kaffee und den runden Pappteller mit zwei belegten Käsebrötchen auf dem Tisch ab. Marieluise Gold, Michael Berg und Ingo Watzke, die unmittelbar hinter ihm den Raum betreten hatten, taten es ihm gleich. Beinahe synchron zogen sie die Stühle unter dem großen Tisch hervor und nahmen Platz.

»Wir warten noch auf Grüber«, sagte Stern, bevor er in sein Brötchen biss. Seine Kollegen schienen dankbar zu sein, noch ein wenig Zeit zu haben, bis die Pflicht sie wieder vollends in Anspruch nehmen würde.

Zehn Minuten später hatte Grüber sich zu ihnen gesetzt. Stern schlug eine grüne Mappe mit seinen Unterlagen auf.

»Kollegen, seid ihr soweit?«

Alle wendeten den Blick ihrem Chef zu. Der Leiter der Ersten Mordkommission konzentrierte sich kurz und begann gewohnt sachlich.

»Heute Morgen wurde in der Albrecht-Achilles-Straße in Wilmersdorf der circa fünfundvierzig Jahre alte Bernd Schöne in seinem Auto erschossen aufgefunden. Sein Tod ist mit an Sicherheit grenzender Wahrscheinlichkeit die Folge zweier massiver Schussverletzungen im Kopfbereich. Die Schüsse wurden aus nächster Nähe abgegeben und trafen Schöne an der linken Schläfe, knapp oberhalb des Ohrs, sowie etwas versetzt Richtung Hinterkopf. Wir können von einem Tötungsdelikt ausgehen. Weder im Wagen des Opfers noch in der näheren Umgebung des Wagens wurde die Tatwaffe gefunden. Wir können auch davon ausgehen, dass der Fundort der Tatort ist. In unmittelbarer Nähe der Fahrerseite des Autos haben die Beamten der Spurensicherung zwei Patronenhülsen gefunden.«

Berg meldete sich per Handzeichen. Stern hielt inne und nickte ihm zu.

»Wurden die Hände des Opfers schon auf Schmauchspuren untersucht?«

»Wozu, wenn am Tatort keine Waffe gefunden wurde?«, entgegnete Watzke sofort.

»Damit wir Selbstmord von vornherein mit Sicherheit ausschließen können!«

»Maßgeblich wäre dann doch die linke Hand«, setzte Watzke nach. »Mit rechts kann man sich nicht in die linke Schläfe schießen. Außerdem wurden zwei Schüsse abgegeben, haben wir gerade gehört.«

»Wir müssen also auch herausfinden, ob – wie heißt der Tote nochmal?«

»Bernd Schöne.«

»Ob Bernd Schöne Rechts- oder Linkshänder war«, führte Berg seinen Satz ruhig zu Ende. Dass er sauer war über die Belehrung durch seinen Kollegen, war dennoch zu erkennen.

Hauptkommissar Stern nickte zustimmend, obwohl er der gleichen Meinung war wie Kollege Watzke.

»Wurden die Projektile schon gefunden?«, wandte sich Kriminalkommissarin Gold an Grüber.

»Nein. Die Spurensicherung dauert noch an. Und die Kollegen der Rechtsmedizin sind auch noch lange nicht fertig. Wir müssen ihre Berichte abwarten.«

Der Leiter der Mordkommission hatte den Eindruck, mit seinen Ausführungen fortfahren zu können, und klopfte mit der Hand dreimal kurz auf den Tisch. Sofort kehrte wieder Ruhe ein.

»Wir haben im Kofferraum des Wagens eine Sporttasche mit benutzter Trainingskleidung und feuchten Handtüchern gefunden. In der Nähe des geparkten Fahrzeugs befindet sich das FITX-Fitnessstudio. Auf dem Ku`damm, direkt vor der Schaubühne, am Lehniner Platz. Vielleicht hat Bernd Schöne dort trainiert, bevor er getötet wurde. Kollegin Gold und Sie, Kollege Berg, werden im Anschluss an unsere Besprechung zu dem Studio fahren und die Mitarbeiter befragen. Wir müssen wissen, ob sich Schöne und der Täter möglicherweise dort getroffen haben oder sich begegnet sein könnten.«

Stern machte eine kurze Pause und führte automatisch seinen Kaffeebecher zum Mund. Nachdem er festgestellt hatte, dass der Becher leer war, sprach er weiter. »Was wir nicht gefunden haben, sind Portemonnaie oder Brieftasche des Opfers mit seinen Papieren sowie sein Handy.«

»Raubüberfall?«, fiel Watzke seinem Chef ins Wort.

»Wissen wir noch nicht!«

»Und wie konntet ihr ihn identifizieren?«, wollte Berg wissen.

»Wie der Zufall es will, kenne ich den Mann.«

Die Beamten machten große Augen.

»Ich hab früher öfter Tennis gespielt auf der Anlage in der Cicerostraße. – Die ist nicht weit entfernt vom Tatort.«

»Sie waren im Tennisclub?«, rutschte es Marieluise Gold heraus.

»Was soll das denn heißen?«

Die junge Kommissarin erschrak. Sie wusste nicht, ob die heftige Reaktion ihres Chefs gespielt oder echt war. Überwerfen wollte sie sich mit ihm auf keinen

Fall. Erleichtert registrierte sie, dass Stern in ruhigem Ton fortfuhr.

»Das war kein Tennisclub. Dort konnte jeder, der wollte, einen Platz mieten. Man musste nicht Mitglied werden.«

Außerdem hatte ihm damals gefallen, dass auf dieser Anlage keiner großen Wert legte auf elitäres Gehabe. Weder war weiße Tenniskleidung vorgeschrieben noch war es üblich, jedem der Anwesenden die Hand zu schütteln, wenn man ankam, oder gar, sich per Bussi Bussi zu begrüßen.

»Bernd Schöne gab damals dort gelegentlich Trainerstunden für Leute, die nicht in seinem Verein waren. Auch im Frühjahr, wenn sein Club die eigenen Plätze noch nicht eröffnet hatte, war er mit seinen Spielern da und war bekannt wie ein bunter Hund.«

»Heute scheint er einer der Betreiber der Anlage zu sein. In seinem Auto haben wir Flyer und ein paar Visitenkarten gefunden mit seinem Namen«, warf Grüber ein. »Die Anlage heißt jetzt ZentralStadion. Als Betreiber werden Hartmut Fender und Bernd Schöne genannt.«

»Ich hab gestaunt«, erklärte Stern. »Soweit ich weiß, wurden die Tennisplätze vor Jahren schon geschlossen. Es hieß damals, der Senat habe das Gelände an eine Investorengruppe verkauft und diese wollte den Pachtvertrag mit der Vorgängerin nicht mehr verlängern. – Und warum?«, fragte der Kriminalhauptkommissar in die Runde. Seine Kollegen blickten ihn verständnislos an.

»Richtig! Luxuswohnungen! Auf dem riesigen Filetgrundstück direkt in der City-West sollen Luxusvillen mit Luxuswohnungen entstehen. Was brauchen die Berliner denn dringender als Luxuswohnungen?«

»Offenbar hat sich dann aber jemand schwer verkalkuliert«, grinste Berg. »Wenn nach so langer Zeit immer noch nicht mit dem Bauen begonnen wurde.«

»Soweit ich weiß, steht das ganze Ensemble, inklusive der Schaubühne und der Mietshäuser, unter Denkmalschutz und eine Bürgerinitiative, die geklagt hat, hat die Bebauung bisher verhindert.«

»Und jetzt haben die Beiden die Tennisanlage wieder in Betrieb genommen. Schön für dich!« Grüber grinste seinen Chef an. »Dann kannst du ja bald wieder dort spielen.«

»Stimmt!«

Stern räusperte sich mehrmals, griff dankbar nach dem Becher mit Wasser, den ihm Marieluise Gold hinhielt, und wurde wieder sachlich. »Kommen wir zurück zum Fall. – Der Leichnam Bernd Schönes wurde von einer Anwohnerin entdeckt. Die Frau wohnt in der Dahlmannstraße und geht jeden Morgen mit ihrem Hund in die kleine Grünanlage am Hochmeisterplatz. Sie hat ausgesagt, dass sie den Mann schon auf ihrem Hinweg in seinem Wagen sitzen sah. Als sie dann mit ihrem Hund zurückkam und der Mann sich immer noch in seinem Auto befand, wunderte sie sich. Das Seitenfenster war ganz heruntergekurbelt, obwohl es inzwischen in Strömen regnete und ein böiger Wind den Regen in den Wagen wehte. Der Mann schien sich auch überhaupt nicht zu bewegen. Deshalb trat sie an das Auto heran und bemerkte, dass er blutverschmiert war und am Kopf offensichtlich schwer verletzt. Daraufhin hat sie sofort den Notarzt alarmiert, kurz darauf wurden wir informiert.«

»Das war ziemlich genau um sechs Uhr heute Morgen«, ergänzte Grüber, nachdem Stern seine Ausführungen scheinbar beendet hatte. »Getötet wurde der Mann aber nach der ersten Einschätzung des Rechtsmediziners etwa sechs bis sieben Stunden früher. Also zwischen dreiundzwanzig Uhr und Mitternacht.«

Zustimmend nickte Kriminalhauptkommissar Stern. Eine wichtige Information hatte sich der Leiter der Mordkommission jedoch noch aufgehoben für sein Team.

»Das Beste zum Schluss«, lenkte er die Aufmerksamkeit seiner Ermittlungsbeamten wieder auf sich. »Ich hab mich heute Morgen ein bisschen in der Umgebung des Tatortes umgeschaut und dabei eine Entdeckung gemacht, die unsere Ermittlungsarbeit vielleicht voranbringen könnte.« Er machte eine kleine Pause, um die Spannung noch ein wenig zu steigern.

»Genau gegenüber von dem Parkplatz, auf dem Bernd Schöne mit seinem Auto gestanden hat, befindet sich das Finanzamt Wilmersdorf. An dem Gebäude sind zwei Überwachungskameras angebracht. Eine über dem Eingangsbereich und eine zweite an der Außenfassade. Wenn wir Glück haben, finden wir auf den Aufnahmen des gestrigen Abends etwas, was uns weiterhelfen könnte. Ich hab uns bereits telefonisch dort anmelden lassen.«

In einem früheren Fall war ihm einmal eine für jeden deutlich sichtbar angebrachte Überwachungskamera entgangen. Ein Beamter der Spurensicherung hatte ihn auf das Gerät aufmerksam gemacht und er hatte sich sehr über seine eigene Nachlässigkeit geärgert. Seitdem war ihm das nicht wieder passiert. Auch heute Morgen hatte er ganz genau hingeschaut und dabei sein besonderes Augenmerk auf das langgezogene Gebäude des gegenüberliegenden Finanzamtes gelegt. Und er war fündig geworden. Grüber, der sich zu dem Zeitpunkt angeregt mit dem Rechtsmediziner Dr. Groß unterhielt, hatte er nichts von seiner Entdeckung erzählt. Diese Neuigkeit wollte er sich als Highlight zum Abschluss der heutigen Besprechung mit dem gesamten Team und als motivierenden Startschuss für den Beginn ihrer Ermittlungsarbeit aufheben.

»Ralph, wir beide werden nachher zusammen dorthin fahren. Anschließend gehe ich dann zu Fuß rüber zu den Tennisplätzen und schau mal nach, ob auf der Anlage jemand anzutreffen ist. Normalerweise müssten die jetzt mit der Vorbereitung der Plätze für die Saisoneröffnung beschäftigt sein.«

»Wieso rufst du nicht einfach an?«

»Ich setze gerne auf den Überraschungseffekt.«

Stern grinste, wurde aber sofort wieder ernst.

»Aber vorher müssen noch die Angehörigen informiert werden. Schöne hat einen Sohn, der müsste inzwischen etwa achtzehn Jahre alt sein. Er lebte früher mit seiner Mutter in Schöneberg. Die heißt genauso wie ein alter Freund von mir. Wahrscheinlich konnte ich mich deshalb noch an ihren Namen erinnern. Ruhmann. Karin Ruhmann heißt die Frau.«

Der Hauptkommissar blickte in seine Unterlagen. »Die Adresse ist Innsbrucker Straße sieben. Zum Mitschreiben: Zehn, acht, zwei, fünf Berlin. – Watzke, übernehmen Sie das?«

Der Kriminalkommissar nickte wortlos. Seinem Gesicht sah man an, dass er nicht begeistert war.

Ein paar Minuten später waren alle weiteren Arbeitsaufträge für den Rest des Tages an jedes einzelne Mitglied des Teams verteilt.

»Wir treffen uns wieder hier um achtzehn Uhr.«

Allen war klar, dass sie ihre privaten Termine für die nächsten Tage canceln mussten.

Stern schob seinen Stuhl zurück. »Viel Erfolg«, wünschte er seinen Kollegen, dann verließ er als erster den Besprechungsraum.

*

4　　Der Raum war stockdunkel. Die schwarzen Vorhänge ließen nicht den kleinsten Lichtschein hinein. Durch die geschlossenen Fenster drang keines der Geräusche von der Straße in sein Zimmer. Wie in einem Grab, dachte Nico Ruhmann, während er seine Augen öffnete. Oder wie im Gefängnis. Aber irgendetwas hatte ihn geweckt. Er hörte, wie seine Mutter ihr Schlüsselbund auf der Kommode im Flur ablegte. Es musste schon zehn sein. Um diese Zeit kam seine Mutter gewöhnlich von ihrer Nachtschicht zurück. Wenn sie bemerken würde, dass er noch im Bett lag und nicht zur Schule gegangen war, würde sie explodieren. In letzter Zeit war sie wieder sehr dünnhäutig. Im Krankenhaus fehlte es an Personal und die, die da waren, verausgabten sich so, dass sie reihenweise krank wurden. Nur seine Mutter hielt tapfer durch. Selbst schuld, dachte er und zog sich die Bettdecke über den Kopf. Seine Mutter war ins Bad gegangen. Vielleicht würde sie sich hinlegen, ohne vorher in sein Zimmer zu schauen.

»Du bist schon wieder nicht in der Schule?«, hörte er plötzlich seine Mutter schreien.

Karin Ruhmann stand im Zimmer ihres Sohnes und tastete nach dem Lichtschalter. Sie spürte eine unbändige Wut in sich aufsteigen.

»Ich quäle mich seit Wochen Tag für Tag zur Arbeit, um wenigsten ein bisschen Geld für uns zu verdienen, und mein Herr Sohn hält es nicht für nötig, zur Schule zu gehen! Liegt bis mittags im Bett! Ich mach das nicht mehr mit! Dann geh doch ab von der Schule! Such dir eine Arbeit! Du wirst in ein paar Monaten neunzehn!«

Die Mutter merkte, wie sie die Kontrolle verlor.

»Du Versager!«, schrie sie. »Du bist genauso ein Versager wie dein Vater. Der nimmt keinen vernünftigen Job an und du rührst auch keinen Finger! Weißt du, wann dein Vater zum letzten Mal einen Euro an Unterhalt gezahlt hat? Weißt du das? Wie willst du denn mal Geld verdienen? Und wann endlich!«

Sie fing an zu weinen. »Ich kann nicht mehr!«

Sie drehte sich um und verließ den Raum. Die Tür ließ sie offen.

Nico wusste, dass sie recht hatte. Er hatte die unbezahlten Rechnungen gesehen, die sich auf dem Küchenschrank stapelten. Vor zwei Tagen war ein Schreiben der Hausverwaltung gekommen. Den Brief hatte seine Mutter noch gar nicht geöffnet. Noch eine Mieterhöhung würde sie mit ihrem Krankenschwestern-Gehalt nicht mehr finanzieren können. Und eine andere bezahlbare Wohnung in der Umgebung zu finden, war unmöglich geworden, das wusste er. Selbst schuld, dachte er schon wieder. Hätte sie den Unterhalt von seinem Vater eingeklagt und sich nicht immer wieder von ihm hinhalten und vertrösten lassen, würde es ihnen besser gehen. »Es dauert nicht mehr lange, dann kommt der große Geldregen«, hatte er ihr zuletzt am Telefon versprochen. »Dann zahl ich dir alles, bis auf den letzten Cent. Ehrenwort!«

Zahle alles, bis auf den letzten Cent, wie oft hatten sie das schon gehört.

»Hmm«, entfuhr es Nico. Er warf die Bettdecke zurück und stand auf. Schlafen konnte er sowieso nicht mehr. Zum Glück hatte seine Mutter nicht bemerkt, dass er seine Straßenkleidung noch trug. Zur Schule gehen wäre heute einfach unmöglich gewesen.

*

Sie hatten die Route über die Lietzenburger Straße gewählt. Der Verkehr floss hier etwas zügiger als auf dem stark befahrenen Ku`damm mit seinen Bus- und den vielen Abbiegespuren. Jetzt standen sie jedoch in der Xantener Straße und kamen nur langsam weiter. Es herrschte Tempo dreißig. Außerdem war die Grünphase an der Kreuzung zur Brandenburgischen Straße sehr kurz.

»Glaubst du, der Tod Schönes könnte etwas mit seinem Job zu tun haben?«, fragte Stern.

Grüber sah ihn von der Seite an, ohne dabei den Verkehr vor sich aus den Augen zu verlieren. Während er den Wagen ein kleines Stück weiter nach vorne manövrierte, entgegnete er: »Wie kommst du darauf? Was sollte der Grund sein, einen von zwei Betreibern einer Tennisanlage zu erschießen?«

»Ich weiß es nicht. Ich denke aber, der wird sicher nebenbei noch Trainerstunden gegeben haben. Und früher war der kein Kind von Traurigkeit. Wenn es darum ging, eine seiner Tennisschülerinnen flachzulegen, hat der nichts ausgelassen. – Das ist allerdings schon mehr als zehn Jahre her.«

»Du denkst an Eifersucht?«

»Ja, zum Beispiel.«

Inzwischen waren sie an der Kreuzung angelangt. Als die Ampel wieder auf Grün schaltete, gab Grüber Gas und steuerte auf die Paulsborner zu.

»Oder es gab finanzielle Probleme. Vielleicht hat er sich bei irgendeinem aus der Halbwelt Geld geliehen. Die müssen ein Vermögen investiert haben, um die Anlage wieder auf Vordermann zu bringen. Ich bin vor ein paar Jahren mal mit dem Fahrrad dort vorbei gekommen, da wirkte das Gelände schon verwildert und das frühere Clubhaus völlig verrottet. Das einzige, was dort noch an Tennisplätze erinnerte, waren die Reste einiger ehemaliger Spielfeldlinien und ein paar einzelne zurückgelassene Netzpfosten, die auf dem Gelände vor sich hin rosteten.«

Grüber hatte über die Spekulationen seines Chefs nachgedacht.

»Du denkst, er konnte das Geld nicht wie vereinbart zurückzahlen? Aber in dem Fall wäre es doch bekloppt gewesen, ihn zu erschießen. Wie soll man denn jetzt an sein Geld kommen?«

Stern hatte keine Antwort.

»Soll ich hier parken?«, fragte Grüber und trat abrupt auf die Bremse. »Vor dem Finanzamt werden wir sicher keinen freien Parkplatz finden.«

Kurz darauf betraten sie das imposante und unter Denkmalschutz stehende Gebäude mit der Hausnummer 62–64. Grüber hatte recht gehabt. In der gesamten Straße war kein einziger Parkplatz frei gewesen. Die Stelle, auf der Schönes Wagen heute früh gestanden hatte, war noch abgesperrt. Das Fahrzeug hatten die Kollegen von der Kriminaltechnik aber bereits gesichert und zu ihrem Dezernats-Gelände am Tempelhofer Damm transportiert. Dort wurde die Arbeit von ihnen fortgesetzt.

»Das war früher ein Krankenhaus. Ein Freund von mir lag mal hier drin«, wusste Grüber. Während sie auf die großzügige, verglaste Portiersloge zugingen, griffen beide automatisch in ihre Jackentaschen und hielten der Dame mittleren Alters, die sie neugierig und zugleich kritisch musterte, unaufgefordert ihre Ausweise hin.

»Guten Tag, Kriminalpolizei. Wir müssen wissen, wer bei Ihnen für die Kontrolle der Überwachungskameras zuständig ist«, begann Grüber knapp. Er hatte keine Lust, sich von der angriffslustig dreinschauenden Empfangsdame beeindrucken zu lassen.

»Das macht unser Hausmeister, Herr Heckmann. Der hat sein Büro unten im Keller«, antwortete die Dame friedfertig.

Geht doch, dachte Grüber und grinste innerlich.

»Ich weiß aber nicht, ob der überhaupt jetzt hier ist. Der hat noch weitere Gebäude zu betreuen«, ergänzte sie.

»Aber der Mann hat doch sicher ein Handy«, bemerkte der Hauptkommissar. »Wären Sie so nett und würden ihn anrufen?«

*

Die junge Kriminalkommissarin schloss die Fotos des FitX-Studios auf dem Bildschirm ihres Rechners und war beeindruckt. Die Außenaufnahme des Gebäudes zeigte eine komplett verglaste Fassade der ganzen ersten Etage, in der das Studio untergebracht war. Sie bot den Kunden während des Trainings einen tollen Ausblick auf den Kurfürstendamm und den gegenüberliegenden Teil des Lehniner Platzes. Auch das Ausmaß der Trainingsflächen und die Geräteausstattung waren kaum zu überbieten. Du bist nicht auf der Suche nach einem Fitness-Studio, wies sie sich zurecht, griff nach dem Telefon und gab die Nummer des Studios ein.

»Kriminalkommissarin Gold, LKA Berlin«, sprach sie kurz darauf in den Hörer. »Wir ermitteln in einem Tötungsdelikt und müssen davon ausgehen, dass der Tote, kurz bevor er starb, in Ihrem Studio trainiert hat. Können Sie das überprüfen?«

»Überprüfen?«

»Ja. Ich gehe davon aus, dass Sie bestimmt kontrollieren, wer zum Training zu Ihnen kommt. Vielleicht wissen Sie auch, wie lange Ihre Kunden bleiben.«

Marieluise Gold hatte keine Ahnung, wie das ablief in einem Fitness-Studio, sie war keine Kundin. Aber irgendwie mussten die Betreiber doch den Überblick behalten.

»Dann müssten Sie mir erst mal den Namen geben«, hörte sie die junge Frau am anderen Ende der Leitung sagen.

»Das mache ich natürlich nicht am Telefon«, entgegnete die Kommissarin. »Ich hab aber noch eine zweite Frage. Ich muss die Mitarbeiterinnen und Mitarbeiter befragen, die gestern Abend gearbeitet haben, im Zeitraum zwischen einundzwanzig Uhr und Mitternacht. Wissen Sie, ob die schon wieder im Einsatz sind?«

»Nein, da müsste ich unseren Geschäftsführer fragen. Wir arbeiten hier im Schichtbetrieb. Zumindest die Festangestellten. Es gibt aber auch viele Teilzeitkräfte. Die arbeiten manchmal nur ein- oder zweimal die Woche für ein paar Stunden.«

»Können Sie mich mit Ihrem Geschäftsführer verbinden?«

»Nein, leider nicht. Der ist gerade zur Pause. Dann schaltet der sein Handy immer aus.«

Recht hat er, dachte Gold.

»Aber ich kann ihm Bescheid sagen, wenn er zurückkommt. Dann kann er Sie zurückrufen.«

»Das ist sehr nett. Aber denken Sie bitte dran. Es ist sehr wichtig. Unsere Nummer haben Sie ja auf Ihrem Display. – Wie war noch mal Ihr Name?«

»Mia Sommer.«

»Vielen Dank, Frau Sommer.« Die Kommissarin legte auf.

»Hast du gehört, Michael? Wir müssen noch warten, bevor wir zu diesem Fitness-Studio fahren können.«

Berg war damit beschäftigt, eine Datei mit bereits hochgeladenen Tatortfotos zu studieren, und antwortete, ohne den Blick vom Bildschirm abzuwenden, mit hochgehaltenem Daumen.

Die Zeit kann ich nutzen, dachte Marieluise Gold. Sie gab `Tennisplätze Cicerostraße` in ihren Rechner ein. Ihr war nichts von dem bekannt gewesen, was ihr Chef über die ehemalige Tennisanlage erzählt hatte. Sie spielte nicht Tennis und war außerdem zu jung, um die Anlage von früher zu kennen. Aber wozu gab es das Internet? In ihrem Job war es von Vorteil, auf dem Laufenden zu sein, was Fakten zu aktuellen Fällen betraf. Besonders wenn man auch laufbahntechnisch weiterkommen wollte. Ein Lächeln huschte ihr beim Drücken der Eingabetaste über das Gesicht.

Eine Viertelstunde später war sie schlauer. Die ehemalige Tennisanlage gehörte zu dem sogenannten WOGA-Komplex, benannt nach der früheren `Wohnungs-Grundstücks-Verwertungs-Aktiengesellschaft`, der zwischen 1925 und 1931 nach den Plänen von Erich Mendelsohn gebaut wurde. Der Komplex sollte ein Ensemble bilden aus Kultur, Wohnen und Möglichkeiten zum Einkauf und umfasste unter anderem ein Kino, ein Kabarett sowie ein Café-Restaurant und ein Hotel. Auch eine Wohnanlage gehörte dazu, in deren Innenraum sich die Tennisplätze befanden. Sie wurden bis 2007 bespielt, bevor der Pachtvertrag nicht mehr verlängert wurde. So stand es zumindest in einem Zeitungsartikel. Eine Bebauung des Areals mit mehrgeschossigen Stadtvillen war geplant gewesen, jedoch wegen des bestehenden Denkmalschutzes des gesamten Komplexes über viele Jahre nicht realisiert worden. Und jetzt wird dort wieder Sport getrieben. Finde ich gut, dachte Marieluise Gold. Ihr gefiel es auch nicht, dass inzwischen jede noch so kleine freie Fläche in der Innenstadt zugebaut wurde. Die City war jetzt schon zu voll. Von fehlenden Parkplätzen ganz zu schweigen.

*

5 Kommissar Watzke schaltete den Motor ab und stieg aus seinem Wagen. Der Ärger stand ihm noch ins Gesicht geschrieben, als er die Tür verriegelt hatte und die wenigen Schritte hinüber zur Hausnummer sieben auf der anderen Straßenseite ging. Die Ruhmanns wohnten im ersten Stock, wie er aus der Anordnung der Klingeln schließen konnte. Er drückte zweimal und wartete. Niemand öffnete. Mist, fluchte er still. Er hatte noch überlegt vorher anzurufen, aber es dann doch lieber gelassen. Was hätte er als Grund für sein Kommen angeben sollen? Nachrichten vom Tod eines nahen Angehörigen wurden von der Polizei stets persönlich überbracht und nicht per Telefon übermittelt. Watzke spürte, wie sich ein Klumpen in seiner Magengegend bildete. Warum ausgerechnet ich, dachte er und fluchte innerlich erneut. Wenn Stern ihm wenigstens einen Kollegen mitgegeben hätte. Zu zweit verschwand das Unbehagen zwar nicht, trotzdem war es ein wenig leichter, den Angehörigen die Todesnachricht zu überbringen.

»Hallo?«, hörte er auf einmal eine weibliche Stimme aus der Gegensprechanlage.

»Kommissar Watzke vom LKA. Machen Sie mir bitte auf, Frau Ruhmann?«

Der Türöffner wurde betätigt. Er drückte die schwere Haustür auf und machte sich auf den Weg nach oben. An der Wohnung wurde er bereits erwartet. Eine Frau, etwa um die vierzig, in Jeans, Sweatshirt und Hausschuhen schaute ihn mit fragendem Blick an. Sie war blass. Ihre Haare trug sie achtlos zusammengebunden und sie wirkte müde und erschöpft. Unter ihren Augen hatten sich dunkle Ränder gebildet und es sah aus, als ob sie geweint hätte. Ob sie schon jemand über den Tod ihres ehemaligen Lebensgefährten informiert hat, dachte er, fragte aber nicht nach. Stattdessen nannte er noch einmal seinen Namen und hielt der Frau seinen Dienstausweis hin.

»Sind sie Frau Karin Ruhmann?«

»Ja. Wieso?«

»Frau Ruhmann, kann ich kurz reinkommen?«

»Ungern. Ich wollte mich gerade hinlegen. Ich fühle mich nicht wohl.«

»Ich werde mich auch kurzfassen«, versicherte Watzke, »aber die Angelegenheit sollten wir nicht hier im Treppenhaus besprechen.«

Zögernd trat die Frau zur Seite, blieb jedoch in der kleinen Diele stehen. Eine Tür öffnete sich und ein junger Mann trat hinzu. Um seinen Hals trug er über-dimensionierte Kopfhörer.

»Mein Sohn«, stellte Frau Ruhmann ihn knapp vor.

Watzke atmete einmal tief durch.

»Frau Ruhmann, Herr Ruhmann, es tut mir leid. Wir haben heute Nacht Herrn Bernd Schöne tot aufge-funden. Er wurde erschossen.«

Watzke schwieg, froh, es hinter sich gebracht zu haben. Seltsam, wunderte er sich über die Reaktion der beiden. Keiner sagte etwas. Kein Entsetzen, kein Weinen, nicht einmal ein Anzeichen von Trauer war bei den beiden Hinterbliebenen zu erkennen. Beide sahen sich nur kurz an und die Mutter fragte: »Und wo ist das passiert?«

»In der Albrecht-Achilles-Straße. In der Nähe vom Ku`damm.«

Sie nickte kurz und wollte dann nahezu unbeteiligt wissen: »War´s das?«

*

Das Klingeln des Telefons riss Kommissarin Gold aus ihren Gedanken.

»Wolf Bellmann hier. FitX-Studio Wilmersdorf«, hörte die Kommissarin, nachdem sie sich mit ihrem Namen gemeldet hatte.

»Wunderbar, Herr Bellmann. Das ging ja schnell. Wir müssten ein paar Angestellte von Ihnen in einem Tötungsdelikt befragen. Können Sie uns sagen, wer bei Ihnen gestern zwischen einundzwanzig Uhr und Mitternacht Dienst hatte?«

»Ja, Mia hat mir schon davon erzählt. Um wen handelt es sich denn bei dem Toten?«

»Das kann ich Ihnen am Telefon nicht sagen.«

»Okay. Also ich hab eben mal den Dienstplan von gestern Abend geöffnet. Da waren nur vier Mitarbeiter hier. Wenn Fußballspiele im Fernsehen übertragen werden, ist es bei uns immer ruhig. Dann brauchen wir nicht mehr Personal.«

»Können Sie mir die Namen nennen?«

»Ja. Das waren Josefine Hoffmann an der Rezeption, Paula Kühn, eine Trainerin, ihr Freund Dustin Fröhlich, auch ein Trainer, und Frau Kadir, die Reinemachefrau. Ihr Vorname ist Emine.«

»Haben diese Mitarbeiter heute wieder Dienst?«

»Moment, ich schau mal. – Ja, bis auf Josefine kommen die heute um 16:00 Uhr wieder her.«

»Gut. Können Sie mir die Handynummer von Josefine Hoffmann geben?«

Gold notierte sich die Nummer. Sie bedankte sich und legte auf.

*

Mit den aufgezeichneten Dateien der Überwachungs-kameras in der Tasche machte sich Kriminalober-kommissar Grüber wieder auf den Weg zu seinem Dienstfahrzeug in die Paulsborner Straße. Sie hatten den Hausmeister im Gebäude angetroffen und sich einen Teil der gespeicherten Aufnahmen der vergan-genen Nacht angeschaut. Die Tat war natürlich nicht aufgenommen worden. Nicht einmal der Wagen, in dem Bernd Schöne gesessen hatte, als er erschossen worden war, war in den Abschnitten, die die Kameras abdeckten und überwachten, zu sehen gewesen. Aber vor dem Finanzamt waren in dem für die Tat infrage kommenden Zeitraum zwei Fahrzeuge von der Kamera deutlich erkennbar erfasst worden. Ein schwarzer russischer SUV, die Marke war ihm noch unbekannt, und ein dunkel lackierter Cooper. Diese Fahrzeuge würden sie genauer unter die Lupe neh-men müssen. Vielleicht würden sie beim Studium der Aufnahmen noch mehr finden, was ihnen bei ihren Ermittlungen weiterhalf. Wichtig war der Zeitraum zwischen zweiundzwanzig Uhr und Mitternacht. Auf den mussten sie sich besonders konzentrieren, wenn sie das Material in ihrem Dienstgebäude in der Keith-straße in aller Ruhe auswerten würden. Sobald auch Kollege Watzke wieder zurück war, würde er zusam-men mit ihm sofort mit der Arbeit beginnen. Stern war noch hinüber zur Tennisanlage in die Cicerostraße gegangen, um Hartmut Fender zu befragen. Dass er ihn dort antraf, davon war er überzeugt.

*

Als Kommissar Watzke seine Sprache wiedergefunden hatte, entgegnete er stotternd: »Nein, noch nicht ganz. Ich muss Ihnen beiden noch eine Frage stellen. Es ist reine Routine.« Dabei hob er kurz die Schultern. »Wo waren Sie gestern in der Zeit zwischen zweiundzwanzig Uhr und ein Uhr nachts?« Er blickte erst Frau Ruhmann und dann ihren Sohn an.

»Ich war hier zu Hause. Und mein Sohn auch. Wir haben ferngesehen.«

Der junge Mann wirkte irgendwie überrascht, war Watzkes Eindruck, nickte aber nach kurzem Zögern zustimmend.

»Den ganzen Abend?«, fragte der Kommissar.

»Ja. Dann ist mein Sohn in sein Zimmer gegangen und ich habe noch ein wenig aufgeräumt. Danach bin ich auch schlafen gegangen.«

»Und wann war das?«

»Etwa gegen halb eins.«

Der LKA-Beamte notierte sich die Angaben.

»Dann haben Sie vielen Dank. Falls wir noch Fragen haben, melden wir uns wieder bei Ihnen«, sagte er, bevor er sich verabschiedete.

Kaum hatte der Kommissar die Wohnung verlassen, sah Nico Ruhmann seine Mutter mit großen Augen an. »Was redest du denn da? Du warst doch gar nicht zu Hause. Und ich auch nicht!« Und nach kurzem Überlegen fügte er hinzu: »Und was ist, wenn die bei dir auf der Arbeit nachfragen?«

»Warum sollen die bei mir auf der Arbeit nachfragen? – Und außerdem war ich nicht arbeiten.«

»Häh? Jetzt versteh ich gar nichts mehr.«

Nico schüttelte den Kopf. Seine Mutter drehte sich um und verschwand ohne ein weiteres Wort in ihrem Zimmer. Er ahnte, was jetzt kommen würde. Es wurde zwar durch das Kissen gedämpft, trotzdem konnte er ihr Heulen deutlich hören.

*

6   Hier hat sich ja einiges getan, staunte Hans
Stern, als er auf dem Weg zum Eingang der Tennisanlage ein paar Blicke durch den Zaun auf das komplett
erneuerte Anwesen warf. Sie hatten nicht nur den
Namen verändert. Das Gelände war nicht wiederzuerkennen. Früher leicht in die Jahre und etwas heruntergekommen wirkend mit dem eher an eine Baracke
erinnernden Clubhaus, den unebenen Plätzen, den
schiefen Netzpfosten oder den alten, teils nur notdürftig reparierten Netzen, strahlte jetzt alles in neuem Glanz. Alles sah gepflegt und hochwertig aus. Das
neue Clubhaus hätte auch auf dem Anwesen von Rot-
Weiß oder dem noblen Tennisclubs Blau-Weiß Berlin
stehen können.

Stern öffnete das Eingangstor und betrat das ZentralStadion. Auf einem der neuen Beachvolleyball-
Felder sah er einen Mann den Sand sorgfältig harken.
Ansonsten schien die Anlage verwaist. Der LKA-
Beamte steuerte auf das neue Clubhaus zu und öffnete die Tür. Als er den Raum betrat, fiel sein Blick sofort auf die gegenüberliegende naturbelassene

Waschbetonwand. Daran waren in mehreren Reihen und ganz akkurat eine ganze Anzahl Passepartouts mit Schwarzweiß-Fotos in Din-A4-Format aufgehängt. Er trat ein paar Schritte näher und erkannte auf Anhieb einige der Personen, die offensichtlich alle früher schon einmal hier Tennis gespielt hatten oder Gäste gewesen waren und nach Ansicht der Betreiber prominent genug, um in diese Galerie aufgenommen zu werden. Trotzdem waren jeweils rechts neben den Passepartouts kleine Messingtäfelchen angebracht mit den Namen des jeweiligen Promis, mit dem Beruf oder dem Amt, das sie oder ihn berühmt gemacht hatte, und dem Jahr, in dem das Foto aufgenommen worden war. Die meisten Aufnahmen waren schon sehr alt und mussten noch aus der Zeit stammen, in der das ZentralStadion `Tennisplätze am Ku`damm` hieß und andere Betreiber hatte. Stern erkannte auf einem der Fotos Mark Knopfler und las: Musiker, Mitbegründer der Dire Straits, 1980. Zwei Reihen darüber hing ein Foto des jungen Didi Hallervorden in weißer Tenniskleidung und mit Holzschläger. Auch ein ehemaliger Regierender Bürgermeister, mit einem frisch gezapften Bier in der Hand zusammen mit der ehemaligen Pächterin an einem der Holztische im Freien sitzend, war hier verewigt. Weitere Fotos zeigten den Schriftsteller Peter Schneider, den ehemaligen Berliner Tennisprofi Markus Zoecke, Peter Stein von der Schaubühne, Günter Pfitzmann, Meret Becker und viele andere. Seit der Wiedereröffnung als ZentralStadion waren allerdings nur vier Aufnahmen dazu gehängt worden, jedoch ohne die Messingtäfelchen. Die Schauspieler Lars Eidinger, mit einem Beachvolleyball, und Jan Josef Liefers waren hier gewesen und ein ehemaliger Bundesligaprofi von Hertha BSC. Stern kannte ihn. Er war sogar Nationalspieler gewesen. Inzwischen spielte er auf Mallorca Fußball. Seine Berliner Wohnung lag ganz in der Nähe. So war es zumindest in der Berliner Morgenpost zu lesen gewesen. Auf dem vierten Foto erkannte Stern einen Krimiautor, der ebenfalls gleich hier um die Ecke wohnte. Der Name des Mannes fiel ihm auf Anhieb nicht ein. Er hatte kürzlich nicht weit von ihrer Wohnung im Piano Café am Lietzensee aus einem seiner Bücher vorgelesen. Maischa hatte davon gehört und ihn mitgeschleppt zu der Lesung. Der Text hatte ihnen beiden gefallen, sodass sie sich auch ein Buch gekauft hatten. Er war aber noch nicht dazu gekommen, es zu lesen. Vielleicht im nächsten Urlaub.

Ein lautes Räuspern riss ihn aus seinen Gedanken. Hinter ihm stand ein kleiner untersetzter Mann mit Halbglatze und Dreitage-Bart. Er trug eine olivgrüne Militärhose, einen dicken, grobgestrickten grauen Pullover und schwarze Gummistiefel.

»Kann ich Ihnen helfen?«

»Guten Tag. Ich bin Kriminalhauptkommissar Stern vom LKA. Wer sind Sie?«

Der Mann schien irritiert. »Ich bin Pawel Greskowiak. Ich bin der Platzwart hier«, antwortete er nach kurzem Zögern mit deutlich hörbarem polnischen Akzent.

»Und wo ist Ihr Chef?«

»Es gibt zwei Chefs. Herr Fender und Herr Schöne. Aber beide sind nicht hier.«

»Wann kommt Herr Fender heute? Wissen Sie das?«

»Er war heute schon mal hier, musste aber weg noch mal. Er hat gesagt, dauert nicht lange «

»Können Sie ihn anrufen und fragen, ob er jetzt herkommen kann? Sagen Sie ihm, andernfalls müsste er zu uns ins LKA kommen. Das würde ihn mehr Zeit kosten.«

»Ich kann machen. Aber dann müssen Sie Moment warten. Mein Handy ist draußen in Arbeitsjacke.«

Er drehte sich um und verschwand nach draußen.

Stern schaute sich in dem Raum, der offensichtlich als Bar beziehungsweise Restaurant diente, weiter um. Alles wirkte noch neu und ein bisschen steril. Sehr gepflegt, farblich abgestimmt, aber es fehlte irgendwie die persönliche Note. Der Boden war dunkelgrau gefliest und bildete einen guten Kontrast zu den helleren Waschbetonwänden, die Sitzgelegenheiten und Tische bestanden aus sogenannten Lounge-

Möbeln, wie sie gerade in waren. Mit Senfgelb und Schwarz hatten sie eine interessante Farbgebung. Was Stern begeisterte, war die Glasfront, die das Restaurant zu den Tennisplätzen hin begrenzte. Sie ermöglichte den Gästen einen herrlichen Blick hinaus ins Freie auf das dunkle Rot der Ascheplätze, welches im Sommer umrahmt wurde vom Grün der schlanken Pappeln, und ließ den Raum offen und großzügig wirken.

Die Tür öffnete sich und der Platzwart trat wieder ein.

»Herr Fender ist in zehn Minuten hier.«

»In Ordnung, so lange kann ich warten«, antwortete Stern nach einem Blick auf seine Uhr. »Herr Greskowiak, Bernd Schöne ist in der letzten Nacht ganz hier in der Nähe umgebracht worden«, fuhr er fort.

»Was?«, fragte der Platzwart ungläubig. – Hat er verdient, schoss es ihm unmittelbar darauf durch den Kopf. Er behielt den Gedanken jedoch für sich. Stattdessen fragte er weiter: »Ganz hier in der Nähe?«

»Details zur Tat sind für Sie nicht wichtig! Aber mich interessiert, ob Ihnen in der letzten Zeit etwas aufgefallen ist, was irgendwie mit Schönes Tod in Zusammenhang stehen könnte.«

Der Hauptkommissar ließ Greskowiak etwas Zeit zum Überlegen. Doch der Platzwart gab keine Antwort.

»Hatte er Feinde?«, fuhr Stern fort.

Der Hauptkommissar dachte an die Besucher, die vor Jahren hier zum Stammpublikum der Anlage gehörten. Neben harmlosen Hausfrauen, Studenten und Taxifahrern waren hier auch viele Figuren aus dem Milieu anzutreffen. Die meisten von denen spielten selbst nicht Tennis. Sie saßen aber schon vormittags an den Tischen auf der kleinen Terrasse, tranken nur Kaffee und Mineralwasser und zockten, die Augen oft versteckt hinter verspiegelten Ray Ban-Sonnenbrillengläsern, um hohe Summen. Einige zogen dazu Poker und Backgammon vor, andere setzten Geldbeträge, die manchmal Sterns damaliges Gehalt locker übertrafen, auf Sieg oder Niederlage von Tennismatches, die zur selben Zeit auf dem zentralen Court Nummer zwei direkt vor ihren Tischen ausgetragen wurden. Die Spieler selbst wussten in den meisten Fällen nichts davon. Und immer, wenn es seine Zeit zuließ, hatte Bernd Schöne damals mit an einem der Zocker-Tische gesessen. Gelegentlich war er auch als Spieler in einem Match, auf das gewettet worden war, auf dem Feld aktiv. Ob er an Wettmanipulationen beteiligt gewesen war, konnte man nicht wissen.

»Hatte er vielleicht Spielschulden?«, fügte Stern hinzu.

Greskowiak hob die Schultern. »Ich weiß nicht.«

»Oder hatte er vielleicht in letzter Zeit mit jemandem einen heftigen Streit?«

Sofort dachte Greskowiak an die Auseinandersetzung vom letzten Freitag.

»Du Pawel. Ich muss mit dir reden«. Mit diesen Worten hatte Bernd Schöne ihn angesprochen, als Herr Fender kurz in den nahegelegenen Baumarkt gefahren war. »Es geht um dein Gehalt. Wir können dir nicht länger elf Euro die Stunde zahlen. Wir haben keine Kohle mehr.«

Die Ankündigung traf ihn völlig überraschend. Am liebsten hätte er sofort die Zange, mit der er gerade den Anschluss der Spülmaschine fixieren wollte, fallengelassen und wäre wortlos gegangen. Aber das ging nicht. Er brauchte Arbeit und er brauchte Geld. Seine Familie brauchte Geld. Für den Mindestlohn, den Schöne ihm ab Beginn dieser Saison nur noch zahlen wollte, würde er nicht arbeiten. Das hatte er seinem Chef wütend erklärt, ihm entgegengebrüllt. Er war so voller Wut gewesen, – außerdem hatte er getrunken –, dass er sich fast vergessen hätte. Es hätte nicht viel gefehlt, und er hätte Schöne die Rohrzange über den Schädel gezogen.

Ich muss unbedingt weniger trinken, wenigstens während der Arbeitszeit, dachte er, während er den LKA-Beamten schulterzuckend ansah. Gut, dass ich mich heute Morgen noch zurückgehalten habe.

Aber für acht Euro fünfzig könnte und würde er nicht arbeiten, war er mit seinen Gedanken wieder bei dem Streit mit Schöne. Das war unmöglich. Sie brauchten ihn. Das wusste er. Er hatte schon seit Tagen mit Herrn Fender reden wollen. Der wusste auch, dass sie ohne ihn mit der Unterhaltung der großen Sportanlage nicht zurechtkommen würden. Und Fender würde das in seinem Sinne regeln, im Zweifel auch gegen den Willen Schönes. Heute würde er seinen Chef noch auf das Thema ansprechen.

Schönes Wille spielt ja jetzt gar keine Rolle mehr, fiel ihm plötzlich ein. Noch bevor er registrierte, dass seine Jacke immer noch draußen bei den Beachvol-leyball-Plätzen lag, bewegte sich seine Hand wieder Richtung Innentasche mit dem Flachmann.

»Letzte Zeit Herr Schöne war viel mehr nervös als sonst«, begann Greskowiak zaghaft. Er musste jetzt genau überlegen, was er sagte. »Fuhr bei kleinste Gelegenheit aus Haut. Schrie immer und warf Sachen durch Gegend.«

»Haben Sie eine Ahnung, was der Grund für seine Nervosität gewesen sein könnte?«

»Nein.«

»Überlegen Sie! Gab es Meinungsverschiedenhei-ten mit Hartmut Fender?«

»Nein. Ist mir nix aufgefallen.«

Stern merkte, wie ihm die defensive Haltung und die einsilbigen Antworten des polnischen Platzwarts zu nerven begannen.

»Herr Greskowiak, wo waren Sie gestern Abend?« Stern nannte mit Absicht keinen Zeitpunkt.

Der Pole bekam einen Schreck. »Wir haben gemacht gegen sieben Uhr hier Feierabend.«

»Am Abend?«, fragte Stern provokativ.

»Natürlich am Abend! Meistens wir arbeiten noch länger, auch wenn es schon dunkel.«

»Aber?«

Pawel Greskowiak räusperte sich. »Gestern Herr Schöne hat gesagt, wir heute hören früher auf. – Ich glaube, er wollte noch besprechen was mit Herrn Fender.«

»Wissen Sie, was die beiden besprechen wollten?«

»Nein.«

»Was haben Sie dann gemacht?«

»Ich? – Ich bin mit Fahrrad gefahren zu Lidl und hab eingekauft«, stotterte er. »Dann ich bin direkt nach Hause.«

»Wohnen Sie in Berlin?«

»Nein, ich wohne in Polen. Aber wir haben mit zwei Kollegen eine Ferienwohnung in Kaiser-Friedrich-Straße gemietet.«

»Können die beiden Kollegen bezeugen, dass Sie gestern Abend zu Hause waren?«

»Nein. Tomasz und Piotr sind in Polen. Kommen erst Sonntagabend wieder nach Berlin. Ich war zu Hause. – Aber niemand kann bezeugen das.«

Der LKA-Beamte nickte noch nachdenklich, als die Tür zum Clubrestaurant geöffnet wurde.

»Guten Tag. Ich bin Hartmut Fender. Sie sind der Mann vom LKA?«, sagte der große, etwa vierzigjährige Mann mit rasierter Glatze beim Betreten des Raumes.

*

7   Nico Ruhmann schloss die Tür seines Zimmers und legte sich wieder auf sein Bett. Sein Vater war tot, doch er spürte nichts. Keine Trauer! – Nichts. Überhaupt nichts. Weil sein Vater bekommen hatte, was er verdient hatte? Er wusste es nicht. Auch seine Mutter hatte reagiert, als ob der Kriminalbeamte ihr gesagt hätte, ihr Auto stehe im Parkverbot und müsse weggefahren werden. Er schloss die Augen.

Angefangen hatte alles vor fast drei Jahren.

»Nico, hast du schon gehört? Ich trainiere jetzt bei Bernd.«

Luisa umarmte ihn und küsste ihn auf den Mund. Dann hakte sie sich bei ihm unter und sie machten sich auf den Weg zur U-Bahn.

»Du warst gestern gar nicht auf der Anlage? Und ans Handy bist du auch nicht gegangen. Was war denn los?«

»Nichts Besonderes. Wir hatten bis fünfzehn Uhr Sport. Und Liebisch wollte unbedingt, dass ich den Cooper-Test nachhole. Habt ihr das auch schon mal

gemacht? Zwölf Minuten rennen, soweit du kommst. Danach hab ich erst mal gekotzt, obwohl ich kaum etwas gegessen hatte. Und dann noch Tennis? Das wäre too much gewesen.«

»Dein Vater war ganz schön sauer! Warum hast du denn nicht abgesagt?«

»Der Akku war leer. Und mein Ladegerät hab ich bei Anton vergessen.«

»Als du nicht gekommen bist, hat Bernd mich gefragt, ob ich mit ihm trainieren will. War super. Und jetzt hat er mit dem Vorstand klargemacht, dass ich einmal pro Woche eine zusätzliche Trainerstunde bei ihm bekomme. – Cool oder?«

Nico hatte schon damals nicht gewusst, ob er es cool finden sollte, dass sein Vater seine Freundin trainierte, und war ihr die Antwort schuldig geblieben.

Aber knapp vier Wochen später bekam er Gewissheit, was die Antwort auf Luisas Frage betraf.

`Kommst du heute zum Platz`, wollte Anton wissen. `Endlich mal wieder Tenniswetter. Ohne verdammten Wind`.

`Nee, keine Lust`, hatte er zurückgeschrieben. `Donnerstags mach ich immer Pause`.

`Luisa ist auch da. Die trainiert heute bei Bernd`, blieb Anton beharrlich.

Schließlich hatte sein Freund ihn überzeugt. Er legte sein Smartphone weg, machte sich in der Küche schnell eine der Suppen warm, die seine Mutter im

Gefrierschrank gebunkert hatte, und begann, seine Tennissachen zusammenzusuchen. Luisa würde sich sicher freuen, wenn er unerwartet auf der Anlage auftauchen würde.

»Scheiße!«, fluchte er, als er mit seiner Tennistasche auf dem Rücken vor seinem Fahrrad stand. Der hintere Reifen war platt. Ein Blick auf sein Smartphone zeigte ihm, dass er es bis siebzehn Uhr nicht mehr schaffen würde. Er musste Anton anrufen. Luisa würde wahrscheinlich auch schon weg sein, wenn er am Flinsburger Platz ankommen würde. Bis er wieder in der Wohnung war, den Fahrradschlüssel seiner Mutter gefunden hatte und mit ihrem Second-Hand-Bike den Club erreicht hatte, würden mindestens vierzig Minuten vergangen sein.

Dass er sich um etwa zehn Minuten verschätzt hatte und was er schon knapp eine halbe Stunde später beobachten würde, konnte er nicht ahnen, als er die Flurtreppe hinauf zur Wohnung eilte.

Es war gerade viertel nach fünf. Die Ampel an der Kreuzung Forckenbeckstraße/ Hohenzollerndamm zeigte Rot und er musste anhalten. Er spürte Schweißperlen auf der Stirn und sein Sweatshirt unter seinem warmen Anorak klebte auf seinem Rücken. Das Fahrrad seiner Mutter lief erstaunlich gut. Jemand musste die Kette geölt und die Reifen aufgepumpt haben. Vielleicht würde er Luisa noch treffen.

Plötzlich sah er seinen Vater auf der anderen Straßenseite. Mit seiner Größe von eins fünfundachtzig, seiner roten Trainingsjacke und seinem weißen Basecap fiel er sofort auf. Er war anscheinend gerade dabei, den Kofferraum seines Wagens zu öffnen. Aber was machte er mit seinem Auto auf dem Hohenzollerndamm? Er hatte doch einen reservierten Parkplatz auf dem Clubgelände. Und wer war die Frau bei ihm? Dann traf es ihn wie ein Blitzschlag. Es war Luisa. Sie trug das enge rote Kleid, das ihre Figur so sehr betonte und super kurz war. Sie beide hatten es im letzten Sommer gemeinsam ausgesucht. Hatte sie von Anton gehört, dass er heute kommen würde und das Kleid extra für ihn angezogen? Unmöglich! – Komisch, dachte er.

Hinter ihm hupte es plötzlich laut und aggressiv. Die Ampel zeigte Grün an. Verwirrt schob er sein Fahrrad auf den Bürgersteig. Er musste schauen, was jetzt auf der anderen Straßenseite passierte. Sein Vater hatte inzwischen Luisas Tennistasche in den Kofferraum seines Wagens gepackt. Er trat neben Luisa, die das rote Cabriolet bestaunte, legte seine Hand knapp über Luisas Po auf ihren Rücken und schob sie sanft zur Beifahrertür. Er öffnete für sie die Tür, ließ sie einsteigen und glotzte dabei unverhohlen auf ihre langen schlanken Beine. Wie in Zeitlupe registrierte Nico *jedes Detail der Szene. Sein Vater ging um sein Auto herum und warf einen prüfenden Blick nach rechts und links. Reflexartig zog Nico seinen Kopf ein. »Idiot!«, fluchte er, als ihm seine Reaktion bewusst wurde. Warum sollte er sich verstecken? Außerdem hatte ihm sein Vater den Rücken zugewandt.*

Als sie weg waren, tastete der Junge mit pochendem Herzen nach seinem Handy. Seine Hand zitterte leicht, während er es herauszog und Luisas Nummer auswählte. Nach dem dritten Klingeln hörte er ihre Stimme auf der Mailbox: »Hi. Luisa hier. Ich freue mich, dass du anrufst. Sobald ich Zeit habe, rufe ich sofort zurück. Tschüüs.«

Er wusste gar nicht, ob er froh sein sollte, dass sie nicht persönlich rangegangen war.

*

Etwa zehn Minuten nachdem er das ZentralStadion verlassen hatte, stand der LKA-Beamte an der nahegelegenen Bushaltestelle auf dem Ku´damm und wartete auf den M-19er. Schon auf dem Weg dorthin war er die Befragung des Betreibers der Tennisanlage in Gedanken noch einmal durchgegangen.

Zunächst wirkte Fender geschockt, nachdem Stern ihn über Schönes Tod informiert hatte, und brachte keinen Satz heraus. Im Gegensatz zu dem eher verschlossenen und vorsichtig antwortenden polnischen Platzwart gab sich sein Chef danach jedoch ausgesprochen auskunftsfreudig und war in seinem Redefluss kaum noch zu bremsen. Vielleicht war es die Aufregung. Jedenfalls wusste Stern mehr über den Mann, als er wissen wollte. Hartmut Fender war in Berlin geboren, hatte hier Abitur gemacht und anschließend begonnen, Sport und Geographie auf Lehramt zu studieren. Im Rahmen seines Sportstudiums hatte er seinen Tennis-Trainerschein erworben und dann wohl zu viele gut bezahlte Trainerstunden gegeben. Daneben spielte er noch in der Herrenmannschaft des BSV 92. Das Studium ließ er schleifen, wie er es, begleitet von einem schiefen Grinsen, formuliert hatte. Schließlich brach er es ab. Er arbeitete jahrelang als Tennistrainer und nahm nebenbei immer wieder andere Jobs an, um das Einkommen für sich und seine kleine Familie etwas aufzubessern. Vor zwei Jahren ergab sich dann die Möglichkeit, die ehemalige Tennisanlage in der Cicerostraße zu pachten. Bernd Schöne und er hatten sofort zugeschlagen. Beide kannten sich vom Tennis. Schöne war zuletzt Trainer beim TC Grunewald gewesen, wollte sich ebenfalls verändern und war bereit, wie Hartmut Fender das hohe finanzielle Risiko einzugehen.

An dieser Stelle war es Stern endlich gelungen, den Inhaber der Tennisanlage zu unterbrechen, um an weitere Informationen über Bernd Schöne zu gelangen. Erneut war Hartmut Fender nicht zu bremsen gewesen.

Das Klingeln seines Handys und der Anruf, den er dringend entgegennehmen musste, hatten seinen Redeschwall schließlich beendet. Vieles von dem, was Fender erzählt hatte, war für ihre Ermittlungen nicht von Belang. Dessen war sich Stern sicher. Doch vieles von dem, was er über Bernd Schöne erfahren hatte, konnte für sie von Interesse sein.

Fenders Kompagnon lebte ebenfalls hauptberuflich vom Tennis. Er wohnte seit Jahren von seinem Sohn und dessen Mutter getrennt. Einige Zeit hatte er eine feste Beziehung zu einer Portugiesin gehabt, von der Fender lediglich den Vornamen wusste, Valentina. Seit ein paar Wochen schien aber Sendepause zu sein. Es hatte wohl Unstimmigkeiten gegeben. Genaueres hatte Schöne aber nicht gewusst. Erstaunlicherweise konnte Greskowiak dem LKA-Beamten weiterhelfen. Er kannte den Nachnamen der Frau.

»Sie heißt Valentina Teixeira Silva. Ist sehr freundliche Frau.«

Und er wusste auch, dass sie einen Sohn hatte und in Steglitz wohnte. Auf der Tennisanlage hatte sie sich in diesem Jahr nicht mehr blicken lassen, um ihnen zu helfen. Sie schien viel zu arbeiten und fuhr mehrmals im Jahr in den Ferien zu ihren Eltern nach Porto. Ihre Mutter war kränklich.

Zu Bernd Schöne hatte der Hauptkommissar noch erfahren, dass er sich das Zocken strikt abgewöhnt hatte. Dies waren Fenders Worte gewesen. Fender war sich auch sicher, dass sein Kompagnon keine Spielschulden hatte. Bei niemandem, hatte er betont. Den ein oder anderen Streit mit Nachbarn, die sich häufig über die Geräuschkulisse auf der Sportanlage beschwerten und ihnen sehr viel Stress machten, hatten die beiden Inhaber des ZentralStadions natürlich schon gehabt. − Stern hatte sich sofort an früher erinnert, als das in jeder neuen Saison schon genauso gewesen war. − Aber Feinde, die Bernd Schöne umbringen würden, das konnte sich Fender nicht vorstellen.

Beim Einsteigen in den Bus hatte der Leiter der Mordkommission die relevanten Informationen aus Fenders Befragung herausgefiltert. Er nahm im unteren Teil des Doppeldeckerbusses Platz und ging die Details in seinem Kopf noch einmal durch. In einer Stunde würde er sie seinen Kollegen bei ihrer Teamsitzung präsentieren.

*

Seine Hände zitterten immer noch leicht, als seine Daumen über die Tastatur seines Smartphones schnellten: `Hallo Luisa, wollte dich überraschen. Bin auf der Anlage. Wo bist du?`

Er wusste, dass Luisa seine WhatsApp-Nachricht lesen würde. Wie oft hatte er sich schon über sie lustig gemacht, wenn sie ihr Smartphone dauernd in der Hand trug und gefühlt hundertmal in der Stunde darauf blickte.

Er behielt recht, auch was seine Vorahnung betraf.

`Hi, Nico. Heute leider keine Zeit. Mama-Termin`.

Dem Text hatte sie zwei Emojis hinzugefügt, rote Lippen und eine winkende Hand. Verarschen konnte er sich alleine!

Wütend steckte Nico sein Smartphone ein. Anton musste warten. Er stieg auf sein Rad, bog nach rechts auf den Hohenzollerndamm ab und trat kräftig in die Pedale. In fünf Minuten würde er Gewissheit haben.

Das rote Cabriolet parkte schon in der Salzbrunner Straße. Direkt gegenüber von dem Haus Nummer sechsundzwanzig, in dem die Wohnung seines Vaters lag. Sie mussten direkt hierhergefahren sein. Luisa wohnte in der Akazienstraße. Er konnte sie nicht nach Hause gefahren haben.

Aufgebracht stieg Nico von seinem Rad und ging auf die Eingangstür zu. Bernd und Nico Schöne las er auf dem Klingelschild. Ihm zog sich der Magen zusammen. Sein Vater hatte das Schild dem damals dreijährigen Nico stolz präsentiert. »Du wohnst doch auch hier, wenn du bei deinem Papi bist«, hatte er

62

ihm lächelnd erklärt und ihn dabei fest an sich gedrückt.

»Aber ich heiße doch Nico Ruhmann«, hatte der Dreijährige geantwortet. Doch noch immer hing das Schild unverändert neben der Haustür, obwohl Nico schon mindestens drei Jahre nicht mehr hier übernachtet hatte.

Voller Wut legte Nico seinen Zeigefinger auf den Klingelknopf. — Und dann spürte er, wie er zurückzuckte. Er konnte den Knopf nicht drücken. Es ging nicht. Tränen schossen ihm in die Augen. Mit hängenden Schultern ging er zu seinem Fahrrad zurück. Hoffentlich war Anton noch im Club, flehte er innerlich.

*

Mit dem kleinen weißen Filter im rechten Mundwinkel und dem Tabakpäckchen eingeklemmt unter dem linken Oberarm stand Marieluise Gold vor dem Hintereingang des LKA-Gebäudes und drehte sich eine Zigarette. Sie war die einzige im Team, die rauchte. Sie wusste, dass Stern es nicht so gerne sah, wenn sie ihr Büro verließ, um draußen eine zu qualmen. Aber der Hauptkommissar war noch nicht zurück und bis zur anberaumten Besprechung blieb noch reichlich Zeit. Außerdem war er offensichtlich mit ihrer Arbeit und mit ihrem Engagement zufrieden und sah meist stillschweigend über ihre gelegentlichen Raucherpausen hinweg. Sie riss ein Streichholz an, hielt die Flamme an die Spitze ihrer Selbstgedrehten und sog den Rauch ein. Eine Pause machte sie genau genommen gar nicht, bemerkte sie. Wie selbstverständlich dachte sie auch jetzt über ihren aktuellen Fall nach. Bahnbrechende Ermittlungsergebnisse hatten sie bisher noch nicht erzielt.

*

»Wie soll denn jetzt gehen weiter, Herr Fender?«, sagte Greskowiak nach langem Schweigen. Er war besorgt. Durch die Glasscheibe sah er hinaus auf die menschenleere Anlage.

»Was wird aus Schaukampf, den Herr Schöne wollte organisieren mit russische Ex-Profi?«

Sein Chef saß immer noch zusammengesunken an einem der Tische. Seine Hand zitterte leicht und er war bleich vor Schreck.

»Ich weiß es nicht«, erwiderte er. »Aber irgendwie muss es ja weitergehen. – Sonst kann ich mich auch gleich erschießen.«

Ich kann dir eine Pistole besorgen, dachte Pawel, sagte aber nichts. Jetzt war nicht der richtige Zeitpunkt für Scherze. Es ging schließlich auch um seine Existenz.

»Wenn Sie wollen, ich rufe Piotr und Tomasz an. Die könnten hier sein morgen früh und uns helfen. Dann haben wir Anlage fertig bis Samstag.«

»Denkst du, wir können unsere Anlage am Samstag eröffnen? Bei dem Rummel, der jetzt losgeht? Da kommt doch kein Mensch.«

»Gerade deshalb. Wir haben doch nichts damit zu tun. Und Leute sind sensationsgierig. Wollen sehen, wie das hier ist, bei uns.«

Damit hatte er recht, erkannte Fender. Die Medien würden sich auf das Thema stürzen. Mehr Werbung für ihre Anlage könnten sie nicht bekommen, ging ihm durch den Kopf, während er seinen Platzwart prüfend ansah.

»Gut«, entgegnete er. »Ruf deine Kollegen an. Und frag, ob sie auch am Samstag und Sonntag helfen können. Ich zahle sieben Euro die Stunde.«

Greskowiak verzog das Gesicht, protestierte aber nicht. Darüber würde sich noch verhandeln lassen, war er sich sicher. Für das Wochenende war gutes Wetter angekündigt. Es würden bestimmt viele Leute kommen. Das versprach gute Einnahmen. Außerdem würde sein Chef im Laufe der Saison noch häufiger auf die Hilfe seiner Kumpels Piotr und Tomasz angewiesen sein. Sie hatten eine Reihe von Veranstaltungen geplant. Drei bis vier Tennisturniere, Beachtennis-Wettbewerbe und mehrere Minigolfturniere. Und Deutsche würde Herr Fender für den Lohn, den er zahlen wollte, nicht finden. Die verlangten mindestens zehn Euro die Stunde.

»So, jetzt machen wir hier weiter«, hörte er seinen Chef sagen, »bevor ich noch durchdrehe.«

*

Eine Woche später war Nico Ruhmann nicht mit Anton zum Tennis verabredet. Gegen halb fünf schob er sein Fahrrad auf die Straße, vergewisserte sich, dass der Rucksack mit seiner Kamera sorgfältig auf dem Gepäckträger befestigt war, und machte sich auf den Weg nach Wilmersdorf. Sein Plan stand fest. Diesmal würde sein Vater nicht gewinnen!

Auf seinem Weg durch den Volkspark Wilmersdorf fielen ihm die vielen Paare auf, die hier unterwegs waren. Sonst hatte er das noch nie registriert. Je länger er fuhr, umso mehr machten Enttäuschung und Trauer der Wut Platz, die sich in ihm ausbreitete. Entschlossen presste er die Lippen zusammen. Nach diesem Duell würde es nicht Bernd Schöne sein, der hämisch grinsend seine Hand über das Netz streckte, um sich gratulieren zu lassen.

In der Salzbrunner Straße schloss Ruhmann sein Fahrrad vor der nahegelegenen Kaisers-Filiale an. Zwischen den übrigen Rädern würde es niemandem auffallen. Er steuerte auf den wenige Meter entfernten China-Imbiss zu. Früher hatte er hier häufiger mit seinem Vater gegessen, wenn er einmal in der Woche nach der Schule zu ihm gefahren war. Hinter dem flachen würfelförmigen Bau konnte er sich gut verbergen und gleichzeitig den Eingang des Hauses Nummer sechsundzwanzig im Auge behalten.

Nico Ruhmann musste nicht lange warten, bis der rote Megan seines Vaters langsam die Salzbrunner Straße heruntergerollt kam. Er trat einen weiteren Schritt hinter das Imbissrestaurant. Sein Vater durfte ihn auf keinen Fall sehen.

Wie erwartet saß Bernd Schöne nicht alleine in seinem Cabriolet. Luisa saß neben ihm. Nicos Magen zog sich zusammen. Er beobachtete, wie sein Vater einparkte und den Motor abstellte. Mit seiner Kamera fing er die Szene ein und drückte auf den Auslöser. Auch die nächsten Szenen hielt er detailliert fest.

Sein Vater steigt aus dem Wagen, gleich darauf folgt ihm Luisa. Beide stehen nebeneinander auf dem Bürgersteig. Er legt den Arm um ihre Schultern und flüstert ihr etwas ins Ohr. Sie blicken sich beide an und lächeln. Sie gehen zusammen Richtung Hauseingang. Sein Vater schließt die Eingangstür auf, blickt sich vorsichtig um. Er schiebt Luisa vor, dabei liegt seine Hand auf ihrem Po. Beide verschwinden im Hauseingang.

Erst jetzt bemerkte Nico Ruhmann, dass er vor Aufregung den Atem angehalten hatte. Mit pochendem Herzen schnappte er nach Luft. Das wars, dachte er und packte seine Kamera wieder ein. Jetzt musste er nur noch einen entscheidenden Ball spielen! – Und der würde sitzen. Game, Set and Match, Nico Ruhmann. Nur das süße Gefühl des Sieges würde sich auch dann nicht einstellen, das wusste er.

*

Punkt achtzehn Uhr eröffnete der Leiter der Ermittlungen die Abendbesprechung der Ersten Mordkommission in der Keithstraße. Wie üblich hatte Grüber sein Notebook vor sich auf den Tisch gestellt, um in einem Stichwortprotokoll die Arbeitsergebnisse der Kollegen sofort einzugeben und festzuhalten.

Stern übergab das Wort als erstes an Marieluise Gold. Die jüngste im Team wirkte zuweilen etwas übereifrig und ungestüm. Auch heute schien sie nicht abwarten zu können, ihre Neuigkeiten mitzuteilen. Danach würde sie sich auf die Informationen ihrer Kollegen konzentrieren, wusste der Leiter der Mordkommission. Über diese kleine Schwäche der jungen Kommissarin sah er großzügig hinweg, denn er schätzte ihre Arbeit sehr. Sie hatte in der Vergangenheit mit ihren Ideen, ihrem Fleiß und ihren Methoden schon mehrfach wichtige Beiträge zur Lösung schwieriger Fälle geliefert.

»Kollege Berg und ich waren im Fitness-Studio FITX, um die Mitarbeiter zu befragen, die gestern Abend zur fraglichen Zeit Dienst hatten. Alle haben übereinstimmend ausgesagt, dass außer Bernd Schöne nur noch zwei Frauen im Geräte-Bereich trainiert haben. Beide haben aber schon zehn Minuten später ihr Training beendet und etwa gegen zweiundzwanzig Uhr zwanzig das Studio zusammen verlassen.«

»Haben Sie sich die Namen der Frauen geben lassen?«

»Ja. Ulrike Alsen und Lisa Bergmann«, warf Kommissar Berg ein.

»Ein Mann trainierte bis zweiundzwanzig Uhr dreißig im Hantelraum. Ralf Eder. Auch er verließ das Studio vor Schöne. Ob sich die beiden an dem Abend irgendwie über den Weg gelaufen sind, hat niemand mitbekommen. Alle Personen sind schon länger Mitglied bei FITX. Eine fremde beziehungsweise unbekannte Person war an diesem Abend nicht in den Räumen des Studios. Auch sonst ist den Mitarbeitern nichts Außergewöhnliches aufgefallen.«

»Schönen Dank, Kollegen. Ob wir die Kunden als Zeugen befragen müssen, können wir immer noch entscheiden.«

Knapp zwei Stunden später hatten sie alle Ergebnisse ihres ersten Ermittlungstages zusammengetragen und analysiert. Die Aufnahmen der Überwachungskameras hatten, mit Ausnahme der beiden aufgenommenen Fahrzeuge, zunächst keine Erkenntnisse gebracht. Die Fahrer waren beim Verlassen oder Betreten der Autos nicht erfasst worden. Dazu war der Bereich, den die Kameras abdeckten, zu schmal. Watzkes Befragung der Ruhmanns brachte ebenfalls kaum neue Erkenntnisse.

Der Leiter der Ermittlungen beendete die Besprechung. Ohne die Informationen der Kriminaltechnik würden sie heute nicht viel weiterkommen können, wusste er. Dennoch gab es für seine Kollegen und ihn noch einiges zu tun.

*

Als Hans Stern seine Altbauwohnung in der Dernburgstraße am späten Abend betrat, war niemand zu Hause. Das war oft so. Aber diesmal fühlte sich die Stille, die in der Wohnung herrschte, anders an. Er spürte sie geradezu körperlich und ihm wurde deutlich, was ihn in absehbarer Zeit jedes Mal erwarten würde, wenn er nach Hause käme. Kein fröhliches `Hallopapa` mehr, keine laute Musik oder Gitarrenklänge aus Maischas Zimmer, die ihn sofort auf andere Gedanken brachten.

Maischa war unterwegs, wie so oft. Doch diesmal war sie nicht bei einer ihrer zahlreichen Freundinnen oder einem Freund. Auch nicht für drei oder vier Wochen verreist. Diesmal war sie auf der Suche nach ihrem künftigen Studienort. Nach langem Überlegen und Ausprobieren, nach einer Reihe befristeter und schlecht bezahlter Jobs hatte sie sich für ein Studium entschieden und sich an verschiedenen Unis beworben. Nur nicht in Berlin. Sie wollte für ein paar Jahre weg aus der Großstadt, etwas anderes sehen. Deshalb hatte sie sich gestern Abend in den Fernbus gesetzt und war Richtung Marburg aufgebrochen, wo sie bei einer Freundin in deren WG übernachten konnte. Anschließend wollte sie noch nach Heidelberg und nach Leipzig. Die erste SMS von ihr heute Mittag klang schon sehr euphorisch.

Spätestens Ende September würde Maischa ausziehen. Die Gewissheit landete plötzlich und mit voller Wucht auf ihm und er hatte das Gefühl, von ihr erdrückt zu werden. Übelkeit stieg in ihm auf. Diese Stille in seiner Wohnung konnte er heute Abend nicht ertragen. Er machte auf dem Absatz kehrt, trat hinaus ins Treppenhaus und überlegte kurz. Dann nahm er sein Handy aus der Tasche und wählte Udos Nummer.

»Du bist im Lentz? Super. Dann bestell mir schon mal einen Rotwein. Ich bin in zehn Minuten da«, entgegnete er erfreut, während er die Treppe hinunter eilte.

*

8   Das Klingeln seines Handys unterbrach die Stille im Raum jäh. Hartmut Fender zuckte zusammen. Er legte den Stift aus der Hand und griff nach seinem Smartphone. Kalle Rambausek las er auf dem Display. Was will der denn? Seit mindestens einem halben Jahr hatte sich Rambausek weder blicken lassen noch sich gemeldet. Und das ist auch gut so, dachte Fender. Trotzdem nahm er den Anruf an: »Fender.«

»Ey, hallo Harti. Kalle hier. Wie jehts dir, Alter?«

»Gut geht's mir. Aber du rufst doch nicht an, um mich zu fragen, wie`s mir geht. Mach hinne, ick hab keene Zeit«, verfiel er automatisch in Rambauseks Jargon.

»Watt machstn?«

»Ick sitze an der Bestellliste fürs Wochenende.«

»Werdet bestimmt volle Hütte haben, wa? Det Wetter sol ja jut werdn«, tastete sich Kalle langsam ran.

»So, jetzt komm ma langsam aufn Punkt, Kolleje. Weshalb ruftst de denn an?«

»Naja, wenn det voll wird bei euch, braucht ihr doch sicher een juten Mann hintern Tresen. Und ick wüsste da een.«

»Dich? Ick lach mer dot! Du weest doch watt Sache is, Kalle. Bernd hat dir rausjeschmissen, weil du inne Kasse jegriffen hast. Und dabei bleibt det. Is det klar? So, und jetze tschüss, Kalle. Mach et jut.«

»Wart ma, wart ma! Wat is denn überhaupt mit Bernd? – Bei euch beiden so? Man hört da so einjet!«

»Machs jut, Kalle.« Fender legte auf. Er kannte Kalle.

Durch die Fensterscheibe sah er, wie Pawel Greskowiak sein Fahrrad abstellte und seinen Rucksack vom Gepäckträger nahm. Hoffentlich hatte er seine Kollegen erreicht. Die Eröffnung am Wochenende musste klargehen. Die Einnahmen waren für sie überlebenswichtig.

»Morgen, Chef«, hörte er Pawel beim Betreten des Klubhauses sagen. Unmittelbar darauf hob er den Daumen seiner rechten Hand und grinste.

»Alles klar. Piotr und Tomasz kommen. Und sie können auch helfen Wochenende.«

»Dann lass uns reinhauen«, entgegnete Fender und spürte kurz so etwas wie Erleichterung. »Geh du schon mal auf die Plätze. Ich bestelle nur noch eben die Getränke und komm dann auch.«

Die Erleichterung war schon wieder verflogen, als er zu seinem Stift und der halbfertigen Liste griff.

*

Einen Becher mit frischem Kaffee in der Hand betrat Grüber als letzter den Besprechungsraum. »Morgen zusammen«, begrüßte er die Anwesenden und bemühte sich, ein Gähnen zu unterdrücken. »Nicht gerade viel«, bemerkte er nach einem Blick auf die Magnettafel an der Frontseite des Raumes. Stern, dessen Kopfschmerzen nicht nachlassen wollten, schaute ihn genervt an. Klang da versteckte Kritik des Kollegen mit? Aber an wen war sie gerichtet? An Kommissarin Gold, die die Tafel gestern Abend noch bestückt hatte? Oder an ihn, den Leiter der Mordkommission? Grüber war doch selbst Mitglied des Ermittlerteams. Sollte er doch dazu beitragen, dass es mehr werden würde, was sie auf der Tafel anbringen konnten. Aber unabhängig davon hatte Grüber natürlich recht.

Am oberen Rand der Tafel hingen mehrere Aufnahmen vom Tatort, genau in der Mitte platziert das Foto des Opfers. Darunter stand mit schwarzem Edding geschrieben: Bernd Schöne, Tatopfer, erschossen, 16. März 2016.

75

Am linken Rand der Tafel befanden sich untereinander geschrieben die Namen Karin Ruhmann, Ex-Partnerin, Mutter des gemeinsamen Sohnes; Nico Ruhmann, Sohn; Hartmut Fender, Geschäftspartner; Pawel Greskowiak, Angestellter (Platzwart). Außerdem hatten sie zwei Fotos der Fahrzeuge aufgehängt, die auf den Bildern der Überwachungskameras des Finanzamtes zu erkennen gewesen waren. Mehr hatten sie noch nicht.

»Wozu hängen denn die Fotos der beiden Autos an der Tafel?«, fragte Watzke. »In der Straße haben doch an dem Abend noch viel mehr Autos geparkt. Das ist doch reiner Zufall, dass die beiden aufgenommen wurden.«

»Das mag ja sein. Aber von der Stelle aus, an der diese beiden Fahrzeuge standen, konnte man den Wagen von Schöne perfekt im Auge behalten«, erwiderte Grüber.

Er hatte offensichtlich zügig in den Arbeitsmodus gewechselt, stellte sein Chef zufrieden fest.

»Und, zumindest was den Cooper betrifft, sogar ohne selbst gesehen zu werden.«

Die nächste Frage kam von Berg. »Und wie wollen wir die Wagen finden? Auf den Aufnahmen sind doch gar keine Kennzeichen zu erkennen.«

»Ich hätte da eine Idee!«

Alle schauten Kommissarin Gold neugierig an.

»Wir bitten die Kollegen, die in dieser Gegend regelmäßig Streife fahren, in den nächsten Tagen verstärkt durch die Albrecht-Achilles-Straße beziehungsweise die umliegenden Straßen zu fahren und nach den beiden Wagen Ausschau zu halten. So viele SUVs und Cooper Cabriolets werden in der Gegend nicht herumstehen oder -fahren.«

»Du glaubst, der Täter kommt mit seinem Fahrzeug an den Tatort zurück? – Das glaub ich nicht!«, wandte Berg ein.

»Wenn der in dem russischen SUV saß, war das vielleicht ein angeheuerter Killer und dann ist der längst über alle Berge«, fügte Grüber hinzu und grinste.

»Kollege! Bitte sachlich bleiben.«

»Wer sagt denn überhaupt, dass uns die Fahrzeuge zum Täter führen müssen.« Marieluise Gold ließ sich nicht verunsichern. »Uns ist doch auch schon geholfen, wenn wir die Fahrzeughalter ermitteln können und sie als Täter ausschließen können.«

»So machen wir`s«, entschied Stern. »Sie übernehmen das, Frau Gold. Ich denke, die Kollegen vom Abschnitt Rudolstädter Straße werden dort zuständig sein. Und schicken Sie den Kollegen die Fotos!«

Der restliche Teil ihrer Besprechung erfolgte in aller Kürze. Nicht nur, weil es im Kopf des Leiters der Ersten Mordkommission nach dem gestrigen Abend im Lentz ununterbrochen heftig pochte, sondern weil zügiges Arbeiten gefragt war. Watzke erhielt den Auftrag, Kontakt mit der Rechtsmedizin und mit den Dezernaten der Kriminaltechnik in Tempelhof aufzunehmen. Berg und Gold würden im Laufe des Tages mit der Durchsicht von Schönes Notebook beginnen. Die Beamten der Spurensicherung hatten es ihnen überlassen, nachdem sie die Untersuchung von Schönes Wohnung fürs erste abgeschlossen hatten.

Grüber und er würden im Anschluss noch einmal in die Wohnung des Opfers fahren, um dort ungestört nach möglichen Hinweisen auf die Tat zu suchen.

»Das wär`s dann für den Moment«, gab Stern bekannt, »wir treffen uns um achtzehn Uhr wieder hier im Raum.«

Luise Gold verließ den Besprechungsraum als erste. Sie wollte schnell noch eine Zigarette rauchen. Die anderen erhoben sich ebenfalls.

*

9 Nach einer zügigen Fahrt über Lietzenburger Straße, Spichernstraße und Hohenzollerndamm trat Kriminaloberkommissar Grüber vorsichtig auf die Bremse und manövrierte ihren Dienstwagen in eine knapp bemessene Parklücke, die sie schließlich in der Warmbrunner Straße gefunden hatten. Von hier aus mussten sie nur noch wenige Meter zu Fuß gehen bis zum Haus mit der Nummer sechsundzwanzig, in dem die Wohnung lag, in der Bernd Schöne gelebt hatte. Stern kramte den Schlüsselbund des Toten aus der Tasche seines Jacketts, entschied sich für den Schlüssel mit der roten Markierung und verschaffte ihnen Einlass in den Hausflur.

»Woher hast du denn gewusst, welcher Schlüssel passt?«, fragte Grüber, obwohl es ihm eigentlich egal war. Aber er hatte den Blick Sterns vor ihrer Besprechung am Morgen mitbekommen und wollte seinen Kollegen ein bisschen aufmuntern.

»Fingerspitzengefühl«, antwortete dieser prompt und konnte auch schon wieder lächeln. »Scheint dir ja gelegentlich abzugehen.«

Die Wohnungstür im Erdgeschoss war wie erwartet noch versiegelt. Stern schloss auf. Schweigend traten die beiden LKA-Beamten ein. Die Räume kamen ihnen, wie immer, wenn sie die leere Wohnung eines Todesopfers betraten, besonders verlassen und still vor. Von dem schmalen Flur gingen gleich vier Türen ab. Die erste auf der linken Seite führte in ein kleines Badezimmer, die zweite gab den Blick in eine fensterlose Küche frei. Auf der Spüle stapelte sich einiges an nicht gereinigtem Geschirr. Gegenüber lag der Zugang zum Schlafzimmer. Hier hatte Schöne offensichtlich auch seine Büroarbeiten erledigt. Davon zeugten ein mit zahlreichen Papieren bedeckter Schreibtisch und ein brusthohes Regal mit einer Reihe verschiedener Aktenordner. Zusätzlich hatte Schöne es als Ablage für Medaillen, Pokale und Urkunden genutzt. Auch einige eingerahmte Fotos mit ihm in Siegerpose und mit Tennisschläger in der Hand befanden sich auf dem Regal. Auf einem der Fotos stand er mit seinem Sohn an einem Tennisnetz. Die beiden reichten sich die Hand. Diese Aufnahme musste aber schon etliche Jahre alt sein. Nico Ruhmann war damals höchstens neun oder zehn. Er wirkte nicht gerade fröhlich neben seinem Vater. Vielleicht hatte er sein Match verloren.

Die Männer gingen geradeaus und standen in einem geräumigen Wohnzimmer. Die Einrichtung war nicht nach Sterns Geschmack. Aber der Raum hatte ein breites bis zum Boden reichendes Fenster, bot einen schönen Blick in den Garten und grenzte an eine große überdachte Terrasse.

»Okay«, sagte Stern, »dann wollen wir uns mal umschauen.«

*

Luisa hatte in den nächsten Tagen auffallend viel zu tun und keine Zeit für ihn, hatte sie ihm per WhatsApp mitgeteilt. Aber das störte ihn nicht. Dazu war er viel zu wütend auf sie. Und verletzt. Er war froh, dass er sie nicht jeden Tag in der Schule sehen musste. Zum Glück gingen sie nicht in dieselbe Klasse. Leider konnte er so aber auch nicht mitbekommen, wie sie auf das Platzen der Bombe reagierte.

Gleich am nächsten Tag war er mit seinem USB-Stick in der Tasche in eines der zahlreichen Internetcafés in der Potsdamer Straße gefahren. Er hatte sich eine temporäre E-Mail-Adresse eingerichtet, eine Mail geöffnet und die Fotos, die deutlich machten, was der Cheftrainer Bernd Schöne mit seiner jungen Tennisschülerin vorhatte, der Mail als Bilddatei angefügt.

Außer der jeweiligen Adresse hatte er nichts hineingeschrieben. Dann hatte er die Mail dreimal verschickt.

*

Eine ganze Weile war nichts zu hören in der Wohnung. Keiner der beiden Beamten sprach ein Wort. Ab und zu gab es einzelne Geräusche, die bei der Arbeit entstanden. Das Öffnen einer Schranktür, das Umblättern von Seiten in einem Ordner, das Abstellen eines Gegenstandes auf einem Tisch oder einem Regal.

Ein Klingeln unterbrach die konzentrierte Stille. Stern hörte, wie sein Kollege in den Flur trat und kurz darauf die Wohnungstür öffnete. Ein Hund begann zu kläffen.

»Oh«, war eine weibliche Stimme zu hören, »ist Herr Schöne nicht da? – Was machen Sie in seiner Wohnung? Sind Sie ein Verwandter?«

»Nein, wir sind von der Polizei.«

»Was ist mit Herrn Schöne? Ist was passiert?«

Statt zu antworten sagte Grüber: »Kann ich Ihnen helfen?«

»Nein. Ich wollte Herrn Schöne nur sagen, dass er seine Terrassentür gut verschließen soll. Ich hab heu-

82

te Morgen einen Fremden in unserem Garten gesehen. Der sah aus, als würde er nichts Gutes im Schilde führen. – Wo ist denn Herr Schöne? Ich hab ihn heute noch gar nicht gesehen. Ist was mit ihm?«

Die Frau sprach immer schneller.

»Herr Schöne ist nicht da«, antwortete Grüber knapp.

»Und was macht die Polizei die ganze Zeit in seiner Wohnung? Darf ich mal Ihren Ausweis sehen?«

Stern trat hinzu und sah, wie sein Kollege der kleinen grauhaarigen Dame seinen Dienstausweis reichte.

»Kriminaloberkommissar Grüber«, las sie laut und blickte neugierig an seinem Kollegen vorbei in die Wohnung, während sie dem Beamten den Ausweis zurückgab.

»Wir müssen jetzt weiter arbeiten, Frau?…«, Grüber wartete einen Moment.

»Braun«, vervollständigte die Frau den Satz. »Ich wohne genau über Herrn Schöne. Im ersten Stock.«

»Na, dann noch einen schönen Tag, Frau Braun.«

Grüber schloss die Tür.

»Möchtest du so eine Nachbarin haben? – Ob die ihn jedes Mal gefragt hat, wo er war, wenn er die Nacht nicht zu Hause verbracht hat?« Er schüttelte den Kopf. »Und? Hast du was gefunden, was uns weiterbringt?«, fragte er seinen Kollegen.

Stern war sich unsicher. »Ich weiß es nicht. In den Ordnern, die ich bisher durchgeblättert habe, scheinen nur Geschäftsunterlagen zu seinem Tennistraining zu sein. Rechnungen, Verträge, Quittungen. Aber alle schon älter. Und du?«

»Im Wohnzimmerschrank hat der nur Gläser und Geschirr aufbewahrt. Und Krimskrams. Allerdings gibt's auch ein paar Alben und einen großen Karton mit Fotos. Ob die uns irgendwie weiterhelfen? Keine Ahnung.«

Der Oberkommissar dachte kurz nach. »Lass uns die Sachen nachher erst mal mitnehmen. Bevor die Erben kommen und alles auf den Müll werfen. Die wollen doch sicher, dass die Wohnung schnellstmöglich freigegeben wird, um sie auflösen zu können.«

»Wird wohl das Beste sein. Sag Bescheid, wenn du fertig bist.«

Grüber nickte, bevor er sich wieder an seine Arbeit machte.

*

Als erstes hörte er von Anton, Luisa habe sich für eine Woche krank gemeldet. Einen Tag später erhielt er eine Rundmail vom Vorstand. In sachlichem Ton wur-

den alle Mitglieder darüber informiert, dass der Cheftrainer Bernd Schöne bis auf weiteres kein Training durchführen könne. Seine Termine würden von den Kollegen übernommen. Eine genaue Verteilung der Trainingsgruppen würde zeitnah veröffentlicht.

Nico Ruhmann hatte gegrinst, als er den Text gelesen hatte. Natürlich wollten Sportwart und Vorstand Zeit gewinnen. Und den wahren Grund für die Maßnahme wollten sie am liebsten unter den Teppich kehren. Nur keinen Skandal im Club! Das Image musste gewahrt bleiben. Aber Ruhmann war sicher, dies würde ihnen nicht gelingen.

Etwa zwei Wochen später – Luisa kam schon seit Tagen wieder zur Schule, ging ihm aber konsequent aus dem Weg – machte die Neuigkeit die Runde im ganzen Verein. Bernd Schöne sei fristlos entlassen. Als Grund gab der Vorstand bekannt, er habe gegen arbeitsrechtliche Vereinbarungen verstoßen. Insider glaubten zu wissen, dass ein Verhältnis mit einer Frau dahinter steckte. Dass es sich dabei um eine Jugendliche, deren Tennislehrer er war, handelte, hatte der Vorstand scheinbar erfolgreich vertuschen können.

Wer die Konsequenzen von Schönes Rausschmiss damals unmittelbar zu spüren bekam, waren er und seine Mutter, erinnerte Nico sich mit wieder aufkommendem Groll. Sein Vater zahlte nach seiner Entlassung überhaupt keinen Unterhalt mehr. Seine Mutter könne ja klagen, hatte er sie in seiner Anwesenheit

*angebrüllt, als sie ihn zur Rede gestellt hatte. Bei ihm
sei sowieso nichts zu holen.*

*

»Eine rote Linsensuppe und eine Piadina mit Gorgon-
zola, Spinat und Nüssen.«

Stern stand vor dem Tresen des kleinen Selbstbe-
dienungsrestaurants in der Leonhardtstraße und gab
bei der freundlichen jungen Mitarbeiterin seine Bestellung auf. Seit Maischa ihm vor ein paar Wochen
das nette Lokal gezeigt und er sich von der Qualität
der köstlich schmeckenden frisch zubereiteten Spei-
sen überzeugt hatte, war er ein paar Mal hier gewesen. Besonders die Piadine, dünne nur aus Weizen-
mehl, Wasser und Salz hergestellte und ohne Fett auf
heißer Platte gebackene italienische Fladenbrote,
hatten es ihm angetan. Zum Glück hatte er es heute
geschafft, das Dienstgebäude in der Keithstraße kurz
vor zwanzig Uhr zu verlassen und nach einer schnellen Fahrt mit dem Rad noch rechtzeitig hier anzu-
kommen. Bis zur Schließung des Restaurants, das wie
die Spezialität `La Piadina` hieß, um einundzwanzig
Uhr würde noch genügend Zeit zum Essen bleiben.

»Und ein Glas trockenen Weißwein«, fügte Stern
hinzu, bevor er zu seinem Platz an dem einzig freien

86

Tisch zurückging. Die übrigen Plätze waren besetzt von einer Gruppe junger Berlin-Touristen, die Charlottenburg am Abend erleben wollten und aufmerksam den auf Englisch vorgetragenen Ausführungen ihres Stadtführers lauschten. Dieser hob gerade stolz hervor, welche Promis hier im Kiez rund um den Stuttgarter Platz lebten und häufig, und besonders abends, auf der Straße oder in den umliegenden Läden oder Restaurants anzutreffen waren. Hans Stern interessierte sich nicht sonderlich für Promis aus Film und Fernsehen und war froh, als ihm Catalina eine Terrine mit dampfender Suppe und ein gut gefülltes Glas des italienischen Hausweines an den Tisch brachte. Genüsslich biss er in eine Hälfte der beigefügten Brotscheibe. Spätestens jetzt konnte der Feierabend beginnen.

*

10   Aprilwetter, dachte Hans Stern und lächelte.

Der Sturm, der in der Nacht über Berlin getobt hatte, hatte sich gelegt. Stattdessen luden blauer Himmel und die schon leicht wärmende Sonne zum Fahrradfahren ein. Er hatte beschlossen, vor der Fahrt in die Keithstraße einen Abstecher ins ZentralStadion zu machen. Grüber war informiert und die Kollegen würden ihre Arbeit auch ohne ihn beginnen.

An der Schaubühne bog er in die Cicerostraße ein und hatte sein Ziel kurz darauf erreicht. Nichts als Tagdiebe hier, empfand er, während er sein Rad auf das Gelände der Sportanlage schob. Alle vier Tennisplätze waren belegt, sechs Spieler versuchten sich an Beachvolleyball – mit mäßigem Erfolg, wie Stern fand, – und auch ein paar Zocker hatten, eingehüllt in dicke Jacken und Mäntel, an ihrem angestammten Tisch Platz genommen und ließen einen Würfelbecher kreisen.

»Bin ich der einzige Mensch in dieser Stadt, der montags morgens um halb zehn einer geregelten Arbeit nachgeht?«, wandte er sich an den polnischen

Platzwart, der ebenfalls an einem Tisch saß und in der BZ blätterte. »Guten Morgen.«

Greskowiak schaute ihn überrascht an und wie bei ihrer ersten Begegnung wirkte er sofort wieder wie jemand, der auf der Hut sein muss.

»Guten Morgen, Herr Kommissar. Haben Sie den Täter gefunden?«

Neugierig blickten die Zocker in seine Richtung.

»Schön wär`s. Nein, aber ich hab noch ein paar Fragen. Können wir kurz reingehen?«

Das Clubrestaurant war leer. Gut so, dachte der Hauptkommissar.

»Ist Herr Fender auch schon hier?«

»Ja, der sitzt nebenan in seinem Büro.«

»Herr Greskowiak, wir müssen uns noch einmal über Ihr Alibi unterhalten. Sie haben uns immer noch niemanden genannt, der bestätigen kann, dass Sie zur Tatzeit wirklich zu Hause waren.«

»Verdächtigen Sie mich, Herr Kommissar?«

Greskowiak schien angestrengt zu überlegen. Wollte der Mann Zeit gewinnen?

»Ich habe Ihnen schon gesagt. Wir haben in Woche vor Eröffnung jede Tag gearbeitet bis neunzehn, zwanzig Uhr. Danach ich war müde und bin gefahren gleich nach Hause. Nur einmal ich war bei Lidl einkaufen. Das war Mittwoch.«

»Aber Ihr Alibi wurde noch nicht bestätigt. Es wäre gut, wenn jemand bestätigen könnte, was Sie mir erzählen. – Besitzen Sie ein Auto?«, wechselte Stern plötzlich das Thema.

»Natierlich ich besitze Auto.«

»Was ist das für ein Wagen?«

»Mercedes A-Klasse. Aber Auto ist in Polen. Meine Frau braucht Auto. Ich komme immer mit Kollegen nach Berlin. Hier ich hab Fahrrad.«

Plötzlich fiel ihm noch etwas ein.

»Fragen Sie Frau Kuhn. Frau Kuhn gehören Ferienwohnung. Und Frau Kuhn immer passt auf, wer kommt in Wohnung. Und sie klopft immer an Wand, wenn Musik laut. Ich gerne heeren laute Musik. Polnische Musik.«

»Guten Morgen.«

Hartmut Fender trat aus dem Nebenraum und begrüßte Stern per Handschlag.

»Wir brauchen Alibis für die Tatnacht?«

Er musste das Gespräch mit Greskowiak mitgehört haben. Erst jetzt bemerkte Stern, dass die Tür zu dem kleinen Büro, das sich direkt an den Gastraum anschloss, offen stand.

»Da hab ich aber Glück gehabt.« Fender lächelte. »Ich war am sechzehnten März im Quasimodo. Die Eintrittskarte hab ich bei `STAR FM` gewonnen. Das können die Ihnen bestätigen.«

Die Art, wie Hartmut Fender sein vermeintliches Alibi äußerte, ärgerte den Hauptkommissar. Immerhin war sein Kompagnon getötet worden.

»Wir brauchen niemanden, der bezeugt, dass Sie eine Eintrittskarte gewonnen haben. Sie brauchen jemanden, der bezeugt, dass Sie an dem Abend dort waren. Und am besten auch, wann Sie gekommen sind und wie lange sie geblieben sind! Mit wem waren Sie denn da?«

»Ich war alleine dort.«

Fenders Lächeln war verschwunden.

»Kurz vor Konzertbeginn bin ich angekommen.«

»Und wie lange waren Sie dort?«

»Ich bin gleich nach dem Auftritt wieder gegangen. Die Zugabe hab ich mir noch angehört.«

Verunsichert schaute er den Beamten an.

»Wir müssen das überprüfen. Gibt es jemanden, der Ihre Angaben bestätigen kann?«

Fender hob die Schultern.

»Überlegen Sie genau.« Als sein Gegenüber immer noch nicht antwortete, fügte Stern hinzu: »Rufen Sie uns auf jeden Fall an, wenn Ihnen noch jemand einfällt.«

»Kann vielleicht ma eener rauskommn?«, ertönte eine verärgert klingende Stimme von draußen. »Wir hätten jerne zwee Kaffee und een Pfefferminztee.«

Die Zocker bei der Arbeit, dachte Stern. Nichts trinken, was die Sinne trüben könnte. Er ließ sich von Pawel Greskowiak die Telefonnummer von Frau Kuhn geben und trat nach draußen.

»Hat Bernd Schöne gelegentlich auch bei euch mitgespielt?«, wandte er sich an den Grauhaarigen, der gerade nach dem Würfelbecher griff und seiner Stimme nach zu urteilen die Bestellung abgegeben hatte.

»Schöne? Der doch nicht!«

»Der konnte nur Tennis spielen. Von wat anderet hat der doch jarkeene Ahnung«, fügte der Nebenmann des Angesprochenen hinzu und begann sofort, über seinen vermeintlich witzigen Kommentar zu lachen.

»Früher mal«, sprach der Grauhaarige weiter. Aber die Zeiten sind längst vorbei.«

Wieder fiel ihm der Witzbold ins Wort. »Dem seene Freundin hat dem det sicher vaboten. War ne janz solide.«

Jetzt lachten auch seine Kumpane.

»Schönen Tag noch.« Stern nickte mit dem Kopf und machte sich ernüchtert auf den Weg ins Büro. Vielleicht würden sie diese Herren bei Gelegenheit auch noch einmal eingehender befragen müssen.

*

»Kaum bist du nicht da, schon läuft`s hier im Laden.«

Grüber hielt ihm grinsend zwei Hefter hin. Heute ärgerte sich Stern nicht über die Frotzeleien seines Kollegen. Er hatte weder einen Brummschädel noch grämte er sich wegen des bevorstehenden Auszugs von Maischa, sondern er fühlte sich nach der Radfahrt durch den Berliner Frühling frisch und pudelwohl.

»Der Bericht von der Kriminaltechnik und der Obduktionsbericht sind da. Welchen willst du zuerst lesen?«

»Keinen. Ich möchte, dass du mir die wichtigsten Details vorträgst.«

Grüber verzog sein Gesicht. Eins zu eins, dachte Stern.

»Okay. Dann fang ich mal an. Die Rechtsmedizin hat die beiden Geschosse in Schönes Schädel gefunden. Kaliber 7.62 Millimeter. Die Schussverletzungen waren auch die Todesursache. An seinem Körper wurden weder äußere Verletzungen noch fremde DNA noch Kampfspuren gefunden. Der Angriff muss für Schöne völlig überraschend gekommen sein.«

»Wenn er mit einem Angriff hätte rechnen können, hätte er sicherlich auch die Seitenscheibe nicht geöffnet«, warf Stern ein. »Entweder kannte er den Täter oder jemand hat so getan, als wollte er um irgendwas bitten. Anders kann ich mir das nicht vorstellen.«

»Mein Vortrag ist noch nicht zu Ende! Die KT hat am Tatort weder verwertbare Fußspuren noch Reifenspuren sichern können. Dazu hat es während der Nacht zu stark geregnet. Auch der Abgleich der Fingerabdrücke, die im Wagen gefunden wurden, mit unserer Datenbank brachte bisher kein Ergebnis.«

»Der Täter trug wahrscheinlich Handschuhe«, warf Stern ein.

»Ebenso wenig wie die Suche nach der Tatwaffe. Die Pistole, zu der die Geschosse passen, ist nirgendwo registriert.«

Wieder unterbrach Stern seinen Kollegen. »Hoffentlich ist es keine Waffe aus alten Armeebeständen der Sowjets. Dann können wir lange suchen.«

»Soweit ich weiß, haben die doch schon lange die Makarow benutzt. Die hat aber ein anderes Kaliber«, antwortete Grüber. – »So, und jetzt kommen die positiven Nachrichten.«

Er hielt einen Augenblick inne.

»In der Nähe des Tatortes unter einer Toreinfahrt fanden die Kollegen diverse Zigarettenstummel, ein paar leere Flaschen, Verpackungsmüll und Essensreste. Sieht aus, als ob dort ein Obdachloser seinen Schlafplatz hätte. Wenn wir den finden, können wir ihn fragen, ob er etwas gesehen hat.«

»Das nennst du positive Nachricht?«

»Und.«

Wieder machte Grüber eine kleine Pause.

»Nun mach `s nicht so spannend!«

»Die Kollegen der Spurensicherung haben jedes Fahrzeug, das am Morgen noch in der Albrecht-Achilles-Straße geparkt war, gefilmt und fotografiert. Und zwar auf der ganzen Länge. Vom Kudamm bis zur Paulsborner Straße. Was sagst du jetzt?«

Sehr gut. Dann haben wir zu gegebener Zeit was zu tun für Watzke«, freute sich Stern, während er endlich an seinem Schreibtisch Platz nahm, um Frau Kuhn anzurufen.

*

20:05 Uhr, 22.03.2016, las Marieluise Gold auf dem Bildschirm des Rechners, während sie darauf wartete, dass am anderen Ende der Leitung jemand abnahm. Sie hatte die Homepage des Quasimodo aufgerufen und hoffte, um diese Zeit unter der genannten Rufnummer jemanden zu erreichen. Den Namen, den der Teilnehmer nannte, verstand sie nicht.

»Guten Abend. Ich bin Kommissarin Gold vom LKA Berlin. Kann ich mal Ihren Chef sprechen?«

»Da haben Sie Glück. Ich bin der Chef«, antwortete der Mann amüsiert.

»Wir ermitteln in einem Tötungsdelikt«, begann Gold, »und ich brauche die Bestätigung eines Alibis. –

Ein Mann behauptet, er sei in der letzten Woche in Ihrem Club gewesen, und zwar am sechzehnten März. Er sagt, er habe auf der Gästeliste gestanden, weil er die Eintrittskarte bei einem Radiosender gewonnen habe. Können Sie das noch überprüfen?«

»Da müssen Sie sich einen Augenblick gedulden. Ich hole mal eben den Ordner mit den Gästelisten der letzten Woche.«

Jetzt war laute Musik durch das Telefon zu hören. Wahrscheinlich hatte ihr Gesprächspartner den Apparat einfach abgelegt. Kurz darauf hörte Gold ihn wieder sprechen: »Sechzehnter März, sagen Sie? Dann sagen Sie mir mal den Namen.«

»Hartmut Fender heißt der Mann.«

»Moment, ich geh mal nebenan in mein Büro. Hier läuft gerade der Soundcheck für heute Abend. Da versteht man sein eigenes Wort nicht mehr.«

Die Hintergrundgeräusche verschwanden.

»Fender, sagen Sie. Ja, den haben wir hier. Der muss auch hier gewesen sein. Sein Name ist abgehakt, von mir höchstpersönlich.«

»War er alleine da?«

»Kann ich Ihnen nicht mehr sagen.«

»Okay«, bemerkte Gold, »dann sende ich Ihnen jetzt eine Mail mit einem Foto. Ich wäre Ihnen dankbar, wenn Sie mir zeitnah bestätigen könnten, ob das der Mann war, der an dem besagten Abend bei Ihnen im Club gewesen ist. Außerdem würde es uns weiterhelfen, wenn Sie oder einer Ihrer Mitarbeiter uns sagen könnte, ob er den ganzen Abend im Club war beziehungsweise, wann er gegangen ist.«

Die Kommissarin musste keine zehn Minuten warten, bis sie die Antworten auf ihre Fragen erhielt. Der Inhaber des Quasimodo hatte an besagtem Abend selbst bis zweiundzwanzig Uhr an der Kasse gesessen. Er erkannte den Mann auf Golds Foto sofort wieder und konnte sich sogar sehr gut an ihn erinnern. Der Mann hatte ihm als Dank für die kostenlose Eintrittskarte eine Zigarre geschenkt, eine echte kubanische Cohiba. So etwas war dem Inhaber des Clubs in seiner langjährigen Tätigkeit noch nie passiert. Auch im Laufe des Abends hatte der Clubchef den Gast noch mehrmals gesehen.

»Ab zehn arbeite ich immer hinter dem Tresen. Und jedes Mal, wenn der Gast sich ein neues Getränk kaufte, haben wir uns freundlich zugenickt. Er bestellte sich jedes Mal Alsterwasser. Ungewöhnlich hier bei uns. Ich schätze mal, drei oder vier hat der Bursche bis zum Ende des Konzerts bestimmt getrunken.«

»Und wie lange hat das Konzert gedauert?«

»An dem Abend? Etwa bis eins. Die Band hat einige Zugaben gespielt.«

»Vielen Dank«, verabschiedete sich die Kommissarin. »Falls wir noch Fragen haben, melden wir uns.«

»Kein Problem. Schönen Abend noch. Und wenn Sie mal Lust auf gute Musik haben, beehren Sie uns.«

Dann war ihr Gespräch zu Ende. Mein Arbeitstag auch, dachte Marieluise Gold nach einem erneuten Blick auf die Uhr. Sie fuhr den Rechner herunter und begann damit, die Unterlagen auf ihrem Schreibtisch zusammenzulegen. Der Anruf bei den Charlottenburger Kollegen von der Streife konnte bis morgen warten, entschied sie.

*

11   Sergej Karpow blickte nervös auf seine Uhr. Fünf vor zehn und er befand sich erst am Adenauer Platz. Um zehn Uhr begann die Probe. Er würde unweigerlich zu spät kommen. Dabei waren Pünktlichkeit und Disziplin den Deutschen so wichtig, auch an der Schaubühne.

Wie erwartet war in der Cicerostraße um diese Zeit kein einziger freier Parkplatz zu finden. Nur vor der ehemaligen Zufahrt zum Grundstück der Post gab es eine Lücke, die groß genug war. Darauf hatte er gehofft. Er ignorierte den Hinweis `Einfahrt freihalten` und machte sich daran, seinen Wagen zügig einzuparken. Die Zufahrt wurde schon lange nicht mehr genutzt, wusste er. Das ehemalige Postgebäude in bester Lage war längst an einen Investor verkauft. Exklusive Wohnungen mit Blick auf den Park waren hier geplant, verkündeten mehrere große Schautafeln. Aber mit den Bauarbeiten war bisher noch nicht begonnen worden.

»Scheiße!«, fluchte er laut, als er den Motor ausgeschaltet hatte und das Fahrzeug sah, das in die Cicerostraße einbog. Das hat mir jetzt gerade noch gefehlt. Er wendete sich zur Seite und tat so, als suche er etwas in seinem Rucksack auf dem Beifahrersitz. Im Augenwinkel sah er, dass der Streifenwagen sein Tempo verlangsamte und stehenblieb. Jetzt wurde sogar das Blaulicht eingeschaltet. Karpow wunderte sich. Dann vernahm er das energische Klopfen an die Fensterscheibe seines Wagens.

»Guten Morgen. Polizeihauptmeister Jopek«, begann der Beamte, nachdem die Seitenscheibe unten war. »Sie stehen im Parkverbot.«

»Aber das Grundstück wird doch gar nicht mehr befahren. Hier ist doch gar keine Post mehr.«

»Trotzdem!«, war die knappe Antwort.

Der Polizeibeamte musterte den Wagen.

»Sind Sie der Halter dieses Fahrzeugs? – Darf ich mal Führerschein, Fahrzeugschein und Ihren Ausweis sehen?«

Karpow griff in die vordere Tasche seines Rucksacks und brachte die geforderten Papiere zum Vorschein. Der Polizist beobachtete ihn dabei mit der Hand an seiner Schusswaffe ganz genau. Zu seiner Überraschung forderte er ihn auf auszusteigen, nachdem er einen Blick auf den Ausweis geworfen hatte. Dass sich inzwischen in beiden Fahrtrichtungen ein beachtlicher Stau gebildet hatte, schien den Beamten nicht zu interessieren.

»Sie sind Deutscher?«, fragte er Karpow.

»Ja. Meine Eltern waren in Potsdam stationiert. Ich bin hier geboren. Wieso fragen Sie?«

»Parken Sie Ihr Fahrzeug öfter hier in der Gegend?«

»Ja. Wieso? Ist das verboten?«

Sergej Karpow merkte, wie er langsam wütend wurde. Die Probe lief schon seit mindestens zwanzig Minuten und niemand wusste, wieso er noch nicht da war.

»Kann ich mal telefonieren?«

»Wieso? Brauchen Sie einen Anwalt?«

Er durfte sich durch das Grinsen des Polizisten nicht provozieren lassen. So ruhig es ihm möglich war, bat er: »Wollen Sie mir nicht erst einmal erklären, was los ist? Ich bin in Eile. Wenn Sie mir einen Strafzettel ausstellen wollen, tun Sie das. Ich fahre mein Auto auch weg, wenn Sie wollen.«

»Erst muss ich mal telefonieren«, entgegnete der Polizeibeamte und kramte umständlich nach seinem Handy.

*

Kommissarin Gold war auf dem Weg zu ihrer morgendlichen Hofpause, als sie durch die geschlossene Bürotür das Klingeln ihres Diensttelefons hörte. Mist, ärgerte sie sich, kann man denn hier nicht mal ein paar Minuten Pause machen. Pflichtbewusst machte sie kehrt und eilte an ihren Schreibtisch zurück. Berg schaute seine Kollegin erstaunt an.

»Ich wäre auch rangegangen.«

»Und wenn`s Stern ist? Der ist sowieso in letzter Zeit nicht so gut drauf.«

Berg hob die Schultern und verzog das Gesicht. Noch im Stehen griff Gold nach dem Telefon.

»LKA Berlin, erste Mordkommission, Kriminalkommissarin Gold am Apparat.«

Zu ihrer Überraschung hörte sie: »Polizeihauptmeister Jopek, Polizeidirektion 2, Abschnitt 24.«

»Guten Morgen, Kollege.«

»Sie hatten um Unterstützung bei der Suche nach einem dunklen SUV gebeten. Marke Lada, Modell Urban. Ist das richtig?«

»Ja. Gibt`s was Neues?«

»Wir haben hier ein verdächtiges Fahrzeug. Kennzeichen B-SK-3080. Der Halter ist Sergej Karpow. Deutscher Staatsbürger.«

»Haben Sie ihn gefragt, ob er am Tatabend in der Albrecht-Achilles-Straße war mit seinem Fahrzeug?«

»Nein, ich wollte erst mit Ihnen sprechen. – Deshalb ist er sauer. Er sagt, dass er in Eile ist. Er ist angeblich Schauspieler und hat eine Probe hier vorne bei der Schaubühne. Seinen Wagen hat er in der Cicerostraße geparkt.«

Marieluise Gold überlegte kurz. »Okay. Fragen Sie ihn, wie lange die Probe dauert. Danach will ich ihn hier haben zur Befragung.«

Die Kommissarin hörte, wie der Mann notgedrungen einwilligte.

»Nehmen Sie seine Personalien auf, begleiten Sie ihn zu der Probe und bringen Sie ihn anschließend hierher in die Keithstraße. Und lassen Sie ihn nicht aus den Augen!«, wies sie den Kollegen an und legte auf.

Berg, der ihr Telefonat verfolgt hatte, sah sie erwartungsvoll an.

»Die haben wahrscheinlich den Fahrer von dem gesuchten SUV. – Ich geh mal rüber zu Stern. Das wird ihn interessieren.«

Achtlos ließ sie Tabakbeutel, Blättchen und Einwegfeuerzeug auf dem Schreibtisch liegen und eilte nach nebenan.

*

Ein paar Monate später war es zu diesem heftigen Streit gekommen.

»Was geht, Alter?«, sprach ihn Anton an. Sein Freund stand vor dem Schultor und rauchte eine Zigarette. »Hast du heute Abend schon was vor?«

»Wieso? Gibt`s `ne Party?«

»Nee. Aber das Senioren-Doppel von meinem Vater fällt heute aus. Die haben ein Winter-Abo. Der Platz ist frei von neunzehn bis einundzwanzig Uhr. Hast du Lust?«

»Wo ist das denn?«

»Cunostraße. Beim BSV zweiundneunzig, in der festen Halle. Richtig gut. Anschließend könnten wir noch zu mir gehen.«

»Okay, geht klar. Zehn vor sieben vor der Halle?«

Anton hob seinen rechten Daumen.

Kaum waren sie am Abend auf dem Platz und hatten angefangen, sich einzuspielen, ging die Eingangstür hinter ihm auf. Er kannte niemanden hier im Club und drehte sich nicht um. Aber an Antons Gesichtsausdruck war abzulesen, dass nicht irgendjemand die Halle betreten hatte. Und dann erkannte er eine der beiden Stimmen hinter sich und spürte, wie er sofort eine Gänsehaut bekam.

Sein Vater prahlte vor seiner weiblichen Begleitung, dass er in dieser Halle vor drei Jahren die Berlin-Brandenburgische Meisterschaft gewonnen hatte.

»Was? Toll! Dann kann ich ja bei dir viel lernen.«

Die Frau geriet ins Schwärmen.

Wütend drehte Nico sich um und rief, so, dass es jeder in der Halle hören konnte, »und das Honorar für Ihre Trainerstunde können Sie gleich bei mir ablie-

104

fern!« Sein Herz pochte ihm bis zum Hals. »Ihr Trainer hat hohe Schulden bei mir und meiner Mutter!«

Sein Vater konnte seine Verblüffung nicht verbergen.

»Mensch, Nico, was machst du denn hier?«

»Ich treibe meine Schulden ein! – Siehst du doch.«

»Jetzt hör doch mal auf mit dem Quatsch.«

Sein Vater bemühte sich, jovial zu klingen.

»Für mich ist das kein Quatsch!« Er merkte, wie ihm die Stimme zu versagen drohte. »Seit Monaten zahlst du keinen Unterhalt. Mama und ich brauchen die Kohle!«

Das Gesicht seines Vaters verzog sich zu einer wütenden Grimasse. Sein Ton wurde aggressiv: »So, jetzt hältst du endlich deine Klappe! Sonst kriegst du nämlich von mir eine auf`s Maul! Hast du mich verstanden?«

»Ruhe hier! Das könnt ihr draußen regeln!«

Einige Leute auf den drei anderen Plätzen hatten inzwischen aufgehört zu spielen.

»Dann komm doch, du Großmaul!«, schrie Nico.

Er war außer sich. Wütend warf er seinen Schläger auf den Boden und ging auf seinen Vater zu. Zum Glück hatten zwei Spieler der Ersten Herren, die direkt neben ihnen trainiert hatten, den Ernst der Lage erkannt, eilten auf den Nachbarplatz und hielten ihn zurück. Dabei warfen sie seinem Vater verächtliche Blicke zu.

Anschließend packte er schweigend seine Sachen ein und verließ mit Tränen in den Augen die Halle.

»Komm, Valentina, lass uns endlich anfangen.«

Die Stimme seines Vaters klang belegt. Wenigstens das.

Draußen setzte der Weinkrampf ein. Gut, dass Anton, der ihm schweigend gefolgt war, ihn ganz lange ganz fest umarmte, damals.

*

Sergej Karpow zerriss wütend den Strafzettel, den er unmittelbar nach Verlassen des Dienstgebäudes in der Keithstraße hinter dem Scheibenwischer seines SUV gefunden hatte. Er schaute auf seine Uhr und sein Ärger steigerte sich noch. Fast eineinhalb Stunden hatten ihn der leitende Ermittler und seine junge Kollegin immer wieder mit denselben Fragen gelöchert. Wann haben Sie Ihren Wagen in der Albrecht-Achilles-Straße abgestellt? Wieso haben Sie an diesem Abend dort geparkt? Wo sind Sie anschließend hingegangen? Wer hat Sie dort gesehen? Und! Und! Und! Sogar eine wichtige Beobachtung hatte er gemacht und den Beamten mitgeteilt. Und dann ein Strafzettel. Parken ohne Parkschein. Wer denkt denn in so einer Situation an einen Parkschein? Verächtlich spuckte er aus.

Schließlich hatte die junge Kommissarin bei drei Leuten aus dem Theater, deren Nummern er ihr gegeben hatte, angerufen. Alle drei hatten natürlich bestätigt, was er den Ermittlern auch erklärt hatte. Sie hatten sich zusammen ein Stück ihrer Schaubühnen-Kollegen angeschaut. Das Stück hatte bis etwa zweiundzwanzig Uhr dreißig gedauert. Am Ende hatte es viele Vorhänge gegeben. Das Publikum war begeistert gewesen.

»Und was haben Sie anschließend gemacht?«

»Wir sind noch etwas essen gegangen.«

»Alle vier?«

»Ja.«

»Und wo?«

»Im Piazza Bra.«

Stern kannte das Lokal. Er war schon öfters dort gewesen. Die Steinofen-Pizza, die man dort bekam, war nicht nur groß wie ein Wagenrad, sondern auch ausgesprochen lecker. Er bekam Hunger, wenn er nur daran dachte. Unwillkürlich blickte er auf seine Uhr. Schon nach vier. Kein Wunder, er hatte seit der Frühstückspause nichts mehr gegessen.

»Und wie lange sind Sie in dem Lokal gewesen?«

»Tut mir leid, ich habe nicht auf die Uhr geschaut.«

Karpow wurde plötzlich klar, dass die beiden Kriminalbeamten auch nur ihre Arbeit machten. Unfreundlich oder aggressiv waren sie ihm gegenüber nicht aufgetreten. Sie hatten auch mehrmals betont, dass er kein Tatverdächtiger war. Es würde sich lediglich um eine Befragung handeln.

»Ich schätze, wir waren etwa kurz vor elf da. Die Pizzen kamen relativ schnell. Es waren nicht mehr viele Gäste da. Dann haben wir in aller Ruhe gegessen, mehrmals Wein nachbestellt und gequatscht. Ich schätze mal, es war so gegen halb eins, als wir das Lokal verlassen haben.«

»Und als Sie zu Ihrem Wagen kamen? Ist Ihnen da irgendwas aufgefallen?«

Karpow überlegte.

»Schließlich ist nicht lange vorher genau gegenüber ein Mord passiert.«

»Und der Tote oder zu diesem Zeitpunkt vielleicht noch lebende Mann saß blutüberströmt in seinem Auto«, ergänzte Kommissarin Gold.

»Nein. Ich hab mich sehr beeilt einzusteigen. Es hat ziemlich stark geregnet.«

»Waren Sie alleine bei Ihrem Auto?«

»Ja. Meine Kollegen hatten in einer Tiefgarage in der Nähe geparkt.«

Und dann war ihm doch noch etwas eingefallen.

»Ich weiß nicht, ob es für Sie wichtig ist. Beim Wegfahren hab ich im Rückspiegel ganz kurz eine Gestalt gesehen. In der Toreinfahrt neben dem Supermarkt. Ich glaube, die hat dort geraucht.«

Sofort fragte Kommissarin Gold: »Und wie sah diese Person aus?«

»Ziemlich groß. Er trug einen Parka und hatte die Kapuze über dem Kopf. Mehr hab ich nicht gesehen.«

»Er?«, fragten die beiden Beamten fast simultan.

»Ach so. – Ich weiß es nicht. Der Größe nach zu urteilen könnte es ein Mann gewesen sein. Er könnte auch einen Bart gehabt haben.«

»Denken Sie bitte noch mal genau nach. Nehmen Sie sich ruhig etwas Zeit.«

»Es war dunkel, es hat geregnet und ich hab die Gestalt nur im Rückspiegel gesehen. Ganz kurz. Mehr kann ich beim besten Willen nicht sagen.«

»Herr Karpow, hatten Sie viel Wein getrunken in dem Restaurant?«

»Nein, natürlich nicht. Ich musste ja noch Autofahren.«

Das war also der Dank für seine Informationen. Er wurde langsam wieder ungeduldig. Er hatte auch noch andere Termine.

»Vielen Dank. Sie haben uns sehr geholfen, Herr Karpow«, sagte die junge Beamtin, nachdem sie einen Blick mit ihrem Chef getauscht hatte. Dann konnte er endlich gehen.

*

»Der ominöse Obdachlose?«, fragte Stern, nachdem Karpow den Raum verlassen hatte. Er dachte kurz nach.

»Vielleicht war es tatsächlich ein Raubüberfall. Immerhin haben Schönes Brieftasche gefehlt und sein Handy.«

»Ich glaube nicht, dass der Obdachlose, – falls er es überhaupt war, den Karpow gesehen hat, – zu seinem Schlafplatz zurückkehren würde, wenn er vorher dort jemanden erschossen und anschließend beraubt hätte«, erwiderte die Kommissarin.

»Wissen Sie, was in den Köpfen dieser Leute vorgeht? Alkohol, Drogen, wer weiß was sonst noch. Die kann man nicht mit unseren Maßstäben messen.«

Marieluise Gold schien Sterns Vermutungen trotzdem anzuzweifeln.

»Auf jeden Fall informieren Sie die Kollegen von der Streife. Sie sollen in der Gegend weiterhin die Augen aufhalten. Insbesondere die Nachtschicht«, wies der Hauptkommissar seine junge Kollegin an, bevor er den Raum verließ.

*

12 Die letzten Gäste waren gegangen. Auch Pawel hatte schon Feierabend gemacht. Hartmut Fender saß ganz alleine in seinem kleinen Büro und zählte die Tageseinnahmen. Die Stille und die frische Luft, die durch den Fensterspalt hereinkam, taten gut. Das Licht im Gastraum hatte er ausgeschaltet. Auf Taxifahrer oder Leute aus der Nachbarschaft, die manchmal um diese Zeit noch hereinschneiten auf ein Feierabendbier oder einen Kaffee und dann nicht mehr gingen, hatte er heute keine Lust mehr. Der Tag war anstrengend gewesen. Tennisspieler seit acht Uhr, Sportlehrer mit Schülergruppen, die auf den Beachfeldern Krach machten, und viele Familien beim Minigolf. Ein ruhiges Arbeiten war etwas anderes. Aber für die Kasse war es gut. Die Einnahmen vor ihm auf dem Tisch waren sehr üppig ausgefallen. Fender griff nach seinem Whiskyglas und führte es zum Mund. Er konnte beobachten, dass seine Hand nach wie vor leicht zitterte. Kein Wunder, dachte er.

Ein Geräusch ließ ihn aufhorchen. Es kam von draußen. Jemand hatte das Eingangstor geöffnet. Seit Tagen hatte er Pawel gesagt, das Tor müsste geölt werden. Aber der Pole war immer noch nicht im Bauhaus gewesen.

Er stellte das leere Glas ab, packte das Bündel Geldscheine in die Schublade seines Schreibtisches und stand auf, um nachzusehen. Jetzt war nichts mehr zu hören. Wer auch immer es gewesen war, war offensichtlich wieder gegangen, nachdem er gesehen hatte, dass im Clubrestaurant kein Licht mehr brannte.

Gut so, dachte Fender. Während er hinter den Tresen trat, hörte er, wie der Zeiger der Wanduhr auf zweiundzwanzig Uhr sprang. Er griff im Halbdunkel nach einem sauberen Glas und goss sich einen letzten Drink für heute ein. Zur Sicherheit schloss er die Eingangstür ab. Nach einem prüfenden Blick nach draußen ging er wieder nach nebenan. In einer halben Stunde würde er auch Feierabend machen und nach Hause fahren.

*

Hans Stern betrat das Wohnzimmer und ließ sich erschöpft auf die breite, weiche Ledercouch fallen. Nach einem einsamen Abendessen würde er hier den Abend verbringen mit Fernsehen oder Dösen und schließlich zu vorgerückter Stunde ermattet in seinem Bett landen. Nicht gerade prickelnd, wurde ihm bewusst. Aber für einen Besuch im A-Trane, wo in Kürze ein Jazzkonzert beginnen würde, fehlte ihm nach einer arbeitsreichen Woche einfach der Elan. Sein Blick fiel auf Maischas Gitarre, die sie neben dem Wohnzimmerregal hatte stehen lassen. Die Washburn war ein Geschenk ihrer Mama. Maischa hatte sie im letzten Jahr von einem Besuch bei Anette aus den USA mitgebracht und ihm ganz stolz präsentiert. Seitdem lag ihre alte Yamaha eingepackt auf ihrem Kleiderschrank.

Ob ich`s mal versuchen soll, dachte Stern. In Zukunft werde ich reichlich Abende wie diese erleben und viel Zeit zum Üben haben.

Als Jugendliche hatten Freunde von ihm eine Band gegründet. Er selbst hatte damals leider kein Instrument gespielt und seine Eltern hatten auch nicht genügend Geld gehabt, ihm Musikunterricht zu finanzieren. Er war aber sehr oft bei den Proben dabei gewesen. Nach und nach hatten ihm seine Freunde ein paar Akkorde gezeigt und er hatte, immer wenn die anderen Pause machten, ein bisschen rumgeklimpert. Irgendwann konnte er auch ein paar einfache Songs spielen. Aber um in die Band aufgenommen zu werden, hatte es nie gereicht. `Knocking On Heavens Door`, erinnerte sich Hans Stern plötzlich, G-Dur, D-Dur, A-Moll und dann C-Dur. Oder `After Midnight`, D, F, G und A. Er musste lächeln. Er erhob sich, ging zum Gitarrenständer und griff nach dem Instrument. Mit dem Daumen strich er über die Saiten. Es hörte sich an, als ob sie gestimmt sei. Mit der Gitarre in der Hand kehrte er zur Couch zurück. Er griff den G-Akkord. Klingt nicht schlecht, freute er sich. Mal sehen, ob ich noch einen Song hinkriege. Der Fernseher blieb aus.

*

Hartmut Fender trat ins Freie. »Ganz schön kalt«, murmelte er. Er zog sein Basecap tiefer in die Stirn und schloss den Reißverschluss seiner Nike-Jacke. Wieder hörte er ein Geräusch, diesmal auf dem Kiesboden. Das musste irgendein Tier sein. Zu sehen war nichts. Vielleicht eine Katze. Oder eine Ratte. Fender wendete sich der Tür zu und schloss sorgfältig ab. Als er sich umdrehte, standen drei Männer vor ihm. Er erschrak. Im Dunkeln konnte er die Gesichter der Typen nicht erkennen. Alle drei waren groß, wirkten muskulös in ihren dunklen Bomberjacken und trugen Wollmützen und darüber die Kapuzen ihrer schwarzen Pullis. Fender spürte, wie sich Angst in ihm ausbreitete und sein Herz heftig zu schlagen begann. Er ahnte, wer die Typen geschickt hatte. Ich darf meine Angst nicht zu deutlich zeigen, wusste er.

»Wer sind Sie? Was wollen Sie hier? Ich hab kein Geld bei mir!«, fragte er, etwas zu laut.

Idiot, ärgerte er sich sofort. Warum erzählst du ihnen etwas von Geld? – Schweigen. Keiner der Männer sagte etwas.

»Verschwinden Sie, sonst rufe ich die Polizei!«

Auch auf diese Drohung reagierten sie nicht.

Der Tritt traf ihn unvermittelt in der Nierengegend. Er konnte den lauten Schmerzensschrei nicht zurückhalten. Ein harter Faustschlag landete auf seinem Bauch und schnürte ihm die Luft ab. Dem Schlag folgte ein Tritt gegen das rechte Knie. Fender fiel hin.

»Was bildest du dir ein?«, wiederholte einer der Männer, offensichtlich ein Deutscher, während alle drei unablässig auf ihn einschlugen und ihn traten. Das Letzte, was er wahrnahm, war das einsetzende

Brummen seines Smartphones. Dann verlor er das Bewusstsein.

*

Ihm war kalt. Er öffnete seine Augen. Er lag auf dem Boden. Die Kieselsteine bohrten sich in seine Wangen. Viel schlimmer waren die Schmerzen, die sich über seinen ganzen Körper ausgebreitet hatten. Sein Hals war trocken. Zwischen Nase und Lippen hatte sich eine Kruste gebildet. Wahrscheinlich geronnenes Blut. Den Versuch, es abzuwischen, brach er sofort wieder ab. Der Schmerz war zu stark. Vorsichtig versuchte er, tief einzuatmen. Deine Rippen sind nicht gebrochen, machte er sich selbst Mut.

Nach einer Weile gelang es ihm mühsam, aufzustehen. Er biss die Zähne zusammen und schleppte sich in das Innere des Clubhauses. Nachdem er sich auf einen der Barhocker gesetzt hatte, tastete er vorsichtig nach seinem Smartphone. Flach atmend drückte er die Kurzwähltaste.

»Du musst mich abholen.«

Dann wurde ihm wieder schwarz vor den Augen.

*

Der Funkwagen bog langsam von der Paulsborner in die Albrecht-Achilles-Straße ein. Die junge Kommissarin vom LKA hatte sich vor zwei Tagen noch mal telefonisch beim Abschnitt gemeldet. Die Besatzungen der Nachtschicht waren aufgefordert, neben der Suche nach dem BMW Cooper auch nach einer Person Ausschau zu halten, die sich in der fraglichen Nacht in der Nähe des Tatortes aufgehalten hatte und möglicherweise dort regelmäßig übernachtete.

»Der müsste schön blöd sein, wenn er mitbekommen hat, was hier passiert ist, und sich dann immer noch hier rumtreibt.« Polizeihauptmeister Jopek, der in dieser Woche Nachtdienst hatte und vom Beifahrersitz aus die rechte Straßenseite beobachtete, schüttelte verständnislos den Kopf. »Und die Beschreibung trifft auch auf jeden dritten Obdachlosen zu. Groß, Parka, wahrscheinlich trägt er einen Bart. Was sollen wir damit anfangen?«

Der Wagen erreichte das Finanzamt.

»Halt doch mal an. Ich steige kurz aus und schau mal unter der Toreinfahrt und in der Einfahrt der Tiefgarage nach.«

Sein Kollege trat auf die Bremse. Jopek stieg aus, öffnete das Holster seiner Pistole und ging langsam auf die andere Straßenseite. Kurz darauf war er aus dem Blickfeld seines Kollegen verschwunden.

Plötzlich hupte es laut hinter dem Funkwagen. Polizeiobermeister Krüger zuckte zusammen. »Idiot!«, schimpfte er wütend, »dir erzähl ich gleich mal was von nächtlicher Ruhestörung.«

Im Rückspiegel sah er einen dunklen Wagen. Der Fahrer wollte offensichtlich vorbei, hatte aber nicht genügend Platz. Im Licht der Straßenlaterne erkannte Krüger, dass drei Männer in dem Fahrzeug saßen.

Krüger hielt Ausschau nach seinem Kollegen, aber von Jopek war noch nichts zu sehen. Dann muss ich die Herrschaften um etwas Geduld bitten, dachte er, bevor er ausstieg. Das Holster seiner Pistole ließ er zu. Er war nicht so ängstlich wie sein älterer Kollege. Langsam näherte er sich dem wartenden Fahrzeug.

»Kannst wieder einsteigen«, hörte er plötzlich die Stimme des Polizeihauptmeisters. Hier ist niemand. Wir können weiterfahren.«

Die drei Typen in dem dunklen Mercedes hatten inzwischen Ruhe gegeben.

»Hier hat seit Tagen keiner mehr übernachtet. Der Kerl ist längst über alle Berge.«

Polizeiobermeister Krüger ließ den Motor an. Der Funkwagen rollte langsam weiter.

*

Nina Fender erschrak, als sie ihren Mann sah. Er lag auf dem Boden. Seine Beine hatte er hochgelegt und unter seinen Kopf hatte er ein Kissen geschoben. Seine Augen waren fast komplett zugeschwollen und blutunterlaufen. Der Rest seines Gesichtes war verbeult. Was von seiner Haut nicht rötlich verfärbt war, wirkte in dem Licht des Raumes gelblich-weiß.

»Hast du die Polizei geholt?«, war das erste, was sie herausbrachte.

»Und den Notarzt?«

»Nein.« Fender stöhnte. Er versuchte zu sprechen, ohne dass ihm alles wehtat.

»Was soll die Polizei denn bringen? Die können doch sowieso nichts machen. Die nerven mich, bis sie ihr Protokoll aufgenommen haben, und dann hauen die wieder ab.«

»Aber vielleicht können die den Täter finden.«

»Die Täter. Es waren drei. Richtige Schlägertypen. Aber ihre Gesichter konnte ich nicht erkennen, dazu war es zu dunkel.«

»Und was wollten die? Dein Geld? Haben sie dich auch ausgeraubt?«

»Nein. – Ich kann es dir nicht sagen. Vielleicht wollen sie demnächst Schutzgeld von uns haben.«

»Aber dann müssen wir doch die Polizei rufen. Sonst kommen die immer wieder!«

»Denkst du, die Polizei stellt dann hier eine Wache auf? Die Typen lassen sich durch die Polizei jedenfalls nicht abschrecken.«

Vorsichtig stand Fender auf. Sehr langsam ging er zu dem Barhocker und stützte sich mit der Hand auf dem Schanktisch ab. Ungläubig sah ihm seine Frau dabei zu.

»Am besten, du bringst mich jetzt nach Hause.«

Fender sprach sehr leise.

»Ich hab schon keine Gehirnerschütterung. Gebrochen ist auch nichts. Und Schmerztabletten haben wir auch zu Hause.«

Nina Fender warf einen Blick auf die Wanduhr. Karin konnte sie jetzt nicht mehr anrufen und um Rat bitten. Dafür war es schon zu spät. Wahrscheinlich wollte die von Angelegenheiten, die irgendwie mit der Tennisanlage zu tun hatten, sowieso nichts hören und sehen. Aber in diesem Zustand würde sie mit ihrem Mann nicht nach Hause fahren. Das war ihr zu riskant. Bei den vielen Schlägen und Tritten, die er gegen seinen Kopf bekommen hatte, war eine Fahrt zum nächsten Krankenhaus unvermeidlich. Ganz in der Nähe war das Gertrauden-Krankenhaus. Da bringe ich ihn jetzt hin, beschloss sie. Und davon würde sie sich von Hartmut auch nicht abbringen lassen.

*

13 Die City-Station befand sich in der Joachim-Friedrich-Straße in unmittelbarer Nähe des Kurfürstendamms und war für Norbert Schneider seit mehr als zehn Jahren Anlaufstelle und Zufluchtsort, wann immer er ein Problem hatte oder einfach nur unter Menschen sein wollte. Hier gab es morgens, wenn der Magen vor Hunger knurrte, ein billiges Frühstück, hier konnte man sich aufwärmen, wenn die Nacht im Freien wieder einmal sehr kalt gewesen war. Man hatte sogar die Möglichkeit, in der City-Station warm zu duschen und seine Kleidung waschen zu lassen. Nur das Rauchen war in den Räumen der Berliner Stadtmission nicht erlaubt. Und wer Alkohol getrunken hatte oder trinken wollte, brauchte erst gar nicht herzukommen.

Es war noch zu früh, deshalb saß Norbert Schneider auf einer Bank in Sichtweite zur Station und blickte alle paar Minuten hinüber zum Eingang. Gefrühstückt hatte er schon. Ganz in der Nähe gab es Thürmann. Das Frühstück dort konnte er sich zurzeit leisten. Auch ohne das anstrengende, oft frustrierende Flaschensammeln. Seit die Rumänen und Bulgaren diesen Erwerbszweig für sich entdeckt hatten, fand man im Citybereich kaum noch einen Mülleimer mit weggeworfenem Leergut. Außerdem gab es in letzter Zeit häufig Streitereien und richtige Revierkämpfe mit

Prügel und Verletzten. Zum Glück hatte er noch seine Harps. Wie zur Bestätigung tastete er mit seiner Hand unwillkürlich die Brusttasche seines Anoraks ab.

Nach einem letzten Blick zur Straßenuhr auf der anderen Seite des Kudamms erhob sich Schneider, griff nach seinem Seesack, in dem sein gesamtes Hab und Gut untergebracht war, hängte ihn sich über die linke Schulter und ging hinüber zum Laden. Geöffnet wurde immer pünktlich auf die Minute. Eine große Gruppe von Rumänen, mit und ohne Krücken, drängte sich schon vor dem Eingang. Tagsüber verließen sie ihr wildes Lager in der Heilbronner Straße aus Angst, von der Polizei aufgegriffen und abgeschoben zu werden. Viele nahmen die Gelegenheit wahr, in der City-Station für zwei Euro zu frühstücken. Anschließend verteilten sie sich in der ganzen Stadt, sammelten Flaschen, verkauften Obdachlosen-Zeitschriften, bettelten oder beklauten ahnungslose Touristen. Kumpels, die er von früher kannte und die Deutsch sprachen, traf Schneider hier nur noch wenige. Auch in der Station hatten die Auseinandersetzungen zugenommen. Er selbst war ebenfalls nur noch selten hier. Die Betreuer und Ehrenamtlichen freuten sich immer, wenn er kam, und er freute sich, sie zu sehen. In besseren Zeiten hatte er sogar ein paar Monate in der Station geholfen.

»Hallo Norbert. Schön, dich zu sehen. Warst ja lange nicht mehr hier. Willst du frühstücken?«, wurde er beim Betreten des Cafés freundlich von Werner begrüßt.

»Nee, ha ick schon. Ick will mer nur ofwärmen und en bisschen quatschen. Und ick muss pissen. – Aber en heißer Tee wär jetzt nich schlecht.«

»Pfefferminz, wie früher? Aber ohne Schuss?«

Beide Männer mussten lachen und Norbert nickte zustimmend, bevor er Richtung Toilette verschwand.

»War kalt heut Nacht, wa? Wo schläfst´n überhaupt zur Zeit? Haste wat festet?«

Werner goss heißes Wasser in das Glas mit dem Teebeutel, stellte es vorsichtig auf dem Tresen ab und blickte Norbert neugierig an.

»Nee. Se hamn mir ma wieda vascheucht.«

»Schade. Aba wird jetzt ja ooch langsam wärmer. – Musik machste aba noch, oder? Scheint juut szu loofen. – Neuer Schal?«

Norbert musste lächeln.

»Vom Blues komm ick nich mehr los. Weeste doch.«

Er pustete in sein Glas und trank vorsichtig einen Schluck von dem heißen Tee. Mit dem Glas in der Hand ging er hinüber zu einem der Tische, an dem er doch noch zwei Bekannte von früher erblickt hatte. Seinen Seesack zog er hinter sich her.

*

Es war eine schlaflose Nacht gewesen. Er war einfach nicht zur Ruhe gekommen. Zum wiederholten Mal in kurzer Zeit. Er musste aufpassen. Gegen sieben Uhr hatte er Grüber eine SMS geschickt. Er würde heute erst gegen Mittag in die Keithstraße fahren.

Stern betrat das Gasthaus Lentz und schloss die Tür hinter sich.

»Schön, dass du den extra für mich abgewischt hast«, begrüßte er Emmy, die gerade dabei war, einen frei gewordenen Tisch abzuräumen und zu säubern. »Ich komme mir vor wie ein VIP.«

Emmy lächelte. »Bist du auch. Ist doch dein zweites Zuhause hier. Wenigstens von Zeit zu Zeit.«

Demnächst wieder häufiger, dachte Stern, sagte aber: »Stimmt. Nur zu Hause muss ich den Tisch selbst abwischen«, und setzte sich.

Das Lentz war auch um diese Zeit schon erstaunlich gut besucht. Bis auf einen waren alle Tische besetzt. Im Gegensatz zu abends war es jedoch sehr leise in dem Gastraum. Die Leute unterhielten sich nicht miteinander, auch wenn sie zu zweit am Tisch saßen. Alle waren in ihre Zeitung vertieft. Die zwei, drei Personen, die jünger waren, hielten ihr Smartphone in den Händen und schauten auf das Display. Lediglich das Blubbern, Zischen und Brummen der Espresso-Maschine und das Klappern des Geschirrs unterbrachen gelegentlich die Stille im Raum. Hans Stern warf einen Blick in die Frühstückskarte. Er konnte sich kaum erinnern, wann er das letzte Mal um diese Zeit hier gewesen war, und wusste gar nicht mehr, zwischen welchen Angeboten die Gäste im Lentz morgens wählen konnten. Er entschied sich für ein Käsefrühstück und einen großen Kaffee. Den brauchte er dringend, um seine Lebensgeister zu wecken. Nachdem er bei Emmy die Bestellung aufgegeben hatte, stand er auf und ging zur Ablage mit den Zeitungen und Zeitschriften. Er hatte Glück. Die aktuelle Ausgabe des `11 Freunde`-Magazins lag noch da. Im Lentz las man morgens die Tageszeitung, amüsierte er sich über die ernsten Gesichter an den Nachbartischen.

*

Seine Mutter war richtig krank geworden. Er erinnerte sich noch genau an diesen Nachmittag. Er saß in seinem Zimmer und las einen Artikel im Internet. In zwei Tagen musste er sein Referat halten und besonders viel über Remarque wusste er noch nicht. Vor zwei Stunden war seine Mutter zur Arbeit gegangen. Es wurde höchste Zeit. Keine Hektik, du kannst in Ruhe arbeiten, beruhigte er sich. Sein Smartphone hatte er abgeschaltet. Als er gerade dabei war, einen Teil des Textes zu kopieren, hörte er, wie der Schlüssel im Schloss ihrer Wohnungstür umgedreht wurde. Verwundert stand er auf und trat in die Diele.

So hatte er seine Mutter noch nie gesehen. Weiß wie die Wand, ihre tiefliegenden Augen waren mit Tränen gefüllt und völlig verschmiert und ihre Lippen zitterten unkontrolliert.

»Was ist Mama?«

Mehr brachte er nicht heraus. Spontan hatte er das Bedürfnis, sie zu umarmen. Aber er konnte es nicht. Ich muss zwölf gewesen sein, als wir uns das letzte Mal wirklich umarmt haben, erinnerte er sich in diesem Moment.

Seine Mutter konnte ihm nicht antworten. Unerwartet setzte ihr heftiges, hemmungsloses Weinen ein. Sie sah ihn kurz an, ließ ihre Tasche, den Wohnungsschlüssel und ihre Jacke einfach auf den Boden fallen und wankte in ihr Zimmer.

»Mama? Was ist los?«

Als sie bemerkte, dass er ihr ins Zimmer folgen wollte, schloss sie die Tür.

Der Arzt, den sie am nächsten Tag aufsuchte, diagnostizierte `Burn out`. Er verschrieb seiner Mutter starke Beruhigungsmittel und schrieb sie krank.

»Erst müssen Sie jetzt mal ein paar Wochen zu Hause bleiben. Ich rate Ihnen dringend zu einer Therapie. Außerdem empfehle ich Ihnen, weniger zu arbeiten in Zukunft. Schalten Sie mal einen Gang zurück.«

»Dieser Witzbold«, höhnte seine Mutter, als sie ihm schließlich von ihrem Arztbesuch erzählte. »Und wer bezahlt unsere Miete? Und das Essen?«

Die Tabletten, die sie nahm, begannen in den nächsten Tagen langsam zu wirken. Die Sorgen blieben. Nur das Geld wurde jetzt noch weniger.

*

Sie traten auf der Stelle. Seit zwei Wochen waren sie unter erheblichem personellen und zeitlichen Aufwand damit beschäftigt, die Befragungen der Anwohner der Albrecht-Achilles-Straße und der Hausbewohner aus der Salzbrunner durchzuführen. Auch die Besitzer der geparkten Fahrzeuge waren dank der fotografierten Kennzeichen ermittelt und zum allergrößten Teil bereits angerufen oder zu Hause aufgesucht worden.

Doch die Ergebnisse waren mager. Einer der Anwohner hatte zwei Schüsse gehört, aber gedacht, Jugendliche hätten alte Böller gezündet, und nicht aus dem Fenster geschaut. Ein Ehepaar, das aus dem Kino kam und auf dem Weg nach Hause war, hatte einen dunklen BMW Mini Cooper aus der Albrecht-Achilles-Straße wegfahren sehen. Auf Kennzeichen oder Insassen hatten sie nicht geachtet. Allerdings war die Frau sich sicher, was die Uhrzeit betraf. Es sei kurz nach halb zwölf gewesen. Der Zeitpunkt deckte sich mit den Aufzeichnungen der Überwachungskameras, die sie hatten.

Das verdächtige Fahrzeug hatten sie noch nicht gefunden, ebenso wenig wie die ominöse Person im Parka, die in der Nähe des Tatortes gesehen worden war und dort vielleicht sogar übernachtet hatte. Wie befürchtet, gab es auch immer noch keine Spur von der Tatwaffe und die Kollegen hatten bei der Durchsicht von Schönes Notebook nichts gefunden, was ihnen bei ihren Ermittlungen hätte weiterhelfen können.

Hans Stern war gefrustet. Er wünschte sich mit dem `11 Freunde`-Magazin ins Lentz zurück.

Einer plötzlichen Eingebung folgend griff er noch einmal nach dem Ordner mit Bernd Schönes Steuerunterlagen. Aufgefallen war ihm, dass er nahezu ausschließlich Rechnungen für Sportartikel enthielt, Tennisschuhe, Saiten, Sportsocken, Bälle und so weiter.

Nur zwei der Dokumente fielen aus dem Rahmen. Sie stammten aus einem Vier-Sterne Schlosshotel in Brandenburg und unter `Leistungen` war alles aufgelistet, was im Restaurant beziehungsweise in der Bar konsumiert worden war. Bernd Schöne war an zwei verschiedenen Wochenenden dort gewesen. Zum ersten Mal Anfang Januar, die zweite Rechnung stammte von einem Wochenende in der letzten Februarhälfte. Der Höhe der zu zahlenden Beträge und der Menge der konsumierten Getränke nach zu urteilen, war Schöne nicht alleine in dem Hotel gewesen. Er muss die Wochenenden in dem Hotel in Begleitung verbracht haben, war Stern sich sicher.

Offensichtlich hatte Schöne vorgehabt, die Kosten für den Aufenthalt von den Steuern abzusetzen. Merkwürdig war nur, dass es keine Rechnung für die Übernachtungen gab. Ob das etwas zu bedeuten hatte?

*

Nicht viel später ging es los bei ihm. Es begann in Wannsee. Sie hatten ein Verbandsspiel dort. Zur selben Zeit waren auf der Anlage Senioren-Spiele angesetzt. Die Altersklasse der Männer wusste er gar nicht mehr. Als er von der Toilette zurückkam, waren seine Kumpels alle schon hinaus auf den Platz gegangen. Er befand sich ganz alleine im Umkleideraum. Plötzlich sah er die Hose, die völlig herrenlos auf einer der Bänke in der Kabine lag. Der Besitzer musste vergessen haben, sie in sein Spind zu packen. Sofort erkannte Nico, dass sich in der Gesäßtasche der Hose noch ein anscheinend prall gefülltes Portemonnaie befand. Sein Herz begann wild zu schlagen. Die Chance, erkannte er. Gleichzeitig war ihm bewusst, dass er damit ein Tabu unter fairen Sportlern brach. Klauen im Umkleideraum ging gar nicht. Egal ob es Sachen von einem Kumpel waren oder von einem Fremden. Auch wenn der Fremde älter war und reich.

Scheiß drauf! Sein Alter brach auch andauernd Tabus. Er vögelte die Freundin seines Sohnes, zahlte keinen Unterhalt und ließ sich ständig von Freunden und Bekannten aushalten. Und die Hälfte seiner Trainerstunden gab er schwarz und bezahlte keine Steuern!

»Der Wichser!«

Er warf noch einen letzten Blick auf die Tür, horchte einen Moment, ob draußen jemand zu hören war, dann stand er schon vor der Bank, griff nach der Hose und nahm das Portemonnaie aus der Gesäßtasche. Er musste tief durchatmen.

Der Besitzer musste tatsächlich sehr wohlhabend sein oder vor kurzem Geld abgehoben haben. Nico nahm sich dreihundert Euro aus der Geldbörse und packte sie mit den restlichen Scheinen und den Karten wieder in die Gesäßtasche zurück. Als er kurz darauf seinen Kumpels auf den Platz folgte, merkte er, wie seine Knie schlotterten. Sein Verbandsspiel verlor er. Er rechnete jeden Augenblick damit, dass der alte Herr den Diebstahl bemerken würde und er als Dieb ertappt würde. Aber es kam anders. Vielleicht schlimmer.

In den folgenden Monaten suchte er geradezu nach Gelegenheiten zu stehlen. Es boten sich viele. Und er nahm jede wahr. Nur seine Kumpels und die Spieler der Gegner blieben verschont.

Eines Tages stand Anton hinter ihm. Es war bei ihnen im Club. Ob sein bester Freund wirklich etwas im Umkleideraum vergessen hatte, als er unerwartet wieder reinkam, oder ihm nur einen Schuss vor den Bug geben wollte, wusste er bis heute nicht. Jedenfalls sah Anton auf den ersten Blick, dass die dunkelblaue Trainingshose, die er in der Hand hielt und deren Taschen er gerade durchsuchte, nicht seine war.

»Die lag auf dem Boden«, stammelte er hilflos. »Ich wollte sie gerade wieder aufhängen.«

»Dann tu das, Alter. Und mach hinne! Arne und Nils warten schon.«

Seitdem hatte er keine Sachen von Fremden mehr angerührt. Kurz darauf ging seine Mutter wieder arbeiten.

*

Die Bürotür öffnete sich und Grüber betrat mit einer Brötchentüte in der Hand den Raum.

»Oh, du bist schon da?«

Hans Stern konnte nicht deuten, wie diese Bemerkung gemeint war.

»Ich hab hier zwei üppige Rechnungen aus Schönes Steuerunterlagen vor mir liegen. Von zwei Wochenendreisen in ein Viersternehotel in Brandenburg Und ich frage mich die ganze Zeit, ob Schöne vielleicht mit einer Geliebten dort gewesen ist.«

»Und anschließend hat er ihr den Laufpass gegeben und sie hat ihn aus Rache erschossen.«

Grüber musste lachen und verschluckte sich fast an dem Brötchen, in das er gerade gebissen hatte.

»Du hast eine blühende Fantasie. Wann hast du denn zum letzten Mal eine Liaison beendet?«

Stern merkte, wie er unsicher wurde, und ärgerte sich.

»Heutzutage werden Beziehungen auch von Frauen beendet. Vielleicht hat er es nicht gebracht an den Wochenenden. – Aber Spaß beiseite. Ruf einfach in dem Hotel an und frag, mit wem Schöne damals dort war. Dann laden wir die Person oder die Personen vor und befragen sie hier.«

Der Hauptkommissar dachte kurz nach, dann griff er nach dem Telefon und tippte die Nummer des Hotels ein.

*

Hans Stern war sauer, als er sich auf sein Fahrrad setzte. Die Auszubildende, die in der Rezeption des Hotels Dienst tat und seinen Anruf entgegengenommen hatte, hatte ihm nicht weiterhelfen können.

»Es tut mir leid. Auf den Namen Bernd Sommer ist bei uns in der fraglichen Zeit kein Zimmer gebucht. Weder ein Einzelzimmer noch ein Doppelzimmer.«

»Der Gast heißt auch nicht Bernd Sommer, sondern Bernd Schöne.«

»Tut mir leid, ich finde keinen Bernd Schöne. Der Herr hat noch nie ein Zimmer bei uns gebucht«, war die junge Stimme daraufhin sofort zu vernehmen.

Hans Stern glaubte ihr nicht.

»Aber er war doch an beiden Wochenenden Ihr Gast. Ich hab die Rechnungen hier vor mir liegen.«

Ich spinne doch nicht, hätte er um ein Haar wütend in den Hörer gerufen. Stattdessen fragte er höflich: »Schauen Sie bitte noch mal ganz genau nach? Oder können Sie mir Ihre Chefin geben?«

»Tut mir leid, die Chefin hat sich heute krank gemeldet.«

Jetzt riss ihm der Geduldsfaden.

»Junges Fräulein, mit Ihrem ständigen `Tut mir leid` helfen Sie Ihren Gästen nicht weiter. Sie müssen schon versuchen, Lösungsmöglichkeiten anzubieten. Das erwarte ich zumindest in einem Viersternehotel.«

Mit einem verärgerten `Auf Wiederhören` legte er auf.

*

14   Sebastian war schon da. Zwanzig Minuten vor elf erreichte Hans Stern das ZentralStadion und sein Freund saß an einem der Tische im Außenbereich und war in eine Zeitung vertieft. Eine Frau, die offensichtlich am Wochenende hier bediente, brachte ihm gerade einen Cappuccino. Sieht gut aus, dachte Stern beim Anblick der üppigen Milchschaumkrone. Sein Appetit auf Cappuccino war für heute allerdings gestillt. Er hatte mit Maischa ausgiebigst gefrühstückt. Sie hatten sich frische knackige Bio-Brötchen, leckere Croissants, Müsli und vieles mehr gegönnt und auch mit Kaffee nicht gegeizt. Gut, dass noch etwas Zeit blieb, bis er mit Sebastian auf den Platz konnte. Zurzeit spielten dort noch ein Mann und eine Frau zusammen, hatte er beim Betreten der Anlage registriert. Russen, dem äußeren Anschein und der Sprache nach zu urteilen. Sie, eine junge, schlanke, große Frau mit auffällig langen Beinen, trug einen super kurzen weißen Tennisrock und ein enges ärmelloses Top, das ihren wohlgeformten Busen betonte. Dazu passend Tennisschuhe in Pink. Er, mindestens fünfzehn bis zwanzig Jahre älter, mit Wohlstandsbauch und langsam zurückweichendem Haaransatz, trug einen teuren weißen Trainingsanzug und knallrote Tennisschuhe. Besonders gut Tennis spielten beide nicht. Trotzdem schien er ihr, dem Tonfall nach zu urteilen, die ganze Zeit Anweisungen zu geben oder sie zu kritisieren. Verstehen konnte Stern natürlich kein Wort, aber die junge Frau ließ sich offensichtlich nichts gefallen.

Hans Stern stellte sein Fahrrad ab und ging zu seinem Freund. Sebastian und er kannten sich schon seit mehr als fünfzehn Jahren. Sie hatten sich damals auf einer Skifahrt kennengelernt. Zum ersten Mal hatten Annette und er zusammen mit Maischa an einer Familienskireise nach Bormio teilgenommen. Sebastian oder Sebbi, wie ihn auf dieser Reise alle nannten, und sein Kumpel Tim waren dort als Teamer tätig. Sebastian war damals auch der Skilehrer von Maischa und seine Tochter hatte viel bei ihm gelernt.

Immer wenn er seinen Unterricht mit den Kindern am Nachmittag beendet hatte, wollte er noch ein zwei Stunden privat Ski fahren und sich dabei auch ein bisschen auspowern. Seinem Kumpel Tim fehlte es dazu an der nötigen Kondition. Außerdem zog er es vor, mit den alleinerziehenden Müttern, die es auf dieser Reise auch reichlich gab, Kaffee oder Prosecco zu trinken. Also fragte Sebastian ihn. Stern war damals der beste Skifahrer unter allen Gästen. So lieferten Sebastian und er sich an den späten Nachmittagen auf den Pisten Bormios manches heiße Rennen auf Skiern.

Einige davon gewann er sogar, obwohl Sebastian wesentlich jünger war als er. Zurück in Berlin gingen die Challenges auf den Tennisplätzen der Stadt weiter. Inzwischen trafen sie sich leider nur noch selten. Beide waren beruflich sehr eingespannt und Sebastian hatte eine Familie gegründet und war Vater zweier

Kinder. Außerdem lief er seit einigen Jahren regelmäßig Marathon.

»Hi Sebastian. Schön, dass es endlich mal wieder geklappt hat mit Tennis! Wie geht es dir?«

»Gut. Nur die Beine sind ein bisschen schwer. Gestern bin ich fünfzehn Kilometer gelaufen.«

Stern lachte. »Gut für mich. Ich hab nämlich schon eine ganze Weile nicht mehr gespielt.« Er setzte sich zu seinem Freund an den Tisch. »Warst du schon mal hier?«

Sebastian schüttelte mit dem Kopf.

»Wie gefällt dir die Anlage?«

Beide ließen ihren Blick über das Gelände, das jetzt komplett von der milden Frühlingssonne beschienen wurde, schweifen.

»Sehr gut. Aber ich staune, dass man hier in dieser Saison weiter spielen kann«, entgegnete sein Freund.

»Wieso?« Stern war erstaunt. »Die Anlage ist doch ganz neu. Die haben im letzten Jahr erst eröffnet. Und vorher alles komplett saniert für viel Geld.«

»Ja schon. Aber in einem Beitrag in der Berliner Abendschau wurde berichtet, der Investor, der das Gelände zu einem Spottpreis vom Senat gekauft hat, würde es mit riesigem Gewinn weiterverkaufen. Und anschließend sollte es bebaut werden.«

»Glaub ich nicht. Der ganze Komplex steht doch unter Denkmalschutz. Die Betreiber hatten größte Mühe, die Änderungen hier auf der Anlage genehmigt zu bekommen.«

»In dem Beitrag hieß es, es sei durchgesickert, dass der Denkmalschutz in Kürze aufgehoben würde und dass der Baustadtrat die Genehmigungen zum Bauen

134

im Anschluss daran sofort erteilen würde. Er hätte sie schon unterschriftsreif in der Schublade seines Schreibtisches liegen, wird vermutet.«

»Dann müsste sich der Käufer aber noch eine Weile gedulden. Soweit ich weiß, geht der Pachtvertrag der Betreiber über zehn Jahre.«

Das russische Paar hatte den Platz abgezogen und war auf dem Weg zum Clubhaus, konnte Stern beobachten. Greskowiak war gerade dabei ihren Court zu wässern. Stern wunderte sich, dass Fender nirgendwo zu sehen war.

»Wir können«, sagte er. Er wollte keine Zeit verschenken.

Sebastian trank den Rest von seinem Cappuccino und stand auf. Eine Schande, dachte Stern, wenn dieses Kleinod in zehn Jahren schon wieder schließen müsste. Er griff nach seiner Sporttasche und folgte seinem Tennispartner.

*

Berlin ist ein Dorf. Auch wenn die Einwohnerzahl der Stadt ständig und unaufhaltsam wuchs, machten Neuigkeiten in den einzelnen Bezirken und Kiezen schneller die Runde, als man es für möglich hielt und als es manch einem recht war.

Bernd Schöne hat geerbt, machte es im Club die Runde. Wisst ihr das schon? Es soll zwar kein Riesenvermögen sein, aber eine ganz erkleckliche Summe. Genaueres wussten aber auch die Tratschtanten nicht, die sich den Sommer über den ganzen Tag auf der Clubanlage aufhielten und denen nichts entging.

Seine Mutter und er wussten bisher gar nichts von einer Erbschaft. Er hatte seinen Vater seit der Begegnung in der Tennishalle mit dem für ihn unrühmlichen Ende weder gesehen noch gesprochen. Auch seine Mutter hatte keinen Kontakt mehr zu ihm. Sie war es leid und trotz all ihrer finanziellen Sorgen auch zu stolz, sich weiterhin mit ihm um den Unterhalt zu streiten. Inzwischen hätte er selbst das tun können, er war schließlich volljährig. Aber wer zahlte den Anwalt, wenn sein Vater tatsächlich nicht zahlen konnte. Mit den paar Tennisstunden, die Schöne auf kommerziellen Anlagen geben konnte, war kein Vermögen zu verdienen.

Und dann traf er seinen Vater. Eigentlich sah er ihn nur. Auf dem Weg zu Anton wollte er bei Reichelt in der Mecklenburgischen noch Cola und Chips besorgen. Er hatte gerade den Einkaufswagen zurückgestellt, als ganz in der Nähe ein Wagen hielt. Der Fahrer in dem neuen metallicblauen BMW Cabriolet mit dem Kennzeichen B-BS 13 schien darauf zu warten, dass der Parkplatz vor ihm frei wurde. Plötzlich begann sein Herz unkontrolliert zu hämmern. Er hatte den Fahrer erkannt. Bernd Schöne saß nicht alleine in dem Wagen. Auf dem Beifahrersitz befand sich die dunkelhaarige Frau aus der Tennishalle und auf dem Rücksitz kauerte ein kleiner Junge, vielleicht zehn Jahre alt und erkennbar stolz darauf, in so einem tollen Auto zu sitzen.

Der Typ hat ja wirklich Geld, begriff Nico im selben Augenblick. Den nächsten Gedanken wagte er gar nicht zu Ende zu denken.

*

Sebastian musste gleich gehen. Seine Frau wollte am Nachmittag zum Reiten und er musste den Fahrdienst übernehmen. Sein Sohn spielte Fußball bei Hertha Zehlendorf und hatte heute ein Heimspiel in der Onkel-Tom-Straße, seine Tochter wollte bei einer Freundin übernachten und musste nach Steglitz gebracht werden.

Stern setzte sich an einen der freien Tische und bestellte sich bei der Bedienung eine Apfelschorle. Er wollte die milde Frühlingssonne noch ein wenig genießen und den anderen beim Tennis zusehen. Spieler, von denen er sich etwas abschauen konnte, waren leider nicht dabei, stellte er schnell fest. Die meisten Könner spielten im Verein. Und viele Clubs hatten an diesem Wochenende Saisoneröffnung.

Auch im Innern des Clubhauses war Hartmut Fender nicht zu sehen, stellte Stern beim Bezahlen fest und wunderte sich. Ein sonniges Wochenende mit sehr vielen Besuchern im ZentralStadion und der Chef ist nicht vor Ort? – Seltsam.

»Mein Mann ist für ein paar Tage außer Gefecht gesetzt. Er hatte einen Fahrradunfall. Gott sei Dank

hat er sich nichts gebrochen. Nur eine leichte Gehirnerschütterung und ein paar blaue Flecke.«

Frau Fender wirkte irgendwie nervös.

»Sorry, ich muss die Getränke rausbringen. Wir
haben heute sehr viel zu tun, wie Sie sehen.«

Mit einem vollen Tablett in den Händen eilte sie
hinaus. Stern folgte ihr. An seinem Tisch hatte gerade
das Seniorendoppel von Court `Boris Becker` Platz
genommen und die Männer schienen etwas Geheim-
nisvolles zu besprechen zu haben.

»..........der Fender Glück jehabt. Det sollen gleich
drei Typen jewesen sein. Glob mir, Hotte!«, hörte
Stern im Vorbeigehen. Der ältere Herr hatte seine
Stimme merklich gedämpft, als er seine Neuigkeiten
an seine Tenniskollegen weitergab. Stern musste
lächeln.

*

15 Es war kurz vor neun, als Hans Stern aus seinem Schlafzimmer kam. Die Tür von Maischas Zimmer stand offen. Er konnte sehen, wie sie an ihrem Schreibtisch saß und konzentriert auf den Bildschirm ihres Notebooks schaute.

»Guten Morgen, mein Kind«, grüßte er sie lächelnd. »Schon fleißig?«

»Guten Morgen, lieber Papa.« Maischa kannte seinen Humor.

»Was musst du denn schon erledigen? – Am Sonntagmorgen? Um diese Zeit?«

»Ich suche einen WG-Platz. Es sind nur noch vier Wochen, bis ich zu Mama fliege. Und vorher will ich wissen, wo ich wohne, wenn ich nach Leipzig gehe.«

Hans Stern spürte, wie sich sein Magen zusammenzog. Er gab sich Mühe, sich nichts anmerken zu lassen.

»Gibt`s viele Angebote?«

»Nicht wirklich. Die meisten sind richtig teuer. Ein Zimmer, das mir gefällt, ist zwanzig Quadratmeter groß und kostet zweihundertfünfundneunzig Euro im Monat Miete. Dazu kommen noch einmal fünfundzwanzig Euro für Strom, Telefon und GEZ. Wer kann das denn bezahlen als Student?«

Nicht nur in Berlin wollen die Haus- und Wohnungs-besitzer die höchstmöglichen Gewinne erzielen mit ihren Immobilien, dachte Stern bei sich.

»Viele WGs wollen auch, dass man schon im Sep-tember einzieht. Einige sogar schon im August. Dann müsste ich ja zwei Monate umsonst Miete bezahlen.«

»Es sei denn, du vermietest das Zimmer für die zwei Monate selbst weiter. Bei Airbnb zum Beispiel.«

»Hm, ob das geht?«

»Ich denke schon. – Hast du schon gefrühstückt?«, wählte Stern ein anderes Thema. Seine Tochter wür-de das sicher hinkriegen mit dem Zimmer.

»Nein.«

»Wollen wir zusammen frühstücken?«

»Ja. Gerne. Ich hab gleich alle Angebote durch.«

»Keine Hektik. Ich sag dir Bescheid, wenn der Tisch gedeckt ist.«

Er öffnete die Tür und betrat das Bad.

*

Der Wagen parkte in der Warmbrunner Straße. Er hatte eine ganze Weile suchen müssen, bis er ihn entdeckt hatte in der Dunkelheit. Aber jetzt war er sich sicher. Er hatte ihn! Cabriolet, metallicblau, Kennzeichen B-BS 13. Im Schutz einer nahegelegenen Hecke nahm er seinen Rucksack von der Schulter, packte Messer, Spraydose und Handschuhe aus und legte die Sachen kurz auf den Boden. Die Sturmhaube hatte er in seiner Hosentasche. Die hatte mal seinem

Vater gehört. Er musste sie damals vergessen haben, als er ausgezogen war.

Nachdem seine Vorbereitungen abgeschlossen waren und er sich versichert hatte, dass niemand in der Nähe war, schlich er lautlos an das Fahrzeug heran. So fest er konnte, hieb er mit dem Messer auf das Dach des Wagens ein. Es brauchte mehrere Versuche, bis die Klinge das Stoffdach endlich durchdrungen hatte. Mit beiden Händen bewegte er das Messer zur Seite und hörte, wie der Riss länger wurde. Dass es so anstrengend sein würde, hätte er nicht gedacht. Er setzte zum nächsten Stich an und hörte erst auf, als das Dach des BMW komplett zerfetzt war. Dann ging er über zur Kür. Die Vorfreude darauf entlockte ihm trotz aller Anspannung ein Lächeln. Er entfernte den Deckel von seiner Spraydose und schüttelte sie kräftig. Die beiden Riesenschwänze, die er in leuchtend gelber Farbe auf beide Seiten des neuen Wagens sprühte, würde Bernd Schöne, der stolze Familienvater, nicht so leicht wegbekommen. Auch nicht mit der Unterstützung seiner neuen Familie.

Fertig, stellte er erleichtert fest. Und niemand hatte etwas mitbekommen. Er schaute sich noch einmal nach allen Seiten um. Ein paar Fotos, ein kurzes Video und das Selfie mit dem verzierten Objekt im Hintergrund mussten einfach sein.

*

»Wie war euer Tennisspiel gestern mit Sebastian? Hast du gewonnen?«

Stern musste eingestehen, dass er diesmal gegen seinen Tenniskumpel keine Chance gehabt hatte. Der Bursche hatte einfach zu gut gespielt. Sein Aufschlag hatte sich seit dem letzten Mal enorm verbessert und läuferisch schien er zurzeit in der Form seines Lebens zu sein. Gerade mal zwei Spiele hatte er gewinnen können, sodass der Satz, den sie gespielt hatten, mit sechs zu zwei an seinen Gegner gegangen war.

»Aber immerhin kein Match verloren.«

Er grinste, als Maischa ihn verständnislos ansah.

»Sehr gut«, antwortete seine Tochter, nachdem sie sich Sterns Erklärung angehört hatte, und streckte den rechten Daumen hoch.

Irgendwo hatte er mal gelesen, dass Profispieler im Training auch immer nur einen Satz spielten, um sich bei Satzverlust anschließend mit derselben Ausrede trösten zu können.

»Und was machst du heute, bei dem Wetter? Du hast doch frei, oder?«

Maischa hob ihren Becher Milchkaffee zum Mund und trank vorsichtig ein paar Schlucke. Dabei sah sie ihren Vater abwartend an.

»Ich weiß es noch nicht genau. Eine Fahrradtour zur Havel oder zum Wannsee bieten sich bei dem Wetter an. Vielleicht telefoniere ich später mal mit Udo und frage ihn, ob er mitkommt. Aber vielleicht bleibe ich auch einfach zu Hause und lese Zeitung auf dem Balkon. Warm genug dazu ist es ja. Oder ich spiele Gitarre.«

Beide mussten lächeln. Maischa bedauerte: »Schade. Ich würde dir gerne ein paar neue Griffe zeigen, aber ich bin heute Nachmittag mit Fine verabredet. Wir wollen zum Mauerpark.«

»Geht ihr zur Karaoke-Bühne? – Wenn ihr singt, komme ich vorbei.«

»Nein, das trauen wir uns nicht«, antwortete seine Tochter. Wir gehen zum Trödelmarkt. Fine will sich Klamotten kaufen. Ich soll ihr beim Aussuchen helfen. Heute Abend bin ich wieder zu Hause. Ich muss weiter nach WG-Zimmern suchen. Bis jetzt war noch nicht das Richtige dabei.«

Nach einem Blick auf die Uhr fragte sie: »Bist du fertig mit Frühstücken? Können wir abräumen? Ich will noch ein paar Mails verschicken, dann geh ich `ne Runde joggen und dann will ich auch bald los.«

*

Hans Stern hatte Udo nicht angerufen. Er setzte sich am frühen Nachmittag auf sein Fahrrad und steuerte die Zufahrt zum Lietzensee an. Der Lietzenseepark war schon stark bevölkert. Spaziergänger und Jogger, Radfahrer, Familien mit Kindern, die Picknick machten, alle wollten anscheinend genau wie er heute die wärmende Frühlingssonne genießen. Direkt am See spielte ein Mann Gitarre und sang leise dazu. Auf einer freien Fläche zwischen zwei mächtigen Eichen spielten zwei junge Mädchen Beachball. Hätte einer der vielen Parkbesucher auf Stern geachtet, hätte er beobachten können, dass beim Anblick der beiden sofort ein wehmütiges Lächeln über sein Gesicht huschte. Maischa war noch keine drei Jahre alt, als er während eines Strandurlaubs in der Türkei das erste Paar Holzschläger mit großer, runder Schlagfläche für sie beide gekauft hatte. Mit zwei Händen hatte sie das Spielgerät vor ihrem Bauch festgehalten und er hatte ihr den kleinen pinkfarbenen Ball aus Kunststoff so zugeworfen, dass er immer mitten auf ihrem Schläger landete. Jedes Mal, wenn es ihm gelang, den zurückhüpfenden Ball zu fangen, hatten sie beide freudig gejubelt. – Mann, ist das schon lange her, wurde ihm bewusst.

In den Jahren danach hatten sie viele Gelegenheiten und jeden Urlaub genutzt, Beachball zu spielen, wurden immer besser und stellten von Jahr zu Jahr neue Rekorde auf. Noch heute waren sie stolz auf das, was ihnen vor ein paar Jahren auf Rügen gelungen war. Am Strand von Selin spielten sie sich an einem windstillen Sommernachmittag den kleinen Kunststoffball mehr als tausend Mal gegenseitig zu, ohne dass er einmal zu Boden fiel. Und selbst dann war der Ball nicht hinuntergefallen, sondern er hatte ihn mit der Hand aufgefangen, weil ihre Unterarme schmerzten und sie nicht mehr weiterspielen konnten. Laut jubelnd und völlig erschöpft hatten sie sich in den warmen Sand fallen lassen und waren minutenlang liegen geblieben. – Wenn Maischa vor Einbruch der Dunkelheit zu Hause ist, werde ich ihr vorschlagen, im Park noch ein paar Runden Beachball zu spielen, beschloss Stern. Vorsichtig bahnte er sich zwischen den Passanten und den zahlreichen freilau-

fenden Hunden hindurch einen Weg unter der Kantstraße lang hinüber zum Parkwächterhäuschen und
weiter bis zum Kaiserdamm.

Ein paar Minuten später hatte er sein Ziel erreicht.
Während er in der Schlange vor dem kleinen Café
`Drei Käse hoch` wartete, lief ihm schon das Wasser
im Mund zusammen. Hier gab es den besten Käsekuchen, den er jemals gegessen hatte, in bis zu vierzig
Geschmacksrichtungen. Letzteres hatte er auf einem
Flyer gelesen, den zwei freundliche Mädchen vor
einiger Zeit auf dem Wochenmarkt, nicht weit von
hier, verteilt hatten.

Mit einem Stück Käse `Frische Minze` für sich selbst
und einem Stück Käse `Cranberry` für Maischa machte er sich auf den kurzen Heimweg. Er würde heute
die Nachmittagssonne auf seinem Balkon genießen,
Kaffee trinken, Käsekuchen essen, anschließend in
aller Ruhe Zeitung lesen und später mal wieder zur
Gitarre greifen und ein paar Songs spielen und singen. Das passende Programm nach einer sehr an-
strengenden Arbeitswoche. Dem Trubel unten am
See würde er jedenfalls fernbleiben.

Eine halbe Stunde später stand Hans Stern in seiner
Küche und bereitete sich eine große Tasse Milchkaffee zu. Der Tisch auf dem Balkon war schon gedeckt,
die Zeitung lag bereit, die Sonne strahlte vom blauen
Himmel. Sein Handy hatte er ausgeschaltet und auf
dem Küchenschrank abgelegt. Ein perfekter Nachmittag konnte beginnen.

Kaum hatte er jedoch seinen Kuchen gegessen,
landete er mit den Gedanken bei ihrem aktuellen Fall.

An Zeitunglesen war jetzt nicht zu denken, war ihm sofort klar. Mist, ärgerte er sich. Er atmete tief aus, stand auf und holte sich ein Blatt Papier und einen Stift. Dann widmete er sich der Frage, die sich langsam und ohne dass er etwas dagegen hatte tun können, bis in sein Bewusstsein vorgearbeitet hatte: `Welche Schritte müssen in unserem Fall ab sofort Priorität genießen?` Hierauf sollte er am besten zügig eine Antwort finden. Wenn es ihm gelang, seine Gedankengänge zu ordnen und zu Papier zu bringen, um sie in der morgigen Besprechung seinem Team erläutern zu können, würde er vielleicht danach wieder abschalten können. Anschließend kannst du dich in aller Ruhe der Zeitungslektüre widmen, versuchte er sich zu motivieren.

*

16 Der Kriminalhauptkommissar stieg aus seinem Wagen. Die wenigen Schritte hinüber zum Eingang seines Dienstgebäudes legte er ohne Schirm zurück, obwohl der Regen zugenommen hatte. Ein Blick auf seine Uhr zeigte ihm an, dass noch genügend Zeit blieb bis zum Beginn der morgendlichen Besprechung.

»Denkst du wirklich, ein Obdachloser, der unter Toreinfahrten übernachtet, läuft nebenbei auch mit einer Pistole herum und begeht Raubüberfälle?«

Grüber zog ungläubig seine Stirn in Falten.

»Wie soll ein Obdachloser überhaupt an eine Schusswaffe kommen? Sogar wenn es sich um eine Waffe aus alten Armeebeständen der Sowjets handeln sollte.« Berg brach seinen Satz ab und blickte in die Runde. »Ich hab mal nachgeschaut. Die alte Tokarew zum Beispiel hatte das Kaliber 7.62. Selbst für die zahlt man auf dem Schwarzmarkt mindestens dreihundert Euro. Neuere Waffen sind noch viel teurer. Erst recht, wenn es eine nicht registrierte Waffe sein soll. – Außerdem brauchst du Connections, um an einen Verkäufer heranzukommen.«

»Man kann nie wissen, wo jemand herkommt, der obdachlos geworden ist. Manch einer war mal gut situiert und hatte viel Geld. Vielleicht hatte Schneider auch Kontakte zum Milieu. Wer weiß?« Stern hob die Schultern. »Aber das können wir immer noch herausfinden. Vorher müssen wir ihn erst mal haben. Zumindest will ich wissen, ob er etwas gesehen hat. Ihn zu finden steht ab sofort ganz oben auf unserer Prioritätenliste.«

Nach einem kurzen Blick auf seinen Zettel fuhr er fort: »Außerdem will ich alle Kunden, die im letzten halben Jahr bei Schöne Tennisunterricht hatten, hier sehen.«

Wieder schauten ihn seine Kollegen fragend an.

»Ich hab eine Reihe von Trainern erlebt. Viele von denen sind Selbstdarsteller. Die texten ihre Kunden zu, schlimmer als manche Friseure. Das hat für sie außerdem den Vorteil, dass sie in der Zeit nicht zu laufen brauchen.«

Grüber musste lachen. »Das stimmt.«

»Aber Spaß beiseite. Vielleicht hat Bernd Schöne dem ein oder anderen etwas erzählt, was uns weiterbringen könnte.«

»Und wie sollen wir an die Namen seiner Tennisschüler kommen?«, fragte Marieluise Gold.

»Die finden Sie in den Unterlagen, die wir aus seiner Wohnung mitgebracht haben. Zusätzlich können Sie sich auch an Hartmut Fender wenden. Der kennt sicher die aktuellen Kunden von Schöne. Bestellen Sie die Leute her und befragen Sie sie! Kollege Berg und Kollege Watzke, Sie unterstützen Kommissarin Gold dabei!«

Damit kam Hauptkommissar Stern zum letzten Punkt auf seiner Liste.

»Ich habe mitbekommen, dass die Osterferien am Wochenende zu Ende gegangen sind. Also muss Frau«, er las von seinem Zettel ab, »Teixeira jetzt wieder zurück in Berlin sein. Ihr Sohn hat nicht ewig Urlaub. – Watzke, Sie kümmern sich zuerst darum! Ich will wissen, wo sie zur Tatzeit war und ob sie irgendeine Vermutung hat, wer Bernd Schöne umgebracht haben könnte oder warum ihn jemand umgebracht haben könnte.«

Watzke nickte stumm.

Stern blickte in die Runde. »Noch Fragen?«

»Dann frohes Schaffen.«

Die letzte Bemerkung war von Grüber gekommen.

*

Erst aus der Zeitung erfuhr er davon. Die Tennisplätze in der City, gleich hinter der Schaubühne würden wieder eröffnet. Als Einweihungsdatum war das erste Aprilwochenende angegeben. Die neuen Betreiber der völlig erneuerten Sportanlage, Hartmut Fender und Bernd Schöne, hatten das Angebot um Beach- Volleyball und Beach-Tennis erweitert und lange nach einem passenden Namen für den exklusiven Sportpark gesucht. Enthüllt würde der neue Name im Rahmen der Eröffnungsfeier am Samstag in Anwesenheit des amtierenden Bezirksbürgermeisters, der selbst ein passionierter Tennisspieler sei.

Ihm waren die Nackenhärchen hochgegangen, als er das gelesen hatte.

Die Nutzung der Plätze war am ersten Eröffnungstag frei. Als Höhepunkt der Eröffnungsfeierlichkeiten sollte am Sonntagnachmittag ein Schau-Doppel stattfinden. Dazu eingeladen war ein ehemaliger Berliner Weltranglistenspieler. Der Platz an seiner Seite konnte als Hauptpreis einer großen Tombola während der Eröffnungstage gewonnen werden. Gegner dieser Doppelformation seien die beiden neuen Chefs der Sportanlage Fender und Schöne. Von achtzehn bis zweiundzwanzig Uhr fand an beiden Tagen ein Tanzabend mit der Show- und Cover-Band THE THIRD DIVISION statt.

»Ich muss gleich kotzen!«, entfuhr es ihm nach der Lektüre des Artikels. Seine Mutter hatte einen Putzjob in einem Möbelmarkt in der Nähe angenommen, er arbeitete freitags nachts an der Kasse eines Supermarkts und Schöne, der keinen Unterhalt zahlte, weil er angeblich kein Geld hatte, eröffnete einen exklusiven Sportpark in der City.

»So nicht, du Wichser!«, schimpfte er und ballte die Faust.

*

»In der Nähe der Albrecht-Achilles-Straße gibt es einen Obdachlosen-Treff der Stadtmission.«

Grüber unterbrach die Stille, die seit der Morgenbesprechung in ihrem gemeinsamen Büro geherrscht hatte, und drehte sein Notebook zu seinem Chef hin.

»Schau mal hier. Joachim-Friedrich-Straße sechsundvierzig. Da ist heute niemand zu erreichen, die haben montags geschlossen. Ich denke, dass es sich lohnen könnte, dort mal anzurufen.«

»Ja, den kenn ich. Es ist aber besser, persönlich dahin zu gehen. Das kann ich morgen auf dem Heimweg machen. Liegt doch gleich bei mir um die Ecke.«

Sterns Gesichtsausdruck war auffallend ernst.

»Sag mal, Hans, bist du irgendwie sauer oder genervt?«

Stern unterdrückte ein Lachen: »Unsinn. Ich konzentriere mich bloß.«

»Was machst du denn gerade?«

»Ich schau mir noch mal die Aufnahmen der Spurensicherung aus der Wohnung von Schöne an. Mein Gefühl sagt mir, dass dort irgendetwas zu finden sein muss.«

*

Die Nacht war außergewöhnlich dunkel. Eine dicke Wolkendecke hing über der Stadt und weder Sterne noch Mond waren zu sehen. Zu seinem Vorhaben passte das gut. Ohne ein Geräusch zu verursachen, sprang er über die niedrige Mauer, die das Gartengrundstück von der Straße trennte. Der feuchte Rasen dämpfte seine Schritte perfekt. Nach wenigen Sekunden stand er vor der Wohnung im Erdgeschoss. In seiner dunklen Kleidung und der schwarzen Motorradhaube war er in dem unbeleuchteten Garten nicht auszumachen, wusste er. Er warf einen Blick zu den Fenstern. Die Wohnung war vollkommen unbeleuchtet. Nur das schmale Standby-Licht des Fernsehers war aus dieser Entfernung gerade noch auszumachen. Er wartete einen Moment und prüfte, ob irgendein Geräusch zu hören war. Nichts, in der Wohnung war niemand. Genau, wie er es vermutet hatte, einen Tag vor der Eröffnung. Auch in der ersten Etage des Hauses brannte nirgendwo Licht. Perfekt, dachte er.

Vorsichtig stellte er seinen schweren Rucksack auf den Boden. Die kleinen Pflastersteine hatte er sich auf dem Weg hierher an einer Baustelle besorgt. Leise nahm er sich den ersten Stein heraus, wog ihn kurz in der Hand und sprach sich selbst Mut zu. Er holte so weit er konnte aus und schleuderte den Stein mit aller Kraft in Richtung des großen Wohnzimmerfensters. »Yes!«, entfuhr es ihm. Dann klirrte es. Der Lärm kam ihm in der Dunkelheit ohrenbetäubend vor.

Dann geschah das Unglaubliche. Urplötzlich wurde die Terrassentür aufgerissen. Er erstarrte.

»Du verdammtes Schwein! Wenn ich dich kriege, bring ich dich um!«, schrie Bernd Schöne, der wie aus dem Nichts im Türrahmen auftauchte.

O Gott! Er konnte sich nicht bewegen. Seine Füße schienen einbetoniert zu sein. Schon war Schöne auf seiner Terrasse. Das Brechen und Splittern der Scherben unter seinen Schuhen war deutlich zu hören. Nico versuchte wegzurennen, aber es ging nicht, er war wie angewurzelt.

Unerwartet geriet die Gestalt auf der Terrasse ins Straucheln. Wie durch ein Wunder fiel Schöne der Länge nach hin. Nicos Schockstarre löste sich. So schnell er konnte, rannte er in Richtung Zaun. Am Knirschen der Glassplitter hinter sich erkannte er, dass sein Verfolger wieder stand. Während er in einem Satz über die Gartenmauer sprang, hörte er Schöne die Steinstufen, die zum Garten führten, hinunterspringen. Dann waren die Schritte nicht mehr zu vernehmen. Auf der Straße gelandet, wendete er sich sofort nach links. Und jetzt?, schoss es ihm durch den Kopf. Wenn er immer weiter geradeaus lief, war sein Verfolger im Vorteil, denn er konnte ihn die ganze Zeit im Auge behalten. Also musste er vorne an der Kreuzung links oder rechts abbiegen. Er hörte die Schritte seines Verfolgers. Der hatte inzwischen ebenfalls die Straße erreicht. An der Kreuzung bog er spontan links ab. Er musste vor Schöne das Schulgelände an der nächsten Ecke erreichen. Dann hätte er die Chance, unbemerkt auf den Schulhof zu gelangen und sich dort im Schutze der Dunkelheit irgendwo zu verstecken. Anschließend konnte er über ein paar Schleichwege zu Anton gelangen. Dort war er in Sicherheit.

Mit letzter Kraft kletterte er über den Zaun und ließ sich einfach auf den Boden des Schulhofs fallen. Der Schmerz, der ihm beim Aufprall mit dem Knie durch den Körper schoss, ließ ihn erschaudern. Er konnte nicht mehr. Ein kleiner Strauch bot ihm etwas Schutz. Die Schritte seines Verfolgers näherten sich und wurden langsamer. Wenn Schöne ihn hier entdeckte, hätte er gewonnen. Nico hielt den Atem an. Sein Herz raste, als er mitbekam wie Schöne sich dem Zaun näherte. Gleich sieht er mich. Bei dem Gedanken zog sich alles in ihm zusammen. – Stille. –

Mein Smartphone! Der Gedanke traf ihn wie ein Blitz. Seine Hand schnellte zur Hosentasche. Gleich darauf spürte er die Wogen der Erleichterung. Er hatte es abgeschaltet, bevor er das Gartengrundstück betreten hatte. Erleichtert atmete er aus. Wie durch ein Wunder entfernten sich die Schritte. Jetzt hieß es warten. Und hoffen.

Eine halbe Stunde später stand er mit klopfendem Herzen an eine Hauswand gelehnt und beobachtete das Haus von Antons Eltern gegenüber. Er griff in seine Hosentasche, nahm sein Smartphone heraus und schaltete es wieder ein. Zur Sicherheit würde er seinen Freund anrufen. Von Schöne war nichts mehr zu sehen. Das Summen seines Handys ließ ihn zusammenzucken. Die Nummer auf dem Display kannte er. Auf der eingehenden SMS stand: `Ich hab deinen Rucksack! Die Polizei findet sicher auch gelbe Farbe darin.`

»Scheiße, der Rucksack!«

An den hatte er gar nicht mehr gedacht. Was das bedeutete, war ihm sofort klar. Es gab zwei Optionen. Entweder würde Schöne ihn anzeigen oder er war ab jetzt erpressbar geworden. An die dritte Möglichkeit wollte er gar nicht denken.

*

»Sind das alle Ordner aus Schönes Wohnung?«, wollte Kommissarin Gold wissen, als sie kurz nach dreizehn Uhr das Büro von Stern und Grüber betrat.

Der leitende Ermittler sah sie verständnislos an.

»Ja natürlich. Wieso fragen Sie?«

»Weil auf den Fotos von der Spurensicherung zwei Ordner mehr zu sehen sind. Die waren sogar rot und fielen sofort auf.«

»Vielleicht ist es ja das, worauf dich dein Gefühl aufmerksam machen wollte«, meinte Grüber grinsend.

Jetzt schaute Gold verständnislos.

»Kann mich mal jemand aufklären?«

»Sehr gerne!«, entgegnete Grüber und grinste erneut.

Die Kommissarin warf ihrem Kollegen einen genervten Blick zu. Sie hasste zweideutige Bemerkungen.

»Haben Sie schon bei der KT nachgefragt?«

»Ja, hab ich. Bei denen sind sie nicht.«

»Seltsam«, murmelte Stern nachdenklich. »Aber die Frage können wir im Moment auf die Schnelle nicht klären«, fügte er anschließend hinzu und wechselte das Thema.»Wie viele Kunden von Schöne haben Sie denn in den Unterlagen gefunden, die uns vorliegen?«

»Für zweitausensechzehn sind es acht Verträge. Wie viele Trainerstunden er nebenher noch schwarz gegeben hat, wissen wir natürlich nicht.«

»Haben Sie Fender gefragt?«

»Nein, noch nicht. Das wollten wir später machen.«

»Haben Sie die Leute schon vorgeladen?«

»Ja. Fünf haben wir persönlich am Telefon erreicht und bei dreien haben wir auf die Mailbox gesprochen.«

Stern staunte. »Gute Arbeit, Kollegin.«

»Wir hatten Glück. Auf allen Verträgen standen die Handynummern der Kunden.«

»In Ordnung, Frau Gold, konzentrieren Sie sich vorerst mal darauf. Die fehlenden Ordner können wir bei Bedarf später noch suchen.«

Mit einem zögerlichen Okay auf den Lippen ließ die Kommissarin ihre Kollegen wieder alleine.

»Glaubst du, wir könnten die Ordner in der Wohnung vergessen haben, Ralph?«

»Schon möglich. Ich kann mich gar nicht daran erinnern, sie gesehen zu haben. Ins Auto gepackt habe ich sie auch nicht.«

Grüber schien der Angelegenheit keine große Bedeutung beizumessen. Kein Wunder, er war auch nicht der leitende Ermittler.

»Aber sie müssen doch dort gewesen sein«, erwiderte Stern ungläubig und konnte seinen aufkommenden Ärger kaum unterdrücken. Solch dilettantische Fehler konnten sie sich einfach nicht leisten. Offensichtlich hatte sich jeder von ihnen darauf verlassen, dass der andere darauf achtet, nichts Wichtiges liegenzulassen. Zum Glück war die Wohnung versiegelt.

Kopfschüttelnd griff er nach seinem Telefon und gab die Nummer ein. Nach nur zweimaligem Klingeln meldete sich eine Frauenstimme, stellte sich vor und fragte freundlich, womit sie ihm helfen könne. So stellte sich Hans Stern den Kundenservice eines Viersternehotels vor. Er bemühte sich, seinen Namen, seinen Dienstgrad und seine Dienststelle genauso freundlich zu nennen, bevor er zu seinem Anliegen

156

kam. Die Frau konnte schließlich nichts für seinen Ärger. Seine Gesprächspartnerin hatte sich die genauen Daten notiert und versprach, im Buchungssystem nachzuschauen.

»Das kann aber einen Moment dauern. Kann ich Sie zurückrufen?«

»Nein, nein, ich bleibe am Apparat.« Mit angekündigten Rückrufen hatte er schon zu viele schlechte Erfahrungen gemacht, dienstlich und privat. »Nehmen Sie sich ruhig Zeit.«

Den letzten Satz nahm die Dame wörtlich. Nach einer gefühlten Ewigkeit meldete sie sich wieder.

»Hören Sie?«

»Ja, ja.«

»Es tut mir leid. Aber einen Bernd Schöne finde ich in unserem Buchungssystem nicht. Weder im ganzen Monat Januar noch im Februar.«

Der Hauptkommissar wollte sich damit nicht abfinden.

»Können die Zimmer nicht vielleicht von jemand anderem auf seinen Namen gebucht worden sein?«

»Ich hab doch gerade gesagt, der Name Schöne ist bei uns nicht gespeichert.«

Die Dame schien ungehalten zu werden. Vielleicht, weil sie wusste, dass es sich bei ihrem Gesprächspartner nicht um einen potentiellen Gast handelte, vermutete der Hauptkommissar.

»Ich müsste zumindest von Ihnen wissen, um welche Zimmer es geht.«

»Woher soll ich das wissen?« Langsam wurde auch Stern gereizt. »Ich sagte Ihnen doch, dass ich hier nur die Verzehrrechnungen vor mir liegen habe.«

157

»Dann schauen Sie mal genau nach. Oben links müsste eigentlich die Zimmernummer stehen.«

Müsste eigentlich, Stern verdrehte die Augen. Doch beim erneuten Blick auf die Rechnungen stellte er fest, genau unter der Rechnungsnummer war auch die Zimmernummer vermerkt. Was bist du für ein Dilettant, Herr Kriminalhauptkommissar, ärgerte er sich über seinen nächsten Fehler. Dann sprach er ins Telefon: »Sie haben recht. Sorry, dass ich das nicht selber gesehen hab.«

»Macht nichts. Sie haben doch auch nicht jeden Tag damit zu tun«, versuchte sie ihn zu trösten.

»Es war an beiden Wochenenden das Zimmer 301/2.«

»Ach, `Allein zu Zweit`, das sind zwei Einzelzimmer mit einem gemeinsamen kleinen Flur. Hier hab ich`s.«

Was hat das denn jetzt wieder zu bedeuten, fragte er sich, als er erfahren hatte, wer die Zimmer gebucht hatte.

*

Kommissar Watzke gelang es, seine Kollegen zu überraschen.

»Ich glaube, wir haben da was.«

Mit diesen Worten begann er seinen Vortrag bei der abendlichen Besprechung. Stern, Grüber, Berg und Gold richteten ihre Aufmerksamkeit sofort auf ihren Kollegen Watzke.

»Ich habe heute Nachmittag Schönes Ex-Freundin Valentina Teixeira Silva befragt.«

Seine Kollegen wurden neugierig.

»Die beiden waren fast ein Jahr zusammen. Aber seit Februar haben sie sich nur noch sehr selten gesehen.«

Watzke blickte in die Runde.

»Und warum?«, fragte Kommissarin Gold.

»Es hatte Streit gegeben.«

»Das ist ja interessant!« Die Bemerkung kam von Berg.

»Nein, nicht wie du denkst. Die beiden waren in den Winterferien zusammen mit Teixeiras Sohn bei ihrer Familie in Porto gewesen. Bei der Gelegenheit hat sie Schöne eröffnet, dass sie im Sommer für immer zurückkehren wird nach Portugal. Wegen ihrer kranken Mutter. Daraufhin ist Schöne wütend geworden und hat gedroht abzureisen. Das hat er aber dann doch nicht gemacht. Und als sie wieder zurück in Berlin waren, war sie beleidigt und enttäuscht, dass er nicht mit ihr zusammen nach Portugal gehen wollte, und hat sich zurückgezogen. Tennisunterricht kann er auch bei uns in Porto geben, hat sie zu mir gesagt.«

Watzke unterbrach kurz und wartete auf Nachfragen seiner Kollegen.

»Hat sie ein Alibi?«

»Ja, sie war zu Hause. Sie hat einen zwölfjährigen Sohn, um den sie sich kümmern muss. Der Vater des Jungen lebt in München.«

»Die beiden wohnen in Friedenau, in der Rheingaustraße«, ergänzte er.

»An dem Abend hatte sie gekocht. Bernd Schöne wollte eigentlich mal wieder vorbeikommen und sie wollten zu dritt zu Abend essen. Aber dann hat er angerufen und kurzfristig abgesagt. Frau Teixeira und ihr Sohn haben alleine gegessen und anschließend hat sich ihr Sohn auf sein Zimmer verabschiedet. Gegen elf hat sie ihn aufgefordert, das Licht auszumachen.«

Komm doch endlich mal auf den Punkt, verzweifelte Grüber innerlich fast, sagte aber nichts.

»Am nächsten Tag sind die beiden nach Portugal geflogen. Der Sohn war von der Schule für zwei Tage beurlaubt.«

Berg war enttäuscht. »Du hast doch gesagt, wir haben da was?«

»Ja, Frau Teixeira hat ein Alibi. Und ihr Sohn übrigens auch. Das haben wir schon mal.«

Watzke fixierte seinen Kollegen verärgert an.

»Aber sie hat außerdem ausgesagt, — und jetzt kommt`s — dass Schöne seit Jahren Stress hat mit seiner Ex. Aber ganz besonders mit seinem Sohn. Die beiden waren wohl nicht zufrieden damit, was er ihnen an Unterhalt bezahlt hat, hat Schöne ihr erzählt. Dabei hatte Schöne sogar eine Lebensversicherung abgeschlossen zugunsten seines Sohnes. Und seine Eigentumswohnung würde er schließlich auch mindestens zur Hälfte erben, meinte Teixeira.«

Stern und Grüber sahen sich schweigend an.

»Schöne war auch überzeugt davon, dass sein Sohn es war, der ihm Anfang des letzten Jahres nachts sein neues Auto demoliert hat. Er hat damals auch Anzeige erstattet, ich hab das überprüft. Doch der Täter

160

konnte nicht ermittelt werden, dem Jungen war nichts nachzuweisen. Außerdem hatte er ein Alibi für die Tatzeit. Das hat ihm seine Mutter gegeben.«

Grüber machte große Augen. »Genau wie diesmal. Scheint so, als würde seine liebe Mutter immer zur Stelle sein, wenn Sohnemann ein Alibi braucht.«

»Ist doch normal, oder?«, schaltete Stern sich ein. »Ein halbwüchsiger Junge lebt bei seiner Mutter und ist während der Woche nachts zu Hause, weil er am nächsten Morgen in die Schule muss. Wer soll ihm sonst ein Alibi geben. Sein Vater etwa?«

Seine Worte hatte er fast barsch hervorgebracht, wurde ihm auf einmal bewusst. Auch seine Kollegen hatten bemerkt, dass er bei diesem Thema an einer empfindlichen Stelle berührt worden zu sein schien.

»Und wie war es in letzter Zeit? Hat der Bursche immer noch Terror gemacht«, wollte Grüber wissen.

»Das hab ich die Frau auch gefragt. Sie glaubt nein. Das letzte, was sie gehört hat, war, dass jemand Schöne nachts einen Pflasterstein ins Wohnzimmerfenster geworfen hat. Das liegt aber schon mindestens ein Jahr zurück, meinte Teixeira. Anzeige hat er zu ihrem Erstaunen nach diesem Vorfall nicht erstattet. Danach hat Schöne nichts dergleichen mehr erwähnt.«

»Trotzdem! Der junge Mann und seine Mutter werden vorgeladen. Oberkommissar Grüber und ich werden die beiden befragen.«

»Warum fahren wir nicht einfach hin? Überraschungseffekt.«

Stern konnte wieder lächeln. »Damit nicht die beiden, sondern wir ein Heimspiel haben.«

Recht hat er wieder einmal, wusste Grüber. Die meisten Personen, die zum ersten Mal hierher zu ihnen in die Keithstraße kamen, waren am Anfang beeindruckt. Wie junge Fußballer, wenn sie zum ersten Mal im Stadion seines Lieblingsvereins Borussia Dortmund spielen müssen. Er grinste zufrieden, packte seine Unterlagen zusammen und folgte seinem Chef, der die Sitzung beendet hatte, nach draußen.

*

Polizeimeister David Steiner in der Einsatzleitzentrale der Berliner Polizei spürte, wie seine Stimmung von Minute zu Minute besser wurde. Noch zwei, maximal drei Anrufe würde er heute entgegennehmen müssen, dann war endlich Schicht im Schacht. Den Kolleginnen und Kollegen, die wie er in dem großen Raum vor ihren Monitoren und Tastaturen saßen und in ihre Headsets sprachen, ging es sicher ähnlich. Steiner wusste nicht, wie viele Anrufe sie heute entgegengenommen hatten, aber bis zu tausend pro Schicht waren in Berlin keine Seltenheit.

»Polizeieinsatzleitzentrale, Polizeimeister Steiner«, meldete er sich, als er auch schon von einer kaum vernehmbaren Frauenstimme unterbrochen wurde.

»Am fünfundzwanzigsten März wurde auf der Tennisanlage in der Cicerostraße der Inhaber der Anlage nachts überfallen. Er wurde brutal zusammengeschlagen und schwer verletzt.«

»Da sind Sie hier bei uns an der falschen Adresse«, wollte er gerade entgegnen, »da müssen Sie bei einem Abschnitt in der Nähe Anzeige erstatten.«

Doch dazu kam er nicht mehr. Die Frau hatte schon aufgelegt. Mit solchen Anrufen blockieren die unsere Anschlüsse, ärgerte er sich, als er auch schon den nächsten Anrufer in der Leitung hatte. Drei Minuten noch bis zum Feierabend, dachte er, bevor er sich meldete. Er freute sich auf sein Bett.

*

17 Kommissarin Gold öffnete die Wohnungstür und betrat die kleine Diele. Die Lampe, die sie einschaltete, gab nur schwaches Licht. Sofort betrat sie das Zimmer, aus dem die Aufnahmen des Regals mit den Ordnern stammten. Außer den verbliebenen Pokalen und Fotos waren die Regalbretter komplett leer geräumt. Ein Blick auf den Schreibtisch und den Boden blieb ebenfalls ergebnislos. Wie konnte das möglich sein? Hatten die Kollegen die roten Ordner beim Abtransport der Unterlagen verloren? Einfach verschlampt? Das passte nicht zu dem Bild, das sie von ihrem Chef und Oberkommissar Grüber hatte. Gold öffnete die Türen des Sideboards, den Kleiderschrank. Sie ging hinüber in das geräumige Wohnzimmer, betrat anschließend die Küche und sogar in dem winzigen Bad sah sie nach. Nichts. Irgendetwas kam ihr komisch vor. Sie ging noch einmal von Raum zu Raum und ließ ihre Blicke konzentriert kreisen. Es kam nicht an die Oberfläche. Das ging allen Kollegen gelegentlich so, ließ sie sich nicht aus der Ruhe bringen. Sie trat hinaus auf die Terrasse, drehte sich eine Zigarette und sog genüsslich den Rauch ein. Im Garten spielte eine ältere Dame mit ihrem kleinen Hund. Sicherlich eine Nachbarin. Und plötzlich war er da, der Gedanke, der so lange gebraucht hatte, bis er endlich an die Oberfläche gedrungen war.

In der ganzen Wohnung von Schöne lag nirgendwo Post. Das war ihr aufgefallen. Doch für niemanden hörte mit seinem Todesdatum die Zustellung von Briefen, Paketen, geschweige denn von Werbung auf. Vielleicht hatte ein Nachbar noch Post für Bernd Schöne in Empfang genommen und bewahrte sie in seiner eigenen Wohnung auf.

Die Kommissarin warf den Rest ihrer Zigarette auf den Steinboden, trat sie aus und ging die wenigen Schritte hinunter in den Garten.

»Entschuldigung, wohnen Sie zufällig hier im Haus?«, sprach sie die alte Dame freundlich an.

Die Hundebesitzerin trat einen Schritt nach hinten. Ihr Hund begann laut zu bellen.

»Sie brauchen keine Angst zu haben. Ich bin von der Polizei.«

»Die Polizei war doch vor ein paar Tagen schon hier.«

Die Frau blieb skeptisch. Kommissarin Gold nahm ihren Dienstausweis aus der Tasche und gab ihn der Frau in die Hand.

Zwanzig Minuten später war sie, gestärkt durch eine Tasse Tee und selbstgebackene Kekse, auf dem Weg zu ihrem Dienstwagen. An ihrer Schulter hing ein gelber Stoffbeutel, gefüllt mit Postsendungen. Ein Brief könnte für sie besonders interessant werden, hatte sie bei der ersten Untersuchung des Umschlages ertastet.

Noch während sie die Fernbedienung ihres Autos betätigte, kam ihr ein Gedanke. Ich fahre nicht auf direktem Weg zurück in die Keithstraße, sondern ich mache vorher noch einen kleinen Abstecher zu Penny in die Albrecht-Achilles-Straße, beschloss sie. Über die Paulsborner Brücke war man in zwei Minuten dort. Vielleicht hatte sie Glück und der Filialleiter würde ihr ohne große Formalitäten eine Kopie der Aufnahmen aushändigen.

*

Es klopfte, gerade als Hans Stern mit seinem Becher in der Hand an der Kaffeemaschine stand, und Kommissarin Gold betrat das Büro. In der Hand hielt sie einen gepolsterten braunen Umschlag im Din A4-Format.

»Siehst du, wenn du mal Kriminalhauptkommissarin bist, kannst du auch den ganzen Tag Kaffee trinken, während deine Kollegen arbeiten.«

Gold verdrehte die Augen, legte den Umschlag wortlos auf den Schreibtisch ihres Chefs und wartete.

»Was ist das?«, fragten Grüber und Stern fast gleichzeitig.

»Schauen Sie mal nach.«

Lächelnd hielt die junge Kommissarin ihrem Chef ein Paar Einweg-Handschuhe entgegen.

Der Hauptkommissar stellte seinen Becher ab und ging zu seinem Platz. Nachdem er die Schutzhandschuhe übergezogen hatte, griff er nach dem Briefumschlag und las laut vor: »Bernd Schöne, Salzbrunner Straße sechsundzwanzig, vierzehn, einhundertdreiundneunzig Berlin.«

»Sie müssen auf den Absender achten.«

Stern las laut: »Schaubühne am Lehniner Platz, Kurfürstendamm einhundertdreiundfünfzig, zehn, siebenhundertneun, Berlin«.

Er konnte immer noch nichts mit den Informationen anfangen. Er griff in den Umschlag und zog ein schwarzes Männer-Portemonnaie heraus. Jetzt begriff er endlich. Er klappte es auf und nahm den Inhalt der Börse heraus. Geldkarten, Bahncard, Führerschein, Krankenkassen-Karte, alles ausgestellt auf Bernd Schöne. Bargeld befand sich nicht mehr in dem Portemonnaie.

Gold konnte sich nicht mehr zurückhalten.

»Ich hab schon bei der Schaubühne angerufen. Das Portemonnaie lag vor dem Hofeingang auf dem Boden. Ein Technik-Mitarbeiter hat es morgens gefunden. Da der Ausweis noch drin war, wollte die Sekretärin ihn sofort telefonisch informieren, konnte aber nirgendwo die Telefonnummer von Bernd Schöne finden. Da hat sie es einfach an seine Adresse geschickt. – Den Brief hatte die Nachbarin von Schöne. Sie wohnt genau über ihm.«

Grüber und Stern sahen sich wissend an.

»Sie hat regelmäßig seinen Briefkasten geleert, nachdem sie erfahren hat, dass er tot war, und die Post bei sich aufgehoben«, setzte die Kommissarin ihre Erklärung fort. »Ich dachte, ich schicke den Umschlag mit der Geldbörse sofort zur Kriminaltechnik und lasse sie auf Fingerabdrücke und weitere Spuren überprüfen.«

Der Hauptkommissar nickte zustimmend: »Ja, genau. Vielleicht befinden sich die Fingerabdrücke bereits in unserer Datei und im Idealfall haben wir den Täter.«

»Oder zumindest den Dieb«, fiel Grüber ihm ins Wort.

»Oder zumindest den Dieb.«

Grüber hatte ja recht, wusste Stern, aber das dämliche Grinsen nach jeder dritten Bemerkung, das er sich in letzter Zeit angewöhnt zu haben schien, begann ihn zunehmend zu nerven.

»Gute Arbeit«, konnte der Hauptkommissar seiner jungen Kollegin gerade noch hinterherrufen, bevor Gold die Bürotür geschlossen hatte.

Vielleicht gab es noch einen schnelleren Weg, den Dieb der Geldbörse zu finden. Dem Grinser teilte Stern diesen Gedanken nicht mit.

*

Die Personengruppe auf dem Bürgersteig schien sich lange zu kennen. Die Männer und Frauen unterhielten sich lebhaft, lachten und zogen zwischendurch immer wieder an ihren Zigaretten. Einer von ihnen hielt ein altes Transistorradio in der Hand und forderte seine Begleiter die ganze Zeit auf, zu den lauten Klängen osteuropäischer Musik zu tanzen. Das entnahm Kriminalhauptkommissar Stern seinen lebhaften Gesten. Die Sprache der Leute verstand er nicht. Ein paar Meter hinter der City-Station, unmittelbar vor dem Spielplatz, an dessen Zaun Stern sein Fahrrad anschloss, stand eine weitere, kleinere Gruppe von rauchenden Männern. Sie unterhielten sich auf Deutsch.

Auch im Innern des Obdachlosen-Cafés herrschte diese Zweiteilung vor, konnte Stern feststellen, nachdem er den Laden der Stadtmission betreten hatte. Der große rechteckige Gastraum war mit rötlichen Bodenplatten gefliest, zu denen die hellen klarlackierten Tische und Stühle einen angenehmen Kontrast bildeten. Der breite Tresen gegenüber der Eingangstür hatte dieselbe Farbe. Die gelben Wände waren geschmückt mit großen, eingerahmten Fotografien von Gebäuden aus dem Berlin der dreißiger Jahre. Stern erkannte das Hotel Adlon, das Brandenburger Tor, das Kaufhaus des Westens und das Pschorr-Haus am Potsdamer Platz. An der Stirnwand der linken Hälfte des Raumes befand sich ein breiter Bücherschrank mit Glastüren. Mehr an Möbeln gab es nicht. Trotzdem schienen sich die zahlreichen Gäste hier wohlzufühlen. Rechts spielten etliche Männer Karten oder hatten ein Brettspiel auf dem Tisch liegen und tranken Kaffee. Im linken Teil saßen die Gäste aus Osteuropa meist in größeren Gruppen zusammen, tranken Tee, unterhielten sich oder telefonierten mit ihren billigen Handys. Zwei kräftige Männer in schwarzen Security-Westen schienen dafür zu sorgen, dass hier alles friedlich blieb.

Der Hauptkommissar konnte spüren, dass er von jemandem fixiert wurde.

»Möchten Sie etwas trinken?«

Einer der beiden grauhaarigen Männer hinter dem Tresen wartete auf eine Antwort. Bestell dir etwas, dachte Stern, das wird den Einstieg in ein Gespräch erleichtern. Obwohl er im Büro heute schon reichlich Kaffee getrunken hatte, bestellte er sich eine weitere Tasse mit Milch und ohne Zucker.

»Haben Sie ein paar Minuten Zeit für mich?«, fragte er den Mann, nachdem dieser ihm eine Tasse mit dem pechschwarzen Getränk auf den Tresen gestellt und ihm ein Milchkännchen gereicht hatte.

»Ja«, war die knappe, freundliche Antwort. »Im Moment ist alles ruhig hier.«

»Ist das nicht immer so?«

»Schön wär`s. – Womit kann ich Ihnen helfen?«

»Mein Name ist Hans Stern. Ich bin Kriminalhauptkommissar beim LKA Berlin.«

Sein Gegenüber zog die Augenbrauen zusammen. Mit dieser Skepsis hatte Stern schon fast gerechnet.

»Wir ermitteln in einem Tötungsdelikt.«

Der Kriminalhauptkommissar ließ seine Worte kurz wirken.

»Mitte März wurde nicht weit von hier in der Albrecht-Achilles-Straße ein Mann erschossen.«

»Hab ich von gehört. Aber Sie verdächtigen doch nicht etwa einen von uns?«

»Überhaupt nicht.« Stern wollte den Mann besänftigen. »Aber in unmittelbarer Nähe des Tatorts haben meine Kollegen von der Spurensicherung einen Schlafplatz entdeckt. Vielleicht hat der Mann, der dort übernachten wollte, etwas gesehen, was uns helfen könnte, den Täter zu finden. Deshalb würden wir gerne mit ihm sprechen.«

Das gestohlene Portemonnaie erwähnte er nicht.

»Und Sie glauben, dass dieser Mann…« Er brach kurz ab, »oder diese Frau – das kann ja auch möglich sein – hier von uns kommt?«

»Wir wissen es nicht. Deshalb spreche ich ja jetzt mit Ihnen. Vielleicht haben Sie etwas gehört. Oder vielleicht eine Vermutung.«

»Nee, da kann ich Ihnen leider nicht weiterhelfen, Herr Kommissar.«

Die Antwort kam dem Beamten etwas zu abrupt.

»Ein Zeuge hat die Person gesehen und beschrieben: Auffallend groß, grüner Parka. Wahrscheinlich trägt er einen Bart.«

Der Mitarbeiter lachte. »Also dann doch keine Frau. Hier hab ich zumindest noch nie eine Frau mit Bart gesehen.«

Stern deutete ein Lächeln über die witzige Bemerkung an.

»Herr Kommissar, ich halt mal die Ohren offen. Aber jetzt müsste ich weitermachen.«

Da werd ich den Blues-Norbert erstmal fragen müssen, ob er überhaupt mit der Polizei reden will, entschied Werner Becker, während er den fast vollen Kaffee-Pott nahm und dem Beamten, der das Café verließ, hinterherblickte.

*

Da war es wieder. Beim Betreten der Wohnung registrierte Hans Stern als erstes die Stille. Sofort durchströmte ihn dieses Gefühl des Unbehagens, der

171

Trauer. Völlig unerwartet. Es ergriff Besitz von ihm. Er konnte nichts dagegen tun. Musste er sich Sorgen machen? Ob das mit der Arbeitsbelastung zusammenhing? Obwohl sie heute einige Schritte weitergekommen waren? Er wusste es nicht. Eigentlich hatte er auch geglaubt, sich mit Maischas bevorstehendem Auszug längst abgefunden zu haben. Offenbar war dies nicht der Fall. Aber warum dieses Unwohlsein ausgerechnet heute? Seine Tochter war doch zurzeit sogar in Berlin.

Außerdem war Maischas Abwesenheit für ihn nichts Ungewöhnliches. Das kannte er doch und es gefiel ihm manchmal sogar. Wie oft war sie im Laufe eines Jahres unterwegs, auch für länger. Aber sie tauchte dann irgendwann gut gelaunt wieder auf und sie saßen bei einem Milchkaffee in der Küche oder im Wohnzimmer oder aßen gemeinsam zu Abend und plauderten darüber, was sie in den zurückliegenden Tagen Interessantes erlebt hatten. Oder über den neuesten Gossip, was besonders vergnüglich war. Das würde in Zukunft anders sein, wurde ihm schmerzlich bewusst. Vielleicht meldete sich deshalb von Zeit zu Zeit seine Seele.

Als Maischa von ihrer Tour durch die Uni-Städte nach Berlin zurückgekehrt war, hatte sie wohl gemerkt, dass ihn etwas bedrückte, und ihn darauf angesprochen. Seine Worte sorgfältig wählend, um ihr die Euphorie und die Vorfreude auf die spannende Zeit, die vor ihr lag, nicht zu nehmen, hatte er versucht, ihr zu erklären, was er gerade empfand. Sie hatte ihn umarmt und getröstet mit den Worten: »Papa, ich bin doch nur während des Semesters weg.

In den Ferien bin ich doch hier.« Dann hatte sie lächelnd hinzugefügt: »Ick bin eine Börlinerin! Und außerdem hab ich hier meine Ferienjobs.«

Am nächsten Tag lag bei seiner Rückkehr aus dem LKA eine hübsch verpackte CD auf dem Küchentisch. `Für Papa. Die beste Gute-Laune-Musik.` Gerührt hatte er sein Geschenk ausgepackt und das NR1-Album der Beatles in der Hand gehalten.

Genau, dachte Stern, die werde ich jetzt auflegen. Er zog seine Schuhe und seinen Anorak aus und ging ins Wohnzimmer. Und wenn ich gegessen habe, werde ich selbst Musik machen.

Kaum hatte er den Küchentisch gedeckt, hörte er, wie sich der Schlüssel in der Wohnungstür drehte.

»Hallopapa. – Schöne Musik hörst du.«

»Ja, find ich auch. Beste Gute-Laune-Musik.«

Stern freute sich.

»Mensch, ist das ein Sauwetter.«

Maischa zog ihre Schuhe aus und brachte ihre nasse Jacke ins Badezimmer.

»Hast du früher Schluss gemacht?«

»Ja. Bei dem Wetter waren kaum Gäste da. Der Chef hat gefragt, ob ich gehen will. Morgen arbeite ich dafür zwei Stunden länger. Kann ich mit zu Abend essen? Ich hab einen Riesenhunger?«

»Klar. Es ist genug da. Ich war eben einkaufen.«

Stern legte Geschirr und Brot nach.

»Gehst du heute Abend ins Lentz, Papa?«

»Nee, bei dem Wetter bleib ich zu Hause. Ich wollte nach dem Essen ein bisschen Gitarre spielen.«

»Cool. Ich gehe auch nicht mehr weg. Wenn du magst, zeig ich dir einen neuen Song, den ich gestern geprobt hab. Drei Akkorde, ganz leicht zu spielen.«

Stern nickte. Sollten die anderen über das Wetter meckern. Ihm gefiel ein Heimatabend mit selbst gemachter Musik. Ein neuer Song war auch nicht schlecht.

*

David Steiner steuerte auf eine der wenigen freien Bänke auf dem belebten Bahnsteig zu und warf dabei einen Blick auf die Anzeigetafel. Gut, dass er mit der U-Bahn hierher gefahren war, er lag bestens in der Zeit. Der ICE aus Köln lief in knapp zehn Minuten ein. Vorsichtig trank er einen Schluck von seinem Cappuccino, den er sich im Erdgeschoss des Spandauer Bahnhofs zu einem erstaunlich moderaten Preis erstanden hatte. Wenn Nicolas Zug angekommen war, würden sie mit der S-Bahn weiterfahren zum Bahnhof Zoo und im Vapiano am Breitscheidplatz gut essen gehen. Mehr gab sein karges Polizeimeister-Gehalt für heute nicht mehr her. Aber nach dem Essen würden sie sowieso schnell nach Hause fahren.

Eine knappe Stunde später hatten sie in dem sehr gut besuchten Restaurant endlich zwei freie Plätze ergattert und stellten zufrieden ihre Tabletts auf dem Tisch ab. Beim Anblick seiner Linguine mit Scampi in Hummersauce lief David Steiner das Wasser im Mund zusammen.

»Willst du noch etwas von mir abhaben?«, fragte Nicola, während sie ihre riesige Pizza in kleine Stücke schnitt.

Wie wunderschön sie ist, bemerkte Steiner wieder einmal, bevor er verneinte. Männer mit Rolle um die Hüften mochte Nicola nicht, das wusste er.

»Erzähl mal, wie war deine Woche?«, wollte seine Freundin wissen.

»Nix Besonderes. Viele Anrufe. Viel Stress. Viel Nerverei.«

»Viel Nerverei? Wieso?«

»Na, du glaubst nicht, mit welchem Quatsch uns manche Scherzkekse behelligen. Das scheint immer mehr zu werden. Ein richtiger Trend, nicht nur bei Jugendlichen.«

Nicola sah ihren Freund neugierig an, während sie ein Stück ihrer leckeren Pizza zerkaute.

»Jugendliche glauben, witzig zu sein, wenn sie die `Eins-Eins-Null` wählen und uns fragen, wo man in der Stadt günstig Shit bekommen kann. Ein Tourist wollte von mir wissen, wie er mit den Öffies am besten von der Warschauer Brücke zur Krummen Lanke kommt.«

Nicola musste lachen.

»Und eine Frau hat mir einen Überfall auf eine Tennisanlage in der Nähe vom Kudamm gemeldet, der schon zehn Tage zurücklag.«

»War das der Überfall, bei dem einer den Inhaber erschossen hat?«

»Quatsch! Wie kommst du denn darauf? Von Mord war bei dem Anruf nicht die Rede.«

»Aber das habe ich doch in der Zeitung gelesen! Brutaler Mord am Ku´damm. Inhaber des ZentralStadions erschossen.«

David Steiner spürte, wie ihm mulmig wurde.

»Lass uns über etwas anderes reden. Wie war deine Woche?«, wechselte er schnell das Thema und nahm einen Schluck aus seiner Cola Flasche.

*

18 »Volltreffer! So kann die Woche weitergehen!« Kommissarin Gold schaute abwechselnd Grüber und ihren Chef an. »Einige der Fingerabdrücke, die sich neben denen von Bernd Schöne auf dem Portemonnaie befanden, konnten eindeutig zugeordnet werden.«

Stolz präsentierte Marieluise Gold dem Leiter der Ermittlungen den Bericht der Kriminaltechnik.

»Sie gehören zu einem gewissen Norbert Schneider, neunundfünfzig Jahre alt, wohnungslos.«

Triumphierend sah sie zu Grüber hinüber. Dieser nickte anerkennend mit dem Kopf.

»Früher hat der mal eine Kneipe in der Katzbachstraße in Kreuzberg betrieben. Einen Bluesclub mit Live-Konzerten. Er scheint sich wohl häufiger in der Gegend um den Tatort herum aufgehalten zu haben. Zweimal wurde der Typ beim Ladendiebstahl erwischt. Einmal bei Kaisers am Kudamm einhundertvierzig und einige Zeit davor bei Penny in der Albrecht-Achilles-Straße zweiundfünfzig. Das ist direkt neben dem Tatort.«

Ich muss mir unbedingt die Zeit nehmen und die Aufnahmen aus dem Supermarkt anschauen, nahm sie sich zum wiederholten Mal vor.

»Und Kaisers liegt in unmittelbarer Nähe der City-Station«, bemerkte der Hauptkommissar. »Ich kann mir nicht vorstellen, dass dieser Kerl dort nicht verkehrt. Da fahr ich noch mal hin. Da müssen die den Schneider kennen!«

Stern blickte auf seine Uhr. Es war zwanzig Minuten nach eins.

»Die City-Station öffnet wieder um vierzehn Uhr dreißig. Ich mache in zehn Minuten Mittagspause und fahre anschließend sofort dorthin. Vielleicht ist der Kerl zufällig da. Dann bring ich ihn gleich mit.«

Keiner seiner beiden Kollegen glaubte daran, trotzdem hoben sie ihren rechten Daumen. Langsam machten sie Fortschritte, registrierte Stern. Ihre Magnettafel im Besprechungsraum füllte sich zusehends. Die etwas gereizte Stimmung der letzten Tage begann sich langsam zu verflüchtigen. Dennoch blieb noch sehr viel zu tun.

*

Zu dieser Tageszeit standen keine wartenden Menschen vor dem Obdachlosen-Treff der Stadtmission. Das Frühstücksangebot war lange beendet. Die Menschen, die in der City-Station gefrühstückt hatten, gingen bereits wieder ihrer Tagesbeschäftigung nach und kamen vor sechzehn Uhr nicht zurück. Hans Stern klopfte an die noch verschlossene Tür und wartete, bis sein Gesprächspartner vom letzten Besuch ihm aufmachte. Der Hauptkommissar hatte sich telefonisch angemeldet. Der Mann begrüßte ihn freundlich. Er war gerade dabei, die Tische und Stühle des

Treffs abzuwischen. Dem blauen Eimer aus Kunststoff, der auf einem der Tische stand, schenkte er jedoch keine Beachtung mehr, sondern bot dem Kommissar einen Platz an einem der bereits sauberen Tische an.

»Möchten Sie auch einen Kaffee?«

Stern lehnte dankend ab.

Nachdem Werner Becker sich mit einem Pott dampfenden Kaffees in der Hand zu ihm an den Tisch gesetzt hatte, begann der Kriminalhauptkommissar.

»Wir haben fremde Fingerabdrücke auf dem Portemonnaie des Getöteten aus der Albrecht-Achilles-Straße gefunden und konnten diese zuordnen. Es sind die Abdrücke von Norbert Schneider. Der Mann ist obdachlos und hält sich nach unseren Erkenntnissen in der Gegend hier am oberen Kudamm auf. Deshalb gehen wir davon aus, dass er auch Gast bei Ihnen ist.«

Der LKA-Beamte hielt inne und sah sein Gegenüber prüfend an.

»Unsere Gäste stellen sich uns nicht namentlich vor. Manche wollen sogar anonym bleiben. Und wissen Sie was? Mir ist das auch lieber so. – Wenn überhaupt, kennen wir nur ihre Vornamen. Oder ihre Spitznamen.«

»Kennen Sie denn einen Besucher der City-Station namens Norbert, Herr Becker?«

Werner Becker trank einen Schluck von seinem Kaffee und nahm sich Zeit für seine Antwort. Ihm war klar, dass die Polizei dem Mann auch ohne seine Hilfe nahe auf den Fersen war. Der Kommissar merkte, wie er langsam ungeduldig wurde, als sein Gegenüber wieder zu sprechen begann.

»Zu uns kommt manchmal ein Blues-Norbert.«

»Blues-Norbert?«, wiederholte Stern den Namen.

»Ja, auf den könnte auch Ihre Beschreibung vom letzten Mal passen. Aber in den letzten Wochen hat der sich nur einmal hier blicken lassen. – Zumindest in der Zeit, in der ich hier war.«

»Und wer ist dieser Blues-Norbert?« Der Hauptkommissar gab sich ahnungslos.

»Unsere Gäste erzählen nicht viel von sich, Herr Kommissar. Ich weiß nur, dass er früher in einer ziemlich bekannten Berliner Bluesformation gespielt hat. Den Namen hab ich vergessen. Irgendwas mit Chicago. Norbert war in der Band Sänger und Gitarrist. Außerdem war er sogar Mitinhaber einer Blueskneipe in Kreuzberg. Dann kam wohl der Absturz. Alkohol, Drogen, Scheidung. Das Übliche. Aber das weiß ich alles nicht von ihm, sondern von anderen Gästen, die ihn von früher kennen. – Geblieben sind ihm seine Blues-Harps. Mit denen stellt er sich öfter mal auf die Straße, spielt Bluesklassiker und singt dazu. Daher hat er seinen Namen. Die passende Stimme hat er ja.«

»Wissen Sie auch, wo er sich hinstellt, wenn er Musik macht?«

Werner Becker nickte.

»Er hat mir mal erzählt, dass er sich gelegentlich neben den Haupteingang vom KADEWE stellt. Er meint, die Leute, die dort einkaufen, hätten viel Geld. Einer hat ihm mal einen Zwanzig-Euro-Schein in den Hut gelegt. Aber meistens steht er vor dem Eingang der TU-Mensa in der Hardenbergstraße. Die Studenten haben zwar nicht viel Geld, sind aber großzügiger als die reichen Säcke. So hat er sich ausgedrückt.«

Becker schien am Ende seiner Ausführungen angekommen zu sein. Dann fiel ihm noch etwas ein.

»Ach so, manchmal stellt er sich auch noch an den S-Bahnhof Charlottenburg. Am Eingang, gleich bei der Wilmersdorfer Straße.«

Stern kannte die drei Plätze. Er musste sich keine Notizen machen.

»Denken Sie, Blues-Norbert hat den Mann umgebracht?«

»Wir wissen es nicht. Wir wissen nur, dass er das Portemonnaie des Toten angefasst hat. Vielleicht hat er es auch nur auf der Straße gefunden, nachdem der Täter es weggeworfen hatte.«

Dass er selbst nicht an diese Variante glaubte, erzählte der LKA-Beamte seinem Gegenüber nicht.

»Wir müssen den Mann dringend finden und befragen. Vielleicht war er Zeuge des Überfalls und kann uns eine Beschreibung des Täters geben. Oder der Täter.«

Hauptkommissar Stern griff in die Innentasche seines Anoraks und nahm eine Visitenkarte heraus.

»Falls Herr Schneider in den nächsten Tagen hier bei Ihnen auftaucht, rufen Sie mich bitte sofort an? – Egal um welche Zeit.«

Werner Becker griff nach der Karte und nickte zustimmend. Ob er dem LKA-Beamten bei dieser Gelegenheit erzählen würde, dass Blues-Norbert bei ihrer letzten Begegnung neben dem neuen Anorak und dem teuren Merino-Schal auch eine neue Uhr am

Handgelenk getragen hatte, konnte er sich immer noch überlegen.

Zurück auf der Straße nahm Stern sein Handy aus der Tasche und gab Golds Nummer ein. Seine Kollegin musste umgehend die Suche nach Norbert Schneider vorantreiben.

Hans Stern hatte keine Lust, auf direktem Weg in die Keithstraße zurückzufahren. Stattdessen querte er den Kudamm, folgte der Joachim-Friedrich-Straße bis zur Rönnestraße und bog Richtung Stuttgarter Platz ab. Wie erwartet war bei diesem herrlichen Frühlingswetter vor dem Lentz Hochbetrieb. Fast alle Tische waren bis zum letzten Platz besetzt. Der Hauch von schlechtem Gewissen, der sich auf dem Weg hierher bei ihm eingestellt hatte, war sofort verflogen. Er schloss sein Rad an und suchte sich einen der wenigen freien Stühle neben einer jungen, hübschen Frau aus.

»Hallo Hans. Was machst du denn hier um diese Zeit?«, begrüßte ihn Maria, die heute Tagesschicht hatte. »Hast du Urlaub?«

»Schön wär`s. Ich war nur in der Nähe. Und jetzt hab ich Lust hier in der Sonne in Ruhe einen Cappuccino und ein Stück von eurem selbst gebackenen Kuchen zu genießen.«

Seine Bestellung war gerade von Maria gebracht worden, als sein Handy klingelte. Die junge Frau sah ihn erwartungsvoll an und geriet ins Staunen, als sie feststellte, dass er den Anruf einfach ignorierte und stattdessen die Gabel mit dem Stück Kuchen genüsslich in seinen Mund schob. Das Klingeln hatte inzwischen aufgehört.

»Die ruft schon noch einmal an«, sagte er lächelnd und zwinkerte dabei mit dem rechten Auge. Empört sah die Frau weg. Kurz darauf zahlte sie, stand auf und verließ grußlos den Tisch. Stern sah ihr feixend hinterher.

Es klingelte erneut. Diesmal nahm der LKA-Beamte den Anruf entgegen.

»Gold hier. Sind Sie noch in Wilmersdorf, Herr Hauptkommissar?«

»Ja, wieso?«

»Es gibt wichtige neue Informationen, die mit Hartmut Fender zu tun haben. Die müssten überprüft werden.«

»Na, dann schießen Sie mal los.«

Die junge Kommissarin dachte einen kurzen Augenblick nach, bevor sie begann.

»Die Kollegen vom Abschnitt vierundzwanzig in der Rudolstädter Straße haben mich eben darüber informiert, dass sich ein Polizeimeister Steiner aus der Einsatzleitzentrale in Tempelhof bei ihnen gemeldet hat. Er wollte wissen, ob sie am fünfundzwanzigsten März zu einem nächtlichen Überfall mit schwerer Körperverletzung in die Cicerostraße gerufen worden seien. Aber die Kollegen waren in dieser Nacht nicht alarmiert worden.«

Sie machte eine kurze Pause.

»Und was soll das mit unserem Fall zu tun haben?«, fragte Stern ungeduldig.

»Eine anonyme Anruferin hat behauptet, der Inhaber der Tennisanlage in der Cicerostraße sei überfallen worden. Wenn es wirklich einen Überfall gab und wenn dieser sich am späten Abend im ZentralStadion ereignet hat, könnte es sich bei dem Überfallopfer in der Tat um Hartmut Fender handeln.«

»Wieso?«

»Wer soll sich denn sonst so spät und bei Dunkelheit noch auf der Tennisanlage aufgehalten haben?«

Greskowiak zum Beispiel oder Gäste, die in der Kneipe versackt waren, fiel Stern sofort ein, doch er behielt seine Antwort für sich.

»Der zweite Inhaber des ZentralStadions war zu diesem Zeitpunkt schon tot«, hörte er seine Kollegin noch hinzufügen.

»Davon hat Fender uns gar nichts erzählt«, sprach Stern laut in sein Telefon, bevor ihm bewusst wurde, wo er sich gerade befand. Er stand auf und entfernte sich ein paar Meter von den Tischen.

»Haben die Kollegen noch weitere Details für uns gehabt?«

»Wie schon gesagt, die Frau, die in der Leitzentrale angerufen hat, hat ihren Namen nicht genannt und anschließend sofort wieder aufgelegt.«

»Und mehr hat sie nicht gesagt?«

»Nein, angeblich nicht. Deshalb und weil das genannte Datum der Tat lange zurücklag, hat der Beamte den Anruf auch nicht weiter ernst genommen. Was ihn dann dazu veranlasst hat, eine Woche später doch Kontakt aufzunehmen mit den Kollegen vom Abschnitt vierundzwanzig, weiß ich nicht.«

»Gut«, der Hauptkommissar überlegte kurz. »Ich werde aber jetzt nicht persönlich zu Hartmut Fender auf die Tennisanlage fahren, sondern wir werden ihn vorladen. Rufen Sie ihn gleich an und fordern Sie ihn auf, umgehend bei uns anzutreten. Und verleihen Sie Ihren Worten ruhig etwas Nachdruck. Ich bin in circa einer Stunde wieder im Büro. Dann erstatten Sie mir Bericht. – Bis gleich.«

Er beendete das Gespräch. Ob die Männer des Senioren-Doppels neulich im ZentralStadion von diesem Überfall gesprochen hatten, fragte er sich, während er zurück zu seinem Tisch ging. Der Rest seines Cappuccinos war inzwischen kalt geworden. Zehn Minuten Pause gönne ich mir noch, beschloss er und bestellte sich bei Maria einen Milchkaffee, obwohl es ihm stank, dass inzwischen direkt neben seinem Stuhl ein großer Köter es sich gemütlich gemacht hatte. Er gehörte zu seinem neuen Tischnachbarn, der das wohl für selbstverständlich hielt und sich gar keinen Kopf zu machen schien.

Kaum hatte Maria sein Getränk vor ihm abgestellt, klingelte sein Handy erneut. Es war Watzke, sah Stern und ging ran.

»Ja, ich bin in ungefähr einer dreiviertel Stunde wieder im Büro«, versicherte er seinem Kollegen und fuhr fort: »Watzke, Sie sammeln doch gute Witze.«

Der Angesprochene zog hinter seinem Schreibtisch die Augenbrauen zusammen und verstand gar nichts.

»Ich hab da einen. Wollen Sie den hören?«

Noch bevor Watzke auch nur ein Wort sagen konnte, begann sein Chef.

»Ein Hundehalter geht mit seinem großen Köter Gassi. Gerade, als sie an eine Kreuzung kommen, springt die Ampel am Fußgängerüberweg auf Rot. `Platz`, sagt der Hundehalter zu seinem Köter.«

Stern machte eine kurze Pause.

Ist er jetzt völlig übergeschnappt? Watzke schüttelte mit seinem Telefon am Ohr den Kopf, bevor sein Chef weitersprach.

»Da ist der Hund geplatzt.«

»Hhää?«, hörte Stern und musste losprusten. Er konnte sich kaum noch halten. Den empörten Blick seines Tischnachbarn gab er vor, nicht zu bemerken.

*

»Herr Fender ist nicht hier.«

Pawel Greskowiak erkannte den LKA-Beamten beim Betreten der Anlage sofort. Er stand mit einem Eimer weißer Wandfarbe und einer Malerrolle in der Hand vor dem alten Schuppen direkt neben dem Eingang und war gerade dabei, den schmutzigen Wänden einen neuen Anstrich zu verpassen.

»Das ist mir bekannt. Meine Kollegin hat mich darüber informiert.«

Nur aus diesem Grund war Hans Stern nach seinem Besuch im Lentz doch noch hierher zur Sportanlage gefahren.

»Ich bin hier, um mit Ihnen zu sprechen.«

Greskowiak reagierte überrascht. »Ich habe Ihnen doch schon gesagt alles.«

»Herr Greskowiak, können wir uns irgendwo ungestört unterhalten?«

»Ja, im Büro. Können Sie gehen vor, Herr Kommissar? Ich muss saubermachen Pinsel und Rolle. Sonst alles kaputt.«

»Naa, den musst aufspringen loassen, Junge. Der ist soo schwierig zum spielen, wenn der Gegner den Ball so sky-high zurückspielt.«

Hans Stern musste lächeln. Obwohl sich kein einziger Gast im Club-Restaurant befand, war der überdimensionale Fernseher eingeschaltet. Die Wiederholung einer Begegnung der Australien Open vom Anfang des Jahres lief und die Sprecher bei diesem Match waren Alex Antonitsch und Markus Zoecke, seine Lieblingskommentatoren bei Eurosport. Einer der beiden Spieler auf dem Platz war der Österreicher Dominic Thiem.

»Der ist so easy zu nehmen, wennst den aufspringen loasst. Den hättest du auch noch gehabt, Markus. Oder?«

»Was soll das denn heißen?« Zoecke spielte den Beleidigten.

»Schau, schau, schau, der steht scho foast im Publikum zum Redturn. Aber muss er auch. Wann er den Punkt macht, hoat er dem Dominic das Aufschlag-Game abgenommen.«

Antonitsch fieberte mit. Als der Aufschlag seines Landsmannes im Netz landete, war er enttäuscht.

»Die Procentage beim ersten Aufschlag reicht einfach net aous.«

»Hammer!«, schwärmte Markus Zoecke demonstrativ.

Thiems Gegner hatte mit einem großartigen Return auf den zweiten Aufschlag des Österreichers geantwortet, den Punkt gemacht und das Aufschlagspiel gewonnen.

Pünktlich zum Beginn der Werbung betrat der Platzwart den Raum und öffnete die Tür zum Büro. Nachdem beide Männer Platz genommen hatten, eröffnete Stern das Spiel mit seinem wuchtigen ersten Aufschlag.

»Herr Greskowiak, uns wurde gemeldet, dass Ihr Chef vor kurzem hier auf der Anlage überfallen und zusammengeschlagen wurde. Was wissen Sie darüber?«

Stern fixierte den polnischen Platzwart mit starrem Blick.

Greskowiak wirkte sichtlich überrascht. Nachdem er registriert hatte, dass es bei der Befragung nicht um ihn ging, schien sich seine Anspannung zu legen und er antwortete in erstaunlich korrektem Deutsch.

»Ich weiß nichts von einem Überfall. Herr Fender und seine Frau haben mir von einem Fahrradunfall erzählt.«

»Könnte es sich bei dem Vorfall um Schutzgelderpressung handeln?«

»Davon ich weiß gar nichts.«

»Ist Ihnen denn etwas aufgefallen? Hier auf der Anlage? Sind hier Typen aufgetaucht, die nicht hierher gehören? Schlägertypen? – Wurden Sie vielleicht selbst angesprochen?«

»Nein, hier waren keine Schlägertypen. Einziger Typ, der nicht hierher gehört – normalerweise – war Obdachloser. Also sah aus wie Obdachloser. War zweimal hier und hat getrunken Kaffee und zugeguckt Tennis.«

»Wann war das?«

»Weiß nicht genau. Acht Tage, zehn Tage. Vorher hier ich hab ihn nicht gesehen. – Und er hat gefragt nach Chef.«

»Was? Nach Herrn Fender?«

»Er hat nicht gesagt Namen. Er hat gefragt, wo ist dein Chef? Mit Stimme ganz dunkel.«

»Wie sah der Mann aus? Würden Sie ihn wiedererkennen?«

»Ja. Sicher. Er war groß. Graue Haare. Bart. Jacke dreckig. Farbe Braun. Hose schwarz, auch dreckig. Joggingschuhe grau, alt.«

»Hat er gesagt, was er von Herrn Fender wollte?«

»Nein.«

»Sind Sie sicher, dass er Hartmut Fender suchte? Oder könnte er auch Bernd Schöne gemeint haben?«

»Wie soll ich wissen? Er hat gesagt, wo ist dein Chef. – Aber Herr Schöne war schon tot, als Mann hier war.«

Der Hauptkommissar dachte nach.

»Ist Ihnen sonst noch etwas aufgefallen in der letzten Zeit?«

»Nein, sonst mir ist nichts aufgefallen.«

»Gut, dann war`s das für heute, Herr Greskowiak. Vielen Dank. Wenn Ihnen noch etwas einfallen sollte, rufen Sie uns bitte an.«

Der Pole nickte. Was in seinem Kopf vorging, war für Stern nicht zu erkennen.

»Aber das Game musste der Dominic doch holen!«, hörte Stern Antonitsch schimpfen, als er das Clubgebäude verließ.

*

»Nina Fender«, meldete sie sich und bereute gleichzeitig, den Anruf überhaupt entgegengenommen zu haben. `Ruf von Unbekannt` war auf ihrem Display zu lesen gewesen. Der Anrufer hatte seine Rufnummer unterdrückt. Normalerweise war sie am Nachmittag um diese Zeit überhaupt nicht zu Hause.

»Kommissarin Gold, LKA Berlin«, hörte Nina Fender eine weibliche Stimme und beruhigte sich sofort wieder. Das Klingeln des Telefons ließ neuerdings ihren Puls sofort höher schlagen. Seit dem Überfall auf ihren Mann war ihre Anspannung noch unerträglicher geworden. Insgeheim hoffte sie, dass, wer auch immer etwas von ihnen wollte, sie und ihre Familie zu Hause in Ruhe lassen würde und nicht bei ihnen anrufen oder gar auftauchen würde. Aber wer konnte das schon wissen?

»Ich rufe an wegen des Fahrradunfalles Ihres Mannes.«

Sofort begann Nina Fenders Herz wieder heftig zu pochen. Konnte die Frau Gedanken lesen?

»Wieso interessieren Sie sich für den Unfall? Wir haben doch gar keine Polizei gerufen.«

»Aber Sie haben dem Leiter der Ermittlungen von dem Unfall erzählt.«

Fender schluckte. Sie dachte fieberhaft nach. Die Unfall-Variante hatten sie und ihr Mann sich ausgedacht, falls die Kunden im ZentralStadion nach ihrem Mann fragen würden. Er hatte stärkere Verletzungen davongetragen, als er selbst vermutet hatte. Sein Nasenbein war angebrochen, eine Gehirnerschütterung war diagnostiziert worden und unzählige Hämatome an Brust, Beinen und Rücken hatten dazu geführt, dass er länger als eine Woche das Bett hüten musste. Die Anlage sollte aber nicht in Verruf geraten, deshalb hatten sie den Überfall geheim gehalten. Nicht mal Pawel hatten sie eingeweiht.

Doch dann war dieser Anruf im Clubhaus erfolgt. Ebenfalls mit unterdrückter Nummer. Sie hatte gedacht, es sei ein Kunde, der einen Platz buchen wollte. Deshalb hatte sie den Anruf natürlich angenommen. Eine dunkle Männerstimme hatte nach Hartmut Fender gefragt. Als sie entgegnet hatte, ihr Mann sei nicht da, hatte der unbekannte Anrufer gedroht: »Lange werden wir nicht mehr warten! Sagen Sie das Ihrem Mann.«

Danach hatte er aufgelegt. Sicher einer von den Schlägern, hatte sie sofort gedacht und ihren Mann zu Hause angerufen.

»Wir müssen die Polizei einschalten. Was wollen die von uns? – Was sind das für Leute?«

Doch ihr Mann hatte abgewiegelt.

»Ich krieg das schon hin. Solange die Polizei in dem Mordfall von Bernd ermittelt, werden die uns nichts tun. Das ist denen viel zu riskant.«

Seine Stimme hatte total brüchig geklungen. So ruhig, wie er tat, war er nicht gewesen. Und war er immer noch nicht.

Ein paar Tage später hatte sie die Polizei angerufen. Anonym. Auf das Gerede ihres Mannes wollte sie sich nicht verlassen. Der hatte doch noch nie etwas alleine hinbekommen. Aber sie hatte der Polizei gegenüber doch nicht von einem Fahrradunfall gesprochen.

»Ich habe mit keinem Leiter der Ermittlungen geredet. Da müssen Sie sich irren, Frau Gold.«

»Das wissen Sie vielleicht gar nicht«, antwortete die Kommissarin. »Mein Chef hat auf Ihrer Anlage Tennis gespielt und sich nach Herrn Fender erkundigt. Und da haben Sie ihm erzählt, Ihr Mann hätte einen Unfall gehabt und müsse ein paar Tage zu Hause bleiben.«

Die LKA-Beamtin wartete auf eine Reaktion, doch Nina Fender blieb stumm.

»Was uns aber merkwürdig vorkommt ist, dass vor ein paar Tagen eine Frau bei uns anonym einen Überfall auf Ihren Mann gemeldet hat. Wer konnte davon wissen? Der Überfall soll genau zu demselben Zeitpunkt stattgefunden haben, zu dem Ihr Mann angeblich den Fahrradunfall hatte. – Waren Sie die anonyme Anruferin, Frau Fender?«

»Ich? Nein! –Von dem Überfall sollte doch niemand etwas wissen.«

Nina Fender fühlte, wie sie immer unsicherer wurde.

»Und was können Sie uns zu dem Überfall sagen?«

»Gar nichts. Ich war doch nicht dabei. Fragen Sie meinen Mann!« Sie räusperte sich. »War`s das jetzt?

Ich muss nämlich los. Ich muss meine Tochter aus der Schule abholen.«

Ohne die Antwort der Kommissarin abzuwarten, drückte sie auf die Taste mit dem roten Hörersymbol und brachte ihr Telefon zur Ladestation zurück. Gut, dass sie noch eine halbe Stunde Zeit hatte. Sie musste sich dringend beruhigen und sie musste nachdenken.

*

19 Norbert Schneider stimmte gerade John Mayalls `Room to move` an, als er sah, wie sich der Streifenwagen seinem Standplatz vor der TU-Mensa näherte und sein Tempo plötzlich merklich drosselte. Nix wie weg, schoss es ihm durch den Kopf. Er konnte den Impuls nur mit Mühe unterdrücken. Mit dem Seesack auf der Schulter hätte er gegen die beiden jungen Polizisten, die im Innern des Wagens saßen, keine Chance zu entkommen. Außerdem ist es in Berlin nicht verboten, Straßenmusik zu machen, versuchte er sich zu beruhigen. Nur mühsam gelang es ihm, weiterzuspielen.

Der Wagen hielt etwa zwei Meter vor ihm und einer der Polizisten stieg aus. Blues-Norbert brach seinen Vortrag ab. Er griff nach seiner Mütze auf dem Boden und ließ die wenigen Münzen, die die Studenten ihm hineingeworfen hatten, in der Seitentasche seiner Jacke verschwinden. Der Polizist hatte im Gehen seine Dienstmütze aufgesetzt und sprach ihn an.

»Guten Morgen. Darf ich mal Ihren Ausweis sehen?«

»Meinen Ausweis? Wieso? Hab ich etwas verbrochen?«

»Wir führen eine Personenkontrolle durch.«

Norbert Schneider öffnete die Brusttasche der Jacke und fischte den Ausweis heraus. Er reichte ihn dem Polizisten.

»Sie sind Norbert Schneider?«, vergewisserte sich der Polizeibeamte, nachdem er das Dokument geprüft hatte. Schneider verspürte zunehmend Unruhe. Er nickte stumm.

»Dann muss ich Sie bitten mitzukommen, Herr Schneider. Bitte nehmen Sie Ihren Seesack und folgen Sie mir in den Wagen.«

Schneider sah sein Gegenüber regungslos an.

Der Stoß erfolgte für den Polizisten völlig unerwartet. Mit beiden Händen stieß ihn Schneider mit aller Kraft nach hinten, gleichzeitig stellte der Angreifer ein Bein hinter seine linke Wade. Er verlor sein Gleichgewicht und geriet ins Straucheln. Ungebremst fiel er mit dem Hinterkopf auf die Kühlerhaube des Funkwagens. Im Augenwinkel sah er seine Dienstmütze auf die Fahrbahn rollen. Schmerzhaft spürte er, wie seine Kopfhaut riss und die Wunde sofort heftig zu bluten begann.

»Dirk! Mensch! Das gibt`s doch nicht!«

Der Fahrer des Funkwagens riss die Tür seines Fahrzeugs auf und eilte seinem blutenden Kollegen zu Hilfe. Als er sich vergewissert hatte, dass dieser bei Bewusstsein war, suchte sein Blick nach dem flüchtigen Verdächtigen. Der Mann rannte so schnell er konnte auf den Eingang des nahegelegenen U-Bahnhofs zu. Er hatte diesen fast erreicht und war in der Menge kaum noch auszumachen. Unmöglich, ihn einzuholen. Außerdem konnte er seinen verletzten

Kollegen nicht einfach hier blutend auf der Straße liegen lassen.

Eine Reihe von Passanten war inzwischen stehengeblieben und gaffte. Hilfe bot niemand an, ebenso wenig, wie jemand versucht hatte, den Flüchtenden aufzuhalten.

»Der Kerl hat seinen Seesack zurückgelassen«, brachte Dirk Müller mühsam hervor, »den müssen wir sichern!«

*

»Sie können Ihre Jacke auch ausziehen.«

Kriminalhauptkommissar Hans Stern wies mit dem Arm Richtung Wand, an der ein mit Kleiderhaken versehenes Brett angebracht war. Nico Ruhmann hatte das Büro zögernd betreten und stand etwas ratlos mitten im Raum. Er entschied sich, seine Jacke anzubehalten, nahm nur sein Basecap ab, setzte sich auf den Stuhl vor Sterns Schreibtisch und sah den Kommissar erwartungsvoll an. Stern wollte keine Zeit verlieren. Er schaltete das Aufnahmegerät ein, klärte den jungen Mann über seine Rechte auf und begann ganz formell.

»Herr Ruhmann, wir haben Sie heute vorgeladen, weil es nach unseren neuesten Erkenntnissen unumgänglich geworden ist, Sie im Rahmen unserer Ermittlungen im Fall Ihres getöteten Vaters ausführlich zu befragen.«

Stern ließ den Satz wirken.

196

»Beschreiben Sie mir bitte, wie Ihr Verhältnis zu Ihrem Vater war.«

»Wir hatten kein Verhältnis. Ich habe Herrn Schöne seit fast einem Jahr nicht mehr gesehen. Und auch nicht mehr gesprochen.«

Der LKA-Beamte wunderte sich über die Formulierung des jungen Mannes, ging aber nicht darauf ein.

»Wir haben andere Informationen«, hielt sich Stern nicht ganz an die Wahrheit. »Aus Aussagen von Zeugen wissen wir, dass Sie ein sehr angespanntes Verhältnis zueinander hatten und dass Sie sich geradezu feindselig gegenüberstanden. – Sogar von gewalttätigen Auseinandersetzungen wurde uns berichtet.«

Ruhmann überlegte einen Augenblick.

»Glauben Sie, ich war es, der ihn umgebracht hat? Wollen Sie darauf hinaus?«

»Ich will auf gar nichts hinaus. Ich möchte nur, dass Sie meine Fragen wahrheitsgemäß beantworten, damit wir den Fall so schnell wie möglich gelöst haben.«

»Ich sagte Ihnen doch, ich hab ihn seit Monaten nicht gesehen. Und für die Tatzeit hab ich ein Alibi. Fragen Sie doch Ihren Kollegen.«

Der Leiter der Ermittlungen merkte, dass Nico Ruhmann nervös wurde. Er hielt den Zeitpunkt passend für seinen nächsten Zug.

»Herr Ruhmann, Sie sind der Einzige, der vom Tod Ihres Vaters profitiert!«

Ruhmann erschrak. »Profitiert? Ich?« Er wirkte aufrichtig verblüfft. »Das versteh ich nicht.«

»Das ist doch einfach zu verstehen.« Stern hatte bewusst seine Stimme gehoben. »Sie sind der Erbe von Bernd Schöne.«

»Na und? Der Typ hat doch sowieso nichts zu vererben! Außer Schulden vielleicht«, fiel der junge Mann dem Hauptkommissar ins Wort.

»Wissen Sie, wie lange der mir schon nichts gezalt hat?«

»Ihr Vater besitzt eine Eigentumswohnung, ist anteilig an den Investitionen in die Tennisanlage in der Cicerostraße beteiligt und hat sogar eine Lebensversicherung abgeschlossen«, widersprach der Hauptkommissar. »Sie hätten also durchaus ein Motiv gehabt, Ihren Vater umzubringen.«

Nico Ruhmann brachte kein Wort heraus. Stern setzte nach.

»Und Ihr Alibi wurde nur von Ihrer Mutter bestätigt. – Es heißt, sie würde es jedes Mal tun, wenn Sie in der Patsche sitzen würden!«

»Ich? In der Patsche?«, wiederholte der aufgebrachte junge Mann erneut Sterns Worte. Dann schien er nachzudenken.

*

»Nehmen Sie bitte Platz, Frau Ruhmann.«

Kriminaloberkommissar Grüber hatte Nicos Mutter mit Absicht noch ein paar Minuten alleine auf dem langen Flur sitzen lassen. Jetzt stand er neben seinem Schreibtischsessel und wies mit der Hand auf den

Stuhl, den er für die Befragung der Frau bereitgestellt hatte. Den Laptop zum Notieren ihrer Antworten hatte er bereits aufgestellt.

Nachdem die nervös wirkende Frau sich hingesetzt hatte, nahm er ebenfalls Platz und begann sofort mit seiner ersten Frage. Die Frau antwortete zunächst bereitwillig. Sie schien sich entschlossen zu haben, ehrlich zu antworten und nichts zu verschweigen. Trotzdem verlief die Befragung aus Grübers Sicht sehr unbefriedigend.

Frau Ruhmann hatte, nachdem sie davon gehört hatte, dass ihr ehemaliger Lebensgefährte etwas mit der Freundin ihres gemeinsamen Sohnes angefangen hatte, so gut wie keinen Kontakt mehr zu Bernd Schöne gehabt. Von seiner neuen Partnerin wusste sie nur durch Nico. Er hatte ihr auch von dem kleinen Sohn von Schönes Freundin erzählt. Zu dem Tod von Nicos Vater könne sie überhaupt nichts sagen, versicherte sie. Auch über seine Kontakte in den vergangenen Monaten wusste sie nichts und hatte demzufolge keinerlei Vermutung, welches Motiv der Täter gehabt haben könnte, ihren Ex umzubringen.

»Soll ich mal ganz ehrlich sein. Es ist mir auch egal!«

Grüber musste aufpassen, dass er seinen Frust nicht an der Frau ausließ, als er entgegnete: »Wissen Sie, was aber nicht egal ist? Jedenfalls uns nicht!«

Er schaute die Frau gewollt ernst an.

»Wenn wir in unserer Arbeit behindert werden durch falsche Angaben!«

Ohne mit der Wimper zu zucken, hielt er die Augen weiter auf die Frau gerichtet.

»Frau Ruhmann, wir verfügen über Informationen, die uns zu der begründeten Annahme kommen ließen, dass die Angaben, die Sie unserem Kollegen gegenüber zu Ihrem Alibi und zu dem Alibi Ihres Sohnes gemacht haben, falsch sein könnten.«

Grüber ließ seine Worte einen Moment wirken.

»Deshalb frage ich Sie jetzt noch einmal. Wo waren Sie am Abend des sechzehnten März zwischen zweiundzwanzig und vierundzwanzig Uhr?«

Die Frau wurde blass. Dann begann sie urplötzlich zu heulen. Grüber erschrak. War er doch zu grob gewesen? Zum Glück hatte sie sich jedoch schnell wieder gefasst.

»Ich bin seit ein paar Monaten mit einem Mann aus unserem Haus zusammen. Nico mag ihn überhaupt nicht. Bei ihm hab ich in dieser Nacht geschlafen. Ich hatte mir auf der Arbeit einen Tag freigenommen.«

Sie sah den LKA-Beamten verunsichert an.

»Das wollte ich Ihrem Kollegen in Anwesenheit meines Sohnes aber nicht erzählen. Sonst hätte der sicher wieder eine Riesenszene gemacht. Deshalb hab ich einfach gesagt, wir wären beide zu Hause gewesen.«

»Das werden wir überprüfen!«

Sie atmete tief durch. »Außerdem wollte ich verhindern, dass mein Sohn in die Sache hineingezogen würde.«

»Und wo war Ihr Sohn?«

»Das weiß ich nicht.«

Sie ließ ihren Blick auf dem Beamten ruhen und schien nichts mehr hinzufügen zu wollen.

Der Oberkommissar war genervt

»Sie können gehen. Aber sollte Ihnen doch noch irgendetwas einfallen, auch wenn es nur eine Kleinigkeit ist, rufen Sie uns bitte an.«

Er konnte diese Floskel kaum noch hören.

Die Frau nickte schweigend und verließ erleichtert den Verhörraum. Hoffentlich hatte Kollege Stern mehr in Erfahrung gebracht, dachte Grüber. Er stand auf, ging zum Kaffeeautomaten und bereitete sich erst mal einen Cappuccino zu.

*

Golds Telefon klingelte. Noch vor dem zweiten Läuten nahm sie ab.

»Guten Tag, Herr Kollege«, begrüßte sie ihren Gesprächspartner am anderen Ende der Leitung freundlich, nachdem ihr klar war, mit wem sie sprach. »Hoffe, ihr habt gute Nachrichten.«

Während sie anschließend den Ausführungen des Anrufers zuhörte, verdüsterte sich ihre Miene zusehends.

»Das gibt`s doch nicht. Und wie geht`s dem Kollegen?«

Der Streifenbeamte schien sehr erleichtert, dass sein Partner außer der blutenden Kopfwunde keine weiteren Verletzungen davongetragen hatte.

»Eine gute Nachricht gibt es aber noch«, wechselte er das Thema. »Der Flüchtende hat seinen Seesack zurückgelassen, als er davonlief. Der schien ihm wohl zu schwer, um uns damit zu entkommen. Wir haben ihn gesichert. Was sollen wir denn jetzt damit machen? Sollen wir den zu euch in die Keithstraße bringen?«

Kommissarin Gold dachte einen Augenblick nach.

»Nein. Am besten, ihr bringt ihn gleich zur Kriminaltechnik nach Tempelhof. Ich rufe dort an und informiere die Kollegen, dass die Sachen zu unserem Fall gehören.«

»Okay, dann noch einen schönen Tag.«

»Ja, für euch auch. Besten Dank für die Unterstützung. Einen schönen Gruß an Ihren Kollegen und gute Besserung.«

Sie legte auf. Vielleicht half der Seesack ihnen auch schon ein kleines Stück weiter, blieb sie zuversichtlich.

Kurz darauf klingelte ihr Apparat erneut. Beim Blick auf das Display stellte sie fest, dass sie die Telefonnummer des Anrufers kannte. Vor kurzem hatte sie selbst noch dorthin angerufen.

»Guten Tag, Frau Fender«, begrüßte sie die Anruferin freundlich, nachdem diese sich gemeldet hatte.

Dann hörte sie der Frau eine ganze Weile zu.

*

Als Bernd Schönes Sohn eine halbe Stunde später das Büro des leitenden Ermittlers verließ, fühlte er sich erleichtert. Er hatte dem Kommissar alles erzählt, was zwischen ihm und seinem Vater passiert war, seit der damals ein Verhältnis mit Luisa begonnen hatte. Der Kommissar würde sein Alibi überprüfen, aber davor hatte er keine Angst mehr.

»Wenn ich ihr erzählt hätte, wo ich an dem Abend war und in der Nacht, hätte sie mir wieder eine krasse Szene gemacht. Sie hasst es, wenn ich kiffe! Erst recht, wenn ich am nächsten Tag Schule habe«, hatte er dem Kommissar erzählt.

Deshalb hatte er seine Mutter auch gar nicht mehr gefragt, warum sie ihm für die Tatzeit ein Alibi gegeben hatte. Dass er froh war, das Thema seiner Mutter gegenüber nicht mehr erwähnen zu müssen, hatte der Kommissar verstanden. Er hatte selbst eine Tochter und war sich nicht sicher, ob die ihm erzählen würde, dass sie den Abend kiffend bei einem Freund verbracht hätte.

Stern schaute dem jungen Mann hinterher. Sein Alibi schien wasserdicht. Er hatte dem Hauptkommissar Handy-Videos von dem Abend gezeigt. Der leitende Ermittler war gespannt darauf, was Frau Ruhmann bei ihrer Befragung durch den Kollegen Grüber zu dem Thema Alibi ausgesagt hatte.

*

20 Kriminalkommissar Ingo Watzke betrat das Besprechungszimmer und sah seine anwesenden Kollegen triumphierend an. In der Hand hielt er mehrere Blätter im DIN A4-Format.

»Wir haben den Täter, glaub ich!«

»Wie jetzt?«, fragte Grüber verblüfft.

»Hier, das ist heute Morgen gekommen. Der Untersuchungsbericht zum Seesack, den Norbert Schneider bei seiner Flucht zurückgelassen hat. Die Ergebnisse sind eindeutig.«

Watzke warf einen Blick auf seine Unterlagen.

»In dem Seesack befanden sich Unterwäsche, Socken, Mütze und Handschuhe. Die weisen keinerlei Spuren auf. Aber ein Paar Outdoor-Schuhe, ein alter Parka und sein Schlafsack brachten verwertbare Ergebnisse. Ebenso wie der Seesack.«

Watzke blickte seine Kollegen an.

»Die Sohlen der Schuhe passen genau zu den Abdrücken, die die Kollegen der Kriminaltechnik an dem Schlafplatz gefunden haben. Auch die Rückstände an Schneiders Schlafsack und an seinem Seesack stammen von dem Boden dort.«

»Aber das beweist doch nur, dass der Besitzer der Sachen sich irgendwann mal in der Nähe des Tatortes aufgehalten hat«, unterbrach Berg seinen Kollegen, »mehr nicht.«

»Stimmt. Aber das Wichtigste kommt ja noch! Im Auto des Toten hatten die Kollegen einen Teilabdruck eines Fingers entdeckt. Vermutlich hatten die Handschuhe des Täters ein kleines Loch. Und diesen Teilabdruck konnten sie jetzt eindeutig zuordnen. Er stimmt mit den Fingerabdrücken von Norbert Schneider, die sich an Schönes Geldbörse befanden, überein. Und! – Am Ärmel des Parkas wurden Blutspuren entdeckt. Diese stammen eindeutig vom Blut des Toten. Was sagt ihr jetzt?«

Oberkommissar Grüber wusste, genau wie sein Chef, dass dies noch keine Beweise für eine Täterschaft Norbert Schneiders waren und fragte: »Wie soll die Tat denn deiner Meinung nach abgelaufen sein?«

Watzke reagierte verwundert und überlegte einen Augenblick, ob er auf diese Frage seines Kollegen überhaupt eingehen sollte. Grüber war nicht sein Chef. Dann begann er.

»Irgendwann zwischen einundzwanzig und zweiundzwanzig Uhr taucht Norbert Schneider auf dem Weg zu seinem Schlafplatz in der Albrecht-Achilles-Straße auf. Vorher war er vielleicht in der City-Station in der Joachim-Friedrich-Straße; diese hat er verlassen, als sie um zwanzig Uhr dreißig geschlossen wurde. Er geht zu Penny, kauft sich Schnaps. Das zeigen die Aufnahmen der Überwachungskamera. Danach beginnt er wahrscheinlich, von seinem Schnaps zu trinken. Er sieht, wie Bernd Schöne irgendwann nach dreiundzwanzig Uhr in sein BMW-Cabriolet steigt. Wer so ein teures Auto fährt, muss Geld haben, denkt er. Er greift nach seiner Pistole, die er immer dabei hat, um sich selbst vor nächtlichen Überfällen zu schützen, und geht zum Wagen des späteren Opfers. Er klopft an die Scheibe und nachdem Schöne sie geöffnet hat, verlangt er von Schöne Geld und sein Handy.«

Durch einen schnellen Blick in die Gesichter seiner Kollegen überprüfte Watzke, ob sie seine Ausführungen ernst nahmen. Als er erkannte, dass sie konzentriert zuhörten, fuhr er fort.

»Schöne weigert sich die Sachen herauszugeben. Er ist Sportler und es entspricht nicht seiner Mentalität, sich ohne Gegenwehr geschlagen zu geben; erst recht nicht einem angetrunkenen, alten Obdachlosen. Er wendet sich von Schneider ab und will die Scheibe seines Autos wieder schließen. Schneider will das verhindern und drückt ab, zweimal. Anschließend öffnet Schneider die Wagentür, durchsucht Bernd Schöne, gerät dabei mit Schönes Blut in Berührung und hinterlässt einen Teilabdruck seines Fingers. Nachdem er Portemonnaie und Handy gestohlen hat, verschwindet er.«

Erleichtert, am Ende seiner Ausführungen angekommen zu sein, atmet Watzke tief durch.

»Klingt logisch«, sagt Stern, »der Obdachlose wurde allerdings erst gegen halb eins von dem Zeugen Karpow in der Toreinfahrt beim Tatort gesehen.«

»Vielleicht hat er bemerkt, dass er etwas an seinem Schlafplatz zurückgelassen hat«, sprang Kommissarin Gold ihrem Kollegen zur Seite, »und kam noch einmal zurück, um es zu holen.«

»Oder der Zeuge hat sich in der Zeit vertan«, fügte Watzke hinzu.

206

Dem Leiter der Ermittlungen kam eine Idee.

»Da wir schon einmal dabei sind, Hypothesen aufzustellen, lasst uns doch einfach mal weitermachen. Jeder von uns legt dar, wie er oder Sie, Kollegin Gold, den Fall unter Einbeziehung unserer bisherigen Ermittlungsergebnisse sieht.«

Er schaute in die Runde. »Ich fang mal an.«

Nachdem er sich kurz gesammelt hatte, begann der Hauptkommissar.

»Für mich ist Schneider nicht der Täter, den wir suchen. Ich glaube nicht, dass er, nur weil rein zufällig in unmittelbarer Nähe seines Schlafplatzes jemand in ein teures Auto steigt, seine Pistole zückt, ihn ausrauben will und ihn dann einfach erschießt. Der Mann ist bisher lediglich durch zwei Ladendiebstähle aufgefallen. So einer wird nicht plötzlich zum Raubmörder. Ein Motiv hatte für mich bis vor kurzem Schönes Familie, besonders sein Sohn. Aber, – er hat mir Handyvideos gezeigt, die an dem Tatabend im Zimmer seines Freundes gemacht worden sind, und wir haben sein Alibi überprüft. Auch seine Mutter hat ein Alibi. Ihr Nachbar und Freund wirkt glaubwürdig und hat ihre Angaben alle bestätigt. Für mich lautet die wichtigste Frage in unserem Fall nach wie vor: Wer hatte ein Motiv, Bernd Schöne umzubringen?«

Er ließ die Frage einen Moment im Raum stehen.

»Hartmut Fender? – Ich glaube nicht. Sie waren Geschäftspartner und standen mit ihrem ZentralStadion gerade erst am Anfang, und zwar an einem vielversprechenden Anfang, wie ich mich selber überzeugen konnte. Für ihn kommt es eher einer Katastrophe gleich, dass sein Partner plötzlich tot ist und er alle finanziellen Verpflichtungen erst mal alleine stemmen muss.«

»Hat er nicht sogar am nächsten Morgen mehrmals versucht, Bernd Schöne telefonisch zu erreichen?«, bemerkte Berg.

»Ja, aber das könnte auch fingiert gewesen sein«, widersprach Watzke, »um von sich abzulenken.«

Der leitende Ermittler unterbrach seine Kollegen, um seine Ausführungen fortzusetzen.

»Schönes neue Freundin? – Sie war zu Hause, als die Tat geschah. Sie will mit ihrem Sohn nach Portugal zurückkehren. Da bringt sie doch nicht vorher schnell noch ihren Partner um.

Eine Ex? Oder ein Ex? – Ich glaube, an der Stelle müssen wir noch intensiver suchen.

Oder er hat doch gezockt und seine Wettschulden nicht bezahlt. Aber das hat Hartmut Fender als absolut nicht zutreffend abgetan.«

Stern brach ab.

»Das war`s erst mal aus meiner Sicht.«

»Wieso ein Ex?«, fragte Watzke, wobei er das Wort ein betonte. »Ich denke, der hatte einen Sohn. Und gerade sprachen Sie von seiner neuen Freundin. War Schöne bi?«

»Wir wissen es nicht. Jedenfalls hat er zweimal ein Wochenende mit einem Typen in einem Viersternehotel in Drehna verbracht. `Allein zu zweit`, heißt das Arrangement, das die beiden Herren gebucht hatten.«

»Haben wir den Mann schon befragt?«

Der Leiter der Ermittlungen schüttelte den Kopf.

»Bis jetzt noch nicht. Der steht etwas weiter hinten auf unserer Liste.«

Sofort ergriff Kommissarin Gold das Wort.

»Entschuldigen Sie, Herr Hauptkommissar, wenn ich Ihren Ausführungen widerspreche. Ich halte es durchaus für möglich, dass die Tat ein Zufallsprodukt war. Vielleicht war Norbert Schneider gefrustet an dem Abend, wütend. Weil er kein Geld hatte, weil er hungrig war, völlig durchnässt, fror. Mit Sicherheit war er auch angetrunken. Wir wissen, dass er sich zwei Flaschen Wodka gekauft hat. Und dann kommt da so ein Bonze und steigt lässig in sein teures Auto, um ganz entspannt in seine trockene, geheizte Luxuswohnung zu fahren und vielleicht mit seiner Freundin vor dem Schlafengehen noch ein Glas Sekt zu trinken. Diese Vorstellung lässt Schneider in Rage geraten. Also für mich ist er, auch aufgrund der Indizien, die wir haben, bisher der Hauptverdächtige.«

»Für mich auch«, stimmte Berg ihr zu. »Ich würde es sogar gut finden, wenn wir öffentlich nach ihm fahnden lassen würden.«

»Dafür bekommen wir keine richterliche Genehmigung«, intervenierte sein Chef sofort. »Das wissen Sie doch selbst. Wir können ihm noch nicht mal eine schwere Straftat nachweisen. Es gibt weder Aufnahmen einer Überwachungskamera von der Tat noch Tatzeugen. Alles, was wir bisher haben, sind Indizien dafür, dass Schneider irgendwann am Tatort war. – Und unsere internen Fahndungsmöglichkeiten wird kein zuständiger Richter als ausgeschöpft betrachten. Also, keine Chance für eine öffentliche Fahndung. Mit diesem Thema halten wir uns nicht länger auf!«

Stern schaute Kommissarin Gold an.

»Fahren Sie fort Kollegin.«

»Ich hab nur noch einen Punkt«, sprach Gold weiter. »Was mir unerklärlich bleibt und mit Nobert Schneider gar nichts zu tun hat, ist die Frage, wo sind die roten Aktenordner aus Bernd Schönes Regal. Bisher scheinen die spurlos verschwunden. Und wir wissen nicht, ob sie Unterlagen enthalten, die für unsere Ermittlungen wichtig sein könnten.«

»Hast du die Nachbarin schon gefragt, die seine Post aufbewahrt hat?«, entgegnete Grüber.

»Nein. Die Wohnung war versiegelt, als ich dort ankam. Sie kann unmöglich in den Räumen gewesen sein.«

Ratlos hoben ihre Kollegen die Schultern.

Nachdem er registriert hatte, dass Gold am Ende ihrer Ausführungen angekommen war, ergriff Grüber das Wort.

»Eine Eifersuchtstat erscheint mir eher unwahrscheinlich. Egal ob es sich um eine Ex-Geliebte oder um einen Ex-Lover handelt. Alleine an eine nicht registrierte Waffe zu kommen, ist schon viel zu kompliziert für einen Beziehungstäter. Ich finde, wir haben uns noch zu wenig mit dem Thema Schutzgeld befasst. Schade, dass Fender erst morgen zur Vernehmung erscheint. Aber allein die Tatsache, dass er uns den Überfall auf sich verschwiegen hat, deutet darauf hin, dass er uns etwas verbergen möchte. Vielleicht befürchtet er, ihm könnte das Gleiche passieren wie Bernd Schöne.«

Stern nickte zustimmend. Nachdem auch Berg Grübers Überlegungen bekräftigt und keiner seiner Kollegen weitere Aspekte hinzuzufügen hatte, schloss der Leiter der Ermittlungen die Runde. Hoffentlich hatte Grüber recht und Fenders Aussagen brachten sie weiter.

*

21 Hartmut Fender war schon bei der Arbeit, als Kriminalhauptkommissar Hans Stern am Morgen beim ZentralStadion ankam. Zusammen mit einer Frau, die er mit seiner Körpergröße von fast zwei Metern mindestens um dreißig Zentimeter überragte, stand er am Netz und schien ihr gerade etwas zu erklären. Hat sich aber ganz schön verändert, seit ich ihn das letzte Mal gesehen habe, registrierte der Hauptkommissar. Fenders Glatze war genauso penibel rasiert wie bei ihrer ersten Begegnung, aber inzwischen hatte er sich einen Vollbart stehen lassen, der deutlich grau schimmerte. Außerdem schien er während der Zeit, die er nach dem Überfall krank zu Hause verbracht hatte, viel Süßes und Kalorienhaltiges verspeist zu haben, denn er hatte deutlich zugelegt.

Stern schaute auf seine Uhr. Fünf Minuten nach halb neun. Die meisten Trainerstunden dauerten fünfundvierzig Minuten. Die zehn Minuten lasse ich ihnen noch, beschloss Stern und setzte sich auf einen der Gartenstühle. Fender und die Frau waren inzwischen wieder zu ihren Grundlinien zurückgegangen. Der hat ja noch nicht mal einen Ballkorb, fiel Stern auf, als Fender ein paar Bälle vom Boden aufhob und den nächsten Ballwechsel eröffnete. Außerdem hat er eine Technik wie ein Freizeitspieler. Fender stand

212

bei jedem Schlag frontal zum Netz, schaufelte die Bälle hinüber zur anderen Seite und seine Rückhandschläge landeten mehrmals im Aus. Auch früher waren auf den Cicero-Plätzen viele gescheiterte Existenzen zu beobachten gewesen, die sich von ihrem letzten Geld zwanzig billige Tennisbälle und einen Ballkorb gekauft hatten und vorgaben, Tennistrainer zu sein und anderen das Tennisspielen beibringen zu können. Stern erinnerte sich sogar an einen, der seine Tennisbälle in einer Einkaufstüte aus dem Supermarkt mit auf den Platz brachte. Aber dass der Inhaber einer Tennisanlage, der einmal Sport studiert hatte, seit seiner Studentenzeit als Trainer arbeitete und der Ersten Herrenmannschaft eines ambitionierten Tennisclubs angehört hatte, so schlecht spielte, wunderte Stern sehr.

Unmittelbar darauf wunderte er sich jedoch noch mehr. Er sah zu der Person hoch, die sich seinem Tisch genähert hatte und ihn fragte: »Darf ich Ihnen etwas bringen, Herr Kommissar?«

Es war Hartmut Fender. Stern verschlug es fast die Sprache.

»Haben Sie einen Zwillingsbruder?«, brachte er gerade so heraus.

»Wenn Sie Marcus meinen«, dabei deutete er mit dem Kopf Richtung Tennisplatz, »dann schauen Sie doch mal genauer hin. Der hat mindestens zehn Kilo mehr auf den Knochen als ich, trägt einen Bart und ist fünf Jahre älter. – Außerdem kann er nicht Tennis spielen.«

Der Bemerkung ließ er ein Schmunzeln folgen, das der Hauptkommissar nicht deuten konnte.

Stern gab ihm recht, sagte aber: »Herr Fender, kann ich Sie irgendwo unter vier Augen sprechen?«

»Ja, in meinem Büro. Doch ich habe nicht viel Zeit. Pawel und ich sind heute Vormittag alleine. Und Kassieren ist Chefsache.«

Er grinste und ging zügig auf das Clubgebäude zu. Stern folgte ihm in den kleinen Nebenraum, den er schon kannte.

»Herr Fender«, begann der LKA-Beamte sofort, »wir haben Sie zu einer Befragung in die Keithstraße geladen.«

Fender unterbrach ihn: »Ich habe Ihrer Kollegin doch erklärt, dass ich krankgeschrieben bin.«

»Aber Sie sind doch hier und arbeiten!«

»Ich bin kein Beamter wie Sie. Mir zahlt keiner mein Gehalt weiter, wenn ich nicht zur Arbeit komme. Außerdem ging meine Krankschreibung bis Freitag.«

Er schaute den LKA-Beamten angriffslustig an.

»Und noch was, Herr Kommissar. Viele meiner Kunden hier sind Anwälte. Die haben ihre Praxen am Ku`damm und spielen zwischen ihren Terminen gerne mal ´ne Stunde Tennis bei mir oder Backgammon oder setzen sich einfach in die Sonne und trinken einen Milchkaffee. Und bei denen hab ich mich erkundigt. – Wissen Sie, was die mir geraten haben?«

Stern hob die Schultern, obwohl er ahnte, was kommen würde.

»Geh zu keiner polizeilichen Vernehmung, Hartmut. Dazu bist du nicht verpflichtet. Und wenn, nur mit Anwalt. Besonders, wenn du selbst irgendwie involviert bist, haben die zu mir gesagt.«

214

»Sind Sie denn involviert?«

»Nein, natürlich nicht! Aber ich weiß nicht, was in Ihren Köpfen vorgeht.«

»Da müssen Sie etwas missverstanden haben, Herr Fender. Ihr Ratgeber ist offensichtlich davon ausgegangen, dass Sie eine Ladung als Beschuldigter erhalten hätten. Aber niemand beschuldigt Sie, sich selbst überfallen zu haben.«

In Fenders Miene war ein Anflug von Unsicherheit zu registrieren.

Trotzdem verließ der Hauptkommissar die Sportanlage kurz vor neun Uhr unverrichteter Dinge. Fender bestand darauf, keine Anzeige erstattet zu haben, und war nicht bereit, sich zu dem Überfall von vor zwei Wochen zu äußern. Er müsse auf das Image seines Unternehmens achten. Wenn seine Kunden befürchten müssten, im ZentralStadion auf eine Bande von Schutzgelderpressern zu treffen, oder Angst haben müssten, mit ihren Kindern und mit ihren Familien zum Minigolfspielen zu kommen, könne er seine Anlage schließen und sei finanziell ruiniert. Der Mord an seinem Partner habe schon genug Staub aufgewirbelt und seinem Geschäft mit Sicherheit geschadet. Eine Verbindung zwischen dem Überfall auf sich selbst und dem Mord an seinem Kompagnon wollte er nicht sehen. Er sei ja schließlich an dem Abend auch nicht erschossen worden. Alles, was er Stern gegenüber gerade unter vier Augen berichtet habe, würde er offiziell bestreiten. Er bleibe bei seiner Darstellung eines schweren Fahrradunfalles.

Stern war wütend, als er sein eigenes Fahrrad bestieg.

»Komm runter«, murmelte er, »bevor du noch selbst einen Fahrradunfall verursachst.«

Dann trat er kräftig in die Pedale.

*

Das Handy klingelte tief im Innern seiner neuen Jack Wolfskin-Jacke. Stern fuhr gerade auf der stark befahrenen Kantstraße. Mist, dachte er, bremste vorsichtig und schob sein Fahrrad auf den Bürgersteig.

»Ja«, meldete er sich knapp.

»Wo bist du gerade?«, fragte Grüber. Er wusste, dass sein Kollege seinen Namen auf dem Display des Handys gelesen hatte und er ihn nicht extra nennen musste.

»Kurz hinterm Savignyplatz. Wieso?«

»Dann kannst du dich entscheiden, ob du gleich wieder umkehren möchtest oder ob wir hier auf dich warten sollen.«

»Wieso? Was ist denn passiert?«

»Die Kollegen haben uns eben den Fund einer Leiche in der Seesener Straße gemeldet. In diesem Neubau-Komplex, den sie da gerade frisch hochgezogen haben. Eine Hausnummer konnten sie mir nicht nennen.«

Stern wusste, von welchem Gebäude sein Kollege sprach. Lange war in den Berliner Medien über das umstrittene Bauvorhaben auf dem Gelände einer ehemaligen Laubenkolonie und die heftigen Proteste der Anwohner dagegen berichtet worden.

»Konnte die Leiche schon identifiziert werden?«

»Ja, halt dich fest. Bei dem Toten handelt es sich nach Aussage der Kollegen vor Ort um Norbert Schneider.«

»Scheiße!«, entfuhr es dem Hauptkommissar.

Grüber schien weniger enttäuscht.

»Kann man so sehen, muss man aber nicht.«

»Wie meinst du das denn?«

»Norbert Schneider stand unter dringendem Verdacht, Bernd Schöne umgebracht zu haben. Alle unsere Indizien sprechen dafür. Jetzt haben wir ihn, wenn auch tot, und unser Fall ist gelöst. – Der Kuchen ist gegessen.«

Stern verzog das Gesicht. »Käse.«

»Käse?«

»Der Käse ist gegessen, heißt es. Egal. Das klingt mir ein bisschen zu einfach. Wir haben weder die Tatwaffe, die wir ihm eindeutig zuordnen könnten, noch ein Geständnis. Und wirklich klare Beweise haben wir auch nicht. Das hast du doch selbst gesagt.«

Als Grüber nichts entgegnete, entschied der Leiter der Ermittlungen: »Wir treffen uns in der Seesener Straße. Du kommst mit dem Wagen und ich fahre gleich von hier aus mit dem Fahrrad dorthin. Und bring Kollegin Gold mit. Wer weiß, wen wir dort alles befragen müssen.«

Der Neubau, der sich auf einer Länge von mindestens zweihundert Metern auf dem Gelände einer ehemaligen Laubenkolonie Richtung Henriettenplatz erstreckte, bot mit seinen sechs Stockwerken Platz für mehr als zweihundert Wohnungen, hatte Stern gelesen. Wenn die ab Oktober bereits bezogen werden sollen, dachte er, haben die Bauarbeiter in den nächsten Monaten aber noch eine Menge zu tun. Bisher glich das Gebäude einem Rohbau. Fenster und Türen waren noch nicht eingebaut, die Geländer der Balkone fehlten, die Fassade musste noch gestrichen werden und das Gelände um das Gebäude herum war eine riesige Brache.

Gerade hatte Stern sein Fahrrad an dem endlos wirkenden Bauzaun angekettet und näherte sich dem weiträumig abgesperrten Fundortbereich, als Grüber und Gold mit ihrem Dienstwagen auf das Baugelände fuhren. Nach kurzer Begrüßung wiesen ihnen die Kollegen des Abschnitts vierundzwanzig, die zuerst zum Fundort des Toten gerufen worden waren, den Weg in das bedrohlich wirkende Gebäude. Drinnen war es erstaunlich düster und kalt. Ein unangenehmer Wind pfiff durch den überall offenen Bau.

»Da vorne stehen die beiden Monteure, die den Toten heute Morgen gefunden haben«, sagte ein Polizeiobermeister, der sie hatte eintreten sehen. Stern, Grüber und Gold gingen zu den beiden Männern. Sie standen rauchend in einer Ecke des Flurs. Stern stellte sich und seine Kollegen vor und sagte: »Können Sie uns kurz schildern, wie das abgelaufen ist, als Sie den Toten gefunden haben?«

Nachdem sich die beiden Männer fragend angeblickt hatten, begann der ältere: »Da gibt's eigentlich nicht viel zu schildern. Wir sind kurz vor sieben hier auf der Baustelle angekommen.«

»Waren zu dem Zeitpunkt schon andere Arbeiter hier?«, wollte Grüber wissen.

»Nein«, antwortete der Jüngere, »die Zufahrt zur Baustelle war noch nicht offen. Ich hab die erst geöffnet. Auf dem Gelände war sonst noch keiner.«

»Naja, dann sind wir reingegangen«, fuhr sein Kollege fort, »und haben noch einen Kaffee getrunken und eine geraucht, bevor wir anfangen wollten. Und dann haben wir den Toten unten auf dem Treppenabsatz liegen sehen.«

»Woher wussten Sie, dass er tot war?«

»Haben Sie ihn sich schon angeschaut? Sein Kopf liegt in einer Blutlache.«

»Und sein Hals war ganz merkwürdig angewinkelt«, ergänzte der junge Mann. »Aber ich bin trotzdem sofort nach unten gelaufen und hab seinen Puls gefühlt. Aber da war kein Puls mehr.«

»Dann haben wir die `Eins-Eins-Null` angerufen.«

Stern hatte genug gehört.

»Kollegin Gold, nehmen Sie bitte die Personalien der beiden Männer und ihre Aussage auf. Anschließend schauen Sie sich hier um und befragen die übrigen Arbeiter. Wir gehen runter zu dem Toten. – Vielen Dank«, wandte er sich an die beiden Monteure und folgte Grüber die Treppe hinunter.

*

Kriminalhauptkommissar Stern hatte den Staatsanwalt informiert. Für sechzehn Uhr war eine Besprechung anberaumt worden.

»Also können wir den Fall als geklärt betrachten und zu den Akten legen.«

Staatsanwalt Dr. Brandt schaute zufrieden in die Runde und nickte anerkennend mit dem Kopf.

»Ich habe mir die Indizienkette noch einmal ganz genau angeschaut. Mir scheint sie schlüssig. Ich bin überzeugt, Norbert Schneider ist unser Täter.«

Wieder suchte Helge Brandt den Blickkontakt mit den Ermittlern.

»Schneider ist am Tattag auf den Bildern der Überwachungskameras von Penny zu sehen. Ich gebe zu, die Qualität ist nicht besonders gut. Aber das Aussehen des Mannes auf den Videos stimmt genau überein mit der Beschreibung, die die Zeugen uns geliefert haben.«

»Der Zeuge«, unterbrach ihn Berg.

Der Staatsanwalt korrigierte sich: »Der Zeuge.«

Ob er sich über seinen Fehler ärgerte, war nicht zu erkennen.

»Man kann auch erkennen, dass er sich zwei Flaschen Schnaps gekauft hat. Danach geht er zu seinem Schlafplatz. Das beweisen die frischen Abdrücke der Sohlen seiner Schuhe, die dort gefunden wurden, und die Spuren an seinem Seesack und dem Schlafsack. Schöne taucht auf. Schneider, inzwischen unter starkem Alkoholeinfluss, erschießt und beraubt ihn. Dabei kommt er mit dem Blut des Toten in Berührung, er hinterlässt den Teilabdruck eines Fingers im Auto des Toten und, nachdem er seine Handschuhe ausgezogen hat, bei der Suche nach Geld seine Fingerabdrücke auf dem Portemonnaie von Bernd Schöne.«

Brandt hielt kurz inne und überlegte.

»Die Pistole hat er offenbar noch aus der Zeit, als er eine Kneipe hatte. Als Kneipier musste man sich gegen unerwünschte Gäste verteidigen können.«

Sehr weit hergeholt, dachte Stern. Der Staatsanwalt griff nach seiner Mappe und suchte etwas in seinen Unterlagen.

»Da Schneider tot ist und gegen Verstorbene keine Anklage erhoben wird, können wir das Verfahren nach § 170, Absatz zwei der Strafprozessordnung einstellen. Der Fall ist abgeschlossen. – Gute Arbeit, Kollegen. Sonderlob für Sie, Kommissarin Gold.«

Stern und Gold schauten ihren Vorgesetzten trotz der Lobeshymnen skeptisch an, während Grüber die Schultern hob. Sein Gesichtsausdruck signalisierte, ich kann auch nichts dafür, dass Brandt so denkt wie ich. Stern sagte: »Ich glaube nicht, dass Schneider der Mann ist, den wir suchen. Kommissarin Gold und ich haben uns vorhin die Videoaufnahmen aus dem Supermarkt noch einmal angeschaut. Auf den Aufnahmen ist eindeutig zu erkennen, dass Norbert Schneider Linkshänder war. Er greift mit links nach den Flaschen im Regal. Vor dem Regal dreht er den Verschluss einer der Flaschen auf. Dabei hält er die Flasche mit der linken Hand fest und führt sie anschließend mit links zum Mund.«

Marieluise Gold ergänzte: »Im Abschlussbericht der Kriminaltechnik steht aber schwarz auf weiß, dass die Schüsse auf Bernd Schöne von einem Rechtshänder abgegeben worden sind.«

Dr. Brandt wirkte verärgert.

»Vielleicht trinkt er mit links und schießt mit rechts. Raphael Nadal ist auch Rechtshänder und spielt Tennis mit links.«

Er überlegte einen Moment.

»Sie spielen doch auch Tennis«, wandte er sich an Stern. »Erinnern Sie sich noch an Luke Jensen? Den Amerikaner? Der wechselte manchmal sogar während eines Matches die Spielhand. Der konnte sogar Aufschläge mit rechts und mit links übers Netz hämmern. Mit mehr als zweihundert Stundenkilometern.«

Dr. Brandt richtete das Wort an die junge Kommissarin. Während er sprach schüttelte er mit dem Kopf.

»Das Argument mit Rechtshänder und Linkshänder überzeugt mich nicht.«

»Und was ist, wenn Schneider nicht der Täter war, sondern die Tat beobachtet hat? Und den Täter erkannt und ihn erpresst hat? – Und dann wurde er selbst umgebracht?«

»Das sind doch reine Spekulationen, Kollegin Gold, die durch nichts zu belegen sind. Oder haben Sie Beweise? Oder wenigstens Indizien?«

Die Kommissarin wollte zu einer Antwort ansetzen, als der Staatsanwalt fortfuhr: »Nein, nein.«

Er schüttelte den Kopf.

»Sie sagten doch selbst, dass weder am Fundort noch an der Leiche Anzeichen zu finden waren, die darauf schließen lassen, dass der Tod Schneiders auf Fremdverschulden oder Gewalteinwirkung von außen zurückzuführen ist. Keine äußeren Verletzungen. Nichts.«

Stern sprang seiner jungen Mitarbeiterin bei: »Frau Fender hat uns von einem ominösen Anruf auf der Sportanlage berichtet. – Und völlig ausschließen kann man Fremdverschulden zum jetzigen Zeitpunkt auch nicht.«

»Ich halte mich an die Ermittlungsergebnisse, die bisher schon vorliegen. Danach war Schneider stark alkoholisiert, hat sein Gleichgewicht verloren, ist kopfüber die Treppe hinuntergestürzt und hat sich das Genick gebrochen. Ohne geringste Anzeichen von Fremdeinwirkung.«

Der Staatsanwalt begann, seine Unterlagen einzupacken.

»Herr Kollege Stern, ich will keineswegs über Ihren Kopf hinweg das Ende der Ermittlungen und den Abschluss des Falles beschließen. Aber wenn Sie mir in den nächsten Tagen keine eindeutigen Beweise dafür liefern, dass jemand anders als Norbert Schneider den Inhaber der Tennisanlage erschossen hat, werde ich der Presse gegenüber den erfolgreichen Abschluss des Falles vermelden.«

Während seiner letzten Worte erhob er sich.

»Drei Tage!«, sagte er laut und deutlich. »Auf Wiedersehn, Kollegen.«

Danach verließ er den Besprechungsraum. Grüber hob erneut seine Schultern. Kann man nichts machen, sollte das wohl heißen.

*

Marieluise Gold stand auf und zog sich ihr dunkelblaues Hoodie an. Endlich gab es ein kleines Zeitfenster. Die Angelegenheit ging ihr einfach nicht aus dem Kopf.

»Willst du schon nach Hause gehen?«, fragte Kommissar Berg mit gespielter Verwunderung und sah auf seine Armbanduhr.

»Nein. Aber ich muss der Sache noch einmal genauer auf den Grund gehen.«

»Könnte man vielleicht mal erfahren, was für eine Sache das ist?«

»Das erklär ich dir, wenn ich zurück bin.«

»Und was sage ich, wenn Stern nach dir fragt?« In Bergs Blick war Skepsis zu erkennen. »Der ist nach dem Auftritt von Dr. Brandt sowieso schon sichtlich genervt.«

»Lass dir etwas einfallen!«

Mit einem Augenzwinkern trat die Kommissarin auf den Flur und machte sich auf den Weg zu den Dienstfahrzeugen. Sie würde sich beeilen.

Zwanzig Minuten später hatte sie den Wagen in der Salzbrunner Straße geparkt und ging auf den Eingang des Hauses mit der Nummer sechsundzwanzig zu.

E. Braun stand auf dem Klingelschild, das sich genau über dem von Bernd Schönes Wohnung befand. Elvira Braun, so hatte sie sich ihr vorgestellt, erinnerte sich Marieluise Gold. Hoffentlich war die alte Dame zu Hause. Der Türöffner wurde betätigt. Erleichtert betrat Gold das Haus. Zusammen mit ihrem kleinen Hund stand Frau Braun bereits auf dem Flur im ersten Stock, neugierig, zu sehen, wer bei ihr geklingelt hatte. Freudig lief der Hund auf Gold zu, sprang an ihr hoch und begann, sie ausgiebigst zu beschnuppern.

»Nein, Rolli. Nein! Das tut man nicht. Pfui!«

Dem Hund war offensichtlich völlig egal, was sein Frauchen sagte. Vorsichtig schob ihn Marieluise Gold zur Seite.

»Frau Kommissarin Gold. Das ist aber ein netter Besuch. – Soll ich uns eine Tasse Tee kochen?«, fragte Schönes ehemalige Nachbarin, während sie die Wohnung betraten.

»Frau Braun, mir ist noch etwas eingefallen, was ich unbedingt von Ihnen wissen muss.«

Die alte Dame setzte trotz der fehlenden Antwort das Teewasser auf, nahm Gold gegenüber am Tisch in der Küche Platz und schaute die junge Kommissarin interessiert an.

»Frau Braun, waren Sie nach Herrn Schönes Tod noch einmal in der Wohnung Ihres Nachbarn?«

»Nein. Wieso sollte ich?«

»Wir vermissen ein paar Sachen, die beim ersten Besuch meiner Kollegen noch dort waren.«

»Wollen Sie mir unterstellen, ich hätte etwas aus der Wohnung meines Nachbarn gestohlen?«

Die Frau war empört.

»Nein, so war das nicht gemeint. Schauen Sie mal hier.«

Marieluise Gold hielt der alten Dame ihr Smartphone mit dem Foto, auf dem die beiden fehlenden Ordner zu erkennen waren, hin.

»Diese beiden roten Ordner können wir nicht mehr finden. Aber sie waren hier in der Wohnung. Das Foto haben meine Kollegen von der Kriminaltechnik hier aufgenommen.«

Frau Braun hörte, dass das Wasser kochte, stand auf und goss es in die Teekanne.

»Ach, das meinen Sie. Ja, die beiden Ordner sind hier bei mir.«

Freudig überrascht sah die Kommissarin die Frau an.

»Entschuldigen Sie. Das hatte ich ganz vergessen«, murmelte sie verlegen.

»Herr Schöne hat zu mir gesagt, wenn mir mal was passieren sollte oder wenn sonst irgendetwas ist, nehmen Sie die beiden Ordner zu sich, Frau Braun, und bewahren Sie sie auf. Da sind alle meine wichtigen Papiere drin. – Das habe ich gemacht. Seine Schlüssel habe ich ja.«

»Wie sind Sie denn in die Wohnung gekommen, die Wohnungstür war doch versiegelt?«

»Die Terrassentür war nicht versiegelt. An dem Schlüsselring, den ich für Herrn Schöne bei mir aufbewahrt habe, ist auch ein Schlüssel für diese Tür.«

Jetzt fiel es der Kommissarin wie Schuppen von den Augen. Die Kollegen von der Kriminaltechnik mussten übersehen haben, dass Schöne sich zur Terrasse hin eine Sicherheitstür hatte einbauen lassen. Diese war mit einem Schlüssel von außen zu öffnen. Oder sie hatten schlichtweg vergessen, die Terrassentür zu versiegeln. Ihr selbst war das neulich gar nicht aufgefallen. Den Kollegen Stern und Grüber offensichtlich auch nicht.

»Die beiden Ordner müsste ich aber mitnehmen, Frau Braun.«

»Kein Problem, ich hol sie Ihnen.«

Mit einer großen Papiertüte, in der die beiden schweren Ordner steckten, kam sie zurück.

Wann sie dazu kommen würden, die Unterlagen, die sich darin befanden, alle einzeln unter die Lupe zu nehmen, wusste Marieluise Gold nicht. Aber für eine erste Durchsicht der Papiere würde sie sich heute noch die Zeit nehmen.

»Hier hab ich noch etwas für Sie.«

In der Hand hielt Frau Braun einen weißen Briefumschlag.

»Der Brief war hinter die Kommode in der Diele gerutscht. Den hab ich erst jetzt beim Staubsaugen gefunden.« Sie lächelte verlegen. »Die übrige Post habe ich Ihnen ja schon mitgegeben.«

Adressiert war der Brief an Bernd Schöne, las Gold auf dem Umschlag. Absender war der Investor, dem das Grundstück in der Cicerostraße gehörte, auf dem das ZentralStadion lag.

»Oh, vielen Dank«, sagte die Kommissarin und trank vorsichtig einen Schluck von dem heißen Tee, den ihr die freundliche Dame in ihre Tasse gegossen hatte.

»Das ist Vanilletee«, sagte Frau Braun und setzte sich an den Tisch. »Kekse kann ich Ihnen heute leider nicht anbieten. Meine Nachbarin hat gestern die letzten gegessen.«

*

227

Die Zeit drängte. Hauptkommissar Stern schaute auf die Uhr. Er wusste, dass die Kollegen von der Kriminaltechnik es nicht schätzten, wenn man sie anrief und um ihre Untersuchungsergebnisse bat. Aber Brandt würde ernst machen mit seiner Drohung. Stern griff zu seinem Telefon und wählte die Nummer der KT in Tempelhof. Nachdem er seinen Namen genannt hatte, erklärte er seinem Kollegen, warum sie unter besonderem Zeitdruck standen. Er hatte Glück. Der Kollege war bereit, ihn am Telefon kurz über die wichtigen Details zu informieren.

»Es handelt sich bei dem Sturz nachweislich um einen Unfall. Fremdverschulden können wir mit an Sicherheit grenzender Wahrscheinlichkeit ausschließen.«

Stern war enttäuscht.

»Wieso sind Sie sich da so sicher?«

»Der Schnürsenkel am linken Schuh des Toten hatte sich gelöst. Der Mann trug alte Joggingschuhe, der Bändel war ziemlich lang. Er muss sich beim Gehen auf den Schnürsenkel getreten haben, angetrunken wie er war das Gleichgewicht verloren haben und die Treppe hinuntergestürzt sein.«

»Woher wisst ihr das? Er kann doch genauso gut gestoßen worden sein!«

»Wir wissen das, weil der Schnürsenkel gerissen ist, als der Mann darauf getreten ist. Und den Teil, der dabei abgerissen ist und fehlte, haben wir auf dem oberen Treppenabsatz gefunden.«

Stern presste seine Lippen aufeinander. Was der Kollege sagte, klang überzeugend. Gleichzeitig widersprach es ihrer Theorie, Schneider habe den Täter erpresst und sei umgebracht worden.

»Wann können Sie uns Ihren Bericht zukommen lassen, Herr Kollege?«

»Ich hoffe, bald. Wenn wir jetzt nicht noch länger telefonieren.«

»Keine Angst«, erwiderte Stern. »Vielen Dank für die Informationen und frohes Schaffen.«

Mit einem nachdenklichen Gesicht legte er auf. Gut, dass Grüber schon nach Hause gegangen war. Der hätte sicher wieder die Schultern gehoben oder gegrinst, wenn er von dem Ergebnis des Telefonates gehört hätte.

Der Kriminalhauptkommissar fühlte, wie sich Ernüchterung in ihm breitmachte. Er und zumindest auch seine junge Kollegin Gold hatten geglaubt oder wenigstens gehofft, dass der Tod von Norbert Schneider sie auf eine neue Spur führen würde. Stattdessen befanden sie sich in einer Sackgasse. Frustriert erhob er sich von seinem Schreibtischstuhl und ging hinüber zum Besprechungsraum. Unter das Foto von Norbert Schneider schrieb er `Tod durch Unfall ohne Fremdeinwirkung`. Bei einem letzten Blick auf die reichlich bestückte Magnettafel huschte ein flüchtiger Gedanke durch seinen Kopf, den er aber leider nicht zu fassen bekam. Das kannte er. Er drehte sich um, schaltete das Licht aus und schloss die Tür. Und plötzlich hatte er ihn.

*

22 Der Leiter der Ermittlungen hatte eine weitere Sitzung einberufen. Punkt zehn Uhr saßen alle Mitarbeiter der Ersten Mordkommission erwartungsvoll in ihrem Besprechungsraum und beobachteten ihren Chef. Vor der großen Magnettafel mit ihren bisherigen Ermittlungsergebnissen hatte Stern ein Flip-Chart aufgestellt. In der Mitte eines ansonsten leeren Blattes Papier hatte er einen großen Kreis gezeichnet, der ebenfalls leer war. Nachdem er sich vergewissert hatte, dass seine Mitarbeiter bereit waren, begann der Kriminalhauptkommissar.

»Kollegen, wir stehen unter Zeitdruck.«

Damit spielte er auf die Frist an, die Dr. Brandt ihnen gesetzt hatte.

»Und gleichzeitig befinden wir uns, zumindest meinem Empfinden nach, in einer Sackgasse. Gestern Abend habe ich allerdings etwas bemerkt, was uns möglicherweise aus dieser Sackgasse herausführen kann und was ich Ihnen heute darstellen möchte. Anschließend will ich Ihre Meinungen dazu hören.«

Er griff nach dem Edding-Stift.

»Beim Blick auf unsere Tafel ist mir folgendes aufgefallen«, er wendete sich dem Flip-Chart zu und schrieb, während er sprach, auf das erste Blatt.

»Bernd Schöne // Tat- und Fundort: Albrecht-Achilles-Straße

Hartmut Fender // Überfall, Drohanruf: Cicerostraße und

Norbert Schneider // Tat- und Fundort: Seesener Straße.«

Nach einem Blick in die Runde sprach er weiter.

»Im Zentrum der wichtigsten Ereignisse, mit denen wir uns bisher beschäftigt haben, steht immer dieselbe Örtlichkeit.«

»Die Albrecht-Achilles-Straße grenzt direkt an die Tennisanlage, die Seesener Straße ist, ohne dass ich nachgemessen hätte, etwa achthundert bis tausend Meter entfernt, der Überfall auf Fender erfolgte auf der Anlage selbst und angerufen wurde auch direkt dorthin.«

Seine Kollegen nickten beifällig.

In den vorbereiteten leeren Kreis trug er ein:

ZentralStadion!!!

»Und jetzt kommt`s!«

Stern blätterte um und zeichnete in die Mitte des zweiten Blattes einen weiteren Kreis.

»Wer steht sozusagen mitten im Zentrum des ZentralStadions?«

Er drehte sich zu dem Flip-Chart und schrieb in den zweiten Kreis

Hartmut Fender!!!

»Jetzt seid ihr dran.«

Wie auf Kommando begannen alle Kollegen gleichzeitig zu sprechen. Mitten in das immer lauter werdende Stimmengewirr hinein klingelte Sterns Smartphone. Schnell warf er einen Blick auf das Display.

»Die Kriminaltechnik«, entschuldigte er sich, »ich geh mal eben raus.«

»Janker hier. Von der Kriminaltechnik.«

»Hallo, Kollege«, grüßte der Hauptkommissar.

»Ich fass mich kurz. Ich schaffe das heute nicht mehr mit dem Bericht. Der wird frühestens übermorgen bei Ihnen sein.«

Stern entgegnete nichts.

»Aber Sie haben mir erzählt, dass Sie unter Zeitdruck stehen. Deshalb hier schon mal eine Info vorab für Sie. – Es gibt etwas, was Sie interessieren könnte«, hörte Stern seinen Kollegen aus der Kriminaltechnik weitersprechen.

»Und das wäre?« Stern konzentrierte sich.

»In einer der Innentaschen des Anoraks des Toten haben wir einen Zeitungsartikel gefunden. Den hatte er sorgfältig zusammengelegt und sogar in eine Klarsichthülle gepackt.«

»Und was für ein Zeitungsartikel ist das?«

»Es handelt sich um einen Bericht der Berliner Morgenpost aus dem letzten Monat. Es geht in dem Artikel um den Tod des Inhabers der Sportanlage hinter der Schaubühne. Zu dem Bericht gehört ein großes Foto. Darauf sind die beiden neuen Betreiber der Anlage. Die Namen stehen darunter, B. Schöne und H. Fender.«

»Hm, das könnte interessant sein für uns. – Von welchem Tag genau ist dieser Zeitungsartikel?«

»Vom achtzehnten März. – So, das wars auch schon. Ich hab heute noch viel zu tun.«

»Ich hab noch eine letzte Frage?«

Als der Kollege nicht protestierte, sprach Stern schnell weiter.

»Haben Sie bei dem Toten auch ein Handy gefunden?«

»Nein, ein Handy haben wir nirgends entdeckt. Da bin ich mir sicher!«

»Vielen Dank, Kollege. Einen schönen Tag noch.«

Janker hatte schon aufgelegt.

Zurück im Besprechungsraum knüpfte Stern nahtlos an der Stelle an, an der er unterbrochen worden war.

»Wer möchte sich als erster äußern?«

Marieluise Gold meldete sich. »Wenn ich mir Ihre Aufzeichnungen anschaue, müsste man daraus den Schluss ziehen, Hartmut Fender müsste etwas mit dem Mord an Schöne zu tun haben.«

»Ob es Mord war, wissen wir nicht«, warf Watzke ein.

»Egal. Jedenfalls kann Fender die Tat nicht begangen haben. Er hat ein hieb- und stichfestes Alibi. Das hab ich überprüft. – Einen Weg aus der Sackgasse kann ich nicht erkennen. – Tut mir leid.«

»Und wenn er jemanden beauftragt hat?«, warf Berg ein.

»Einen ehemaligen Tschetschenien-Kämpfer etwa? Oder die russische Mafia?«, fragte Grüber skeptisch.

Berg nickte. »Wäre doch möglich.«

Watzke schüttelte missmutig den Kopf.

»Ich verstehe überhaupt nicht, warum wir uns weiter in Theorien und Hypothesen ergehen sollen. Unsere Indizien sprechen ganz klar für eine Täterschaft Schneiders, der Staatsanwalt betrachtet den Fall als gelöst. Alles gut.«

»Vielleicht, Kollege Watzke, verstehen Sie meine Strategie besser«, ergriff Stern, der den Zeitpunkt für angemessen hielt, das Wort, »wenn ich Ihnen sage, was der Kollege von der Kriminaltechnik mir gerade am Telefon mitgeteilt hat.«

Stern berichtete seinen Mitarbeitern von dem Fund in Schneiders Jacke. Doch Watzke blieb bei seinem Standpunkt.

»Dafür kann es hundert Gründe geben.«

Marieluise Gold hatte während des Berichtes ihres Chefs auf ihrem Tablet die Seite der Berliner Morgenpost geöffnet und sich den Artikel angeschaut.

»Wir sind bisher davon ausgegangen, dass es bei dem Drohanruf, von dem Frau Fender mir erzählt hat, um Schutzgelderpressung ging. Was ist, wenn tatsächlich Norbert Schneider der unbekannte Anrufer war?«, fragte sie in die Runde. »Wenn es gar nicht um Schutzgeld ging, sondern wenn Schneider Hartmut Fender erpressen wollte?«

Die Kommissarin wirkte selbst erstaunt von dem Weg, den ihre Ermittlungen einzuschlagen schienen.

»Das würde erneut dafür sprechen, dass Norbert Schneider nicht unser Täter ist, sondern die Tat beobachtet hat. Aus dem einfachen Grund, er könnte niemanden erpressen, wenn er selbst die Tat verübt hätte«, warf Berg ein. »Vielleicht können wir sogar Dr. Brandt mit dieser neuen Erkenntnis überzeugen.«

Stern und Gold stimmten ihrem Kollegen durch Kopfnicken zu. Watzke blieb zurückhaltend.

»Leider haben die Kollegen kein Handy bei ihm gefunden. Sonst könnten wir die Anruflisten überprüfen«, bedauerte der Hauptkommissar.

»Eben hat Kollegin Gold noch betont, dass Hartmut Fender – und nur um den könnte es doch wohl bei einem möglichen Erpressungsversuch gehen – ein sicheres Alibi hat für die Tatzeit«, intervenierte Grüber. »Er war im Quasimodo. Und dafür gibt's Zeugen. Ergo kann er die Tat nicht begangen haben, ergo kann Norbert Schneider ihn auch nicht bei der Tat beobachtet haben. – Ergo konnte er Fender auch nicht erpressen.«

Stern ärgerte sich; du wirst langsam alt. Schon wieder war ihm ein Gedanke, der für den Bruchteil einer Sekunde in seinem Kopf aufgeblitzt war, entglitten.

»Du hast recht, Ralph. Trotzdem! Wir sind jetzt schon wieder auf Hartmut Fender gestoßen. Wir müssen klären, ob Schneider der Anrufer war oder ob wir dieser Spur nicht weiter nachzugehen brauchen.«

»Die Frage ist nur, wie?«, ergänzte Berg.

»Ich hätte da vielleicht eine Idee.«

Marieluise Golds Lächeln wirkte ein wenig unsicher.

*

Der Fremde war vor einer Stunde gekommen. Er hatte sich an einen der Tische direkt hinter Platz `Boris

Becker` gesetzt. Für Tennis schien er sich aber nicht zu interessieren. Das Spiel der beiden jungen Männer, die sich auf dem Platz die Bälle im wahrsten Sinne um die Ohren schlugen, würdigte er keines Blickes. Stattdessen schien er die übrigen Vorgänge auf der Anlage genauestens unter die Lupe zu nehmen. Den Eindruck hatte zumindest Nina Fender. Sie war gerade dabei gewesen, leere Gläser von einem der Tische im Außenbereich abzuräumen, als er die Anlage betrat, und hatte sofort gedacht, der passt nicht hierher. Solche Leute gehörten nicht zu ihren Gästen. Der Mann trug eine enge schwarze Hose, ein weißes Shirt und eine grüne Bomberjacke. Sein Schädel war glatt rasiert und seine Augen versteckte er hinter einer schwarzen Ray Ban-Sonnenbrille. Jetzt gab er ihr ein Handzeichen. Frau Fender ging zu seinem Tisch. Sie merkte, wie sie nervös wurde.

»Ich möchte noch eine Fritz-Cola«, gab er jedoch seine Bestellung genauso freundlich auf, wie vorhin, als er einen Milchkaffee und Kuchen bestellt hatte.

»Gerne.«

»Haben Sie vielleicht auch eine Tageszeitung?«

Nina Fender nickte. Sie nahm das Geschirr mit. Kurz darauf brachte sie dem Mann sein Getränk und eine BZ.

»Ich möchte gleich zahlen«, sagte der Mann. Er gab ihr zehn Euro. »Stimmt so.«

Zurück im Restaurant griff sie nach ihrem Smartphone. Sie betrat das Büro ihres Mannes. Hartmut war zum Tennispoint-Laden in der Franklinstraße gefahren, um neue Bälle zu besorgen. Durch das Bürofenster hatte sie den Fremden im Blick. Er war in die Lektüre seiner Zeitung vertieft. Sie fing ihn mit ihrem Smartphone ein und fotografierte ihn, zur Sicherheit dreimal. Die Fotos würde sie nachher ihrem Mann zeigen. Vielleicht erkannte er in dem Fremden einen der Schläger wieder.

*

Marieluise Gold hoffte, als sie in die erwartungsvollen Gesichter ihrer Kollegen sah, dass diese sie nicht auslachen würden. Sie legte ihr Smartphone auf den Tisch. Vorsichtig begann sie.

»Bei unseren Ermittlungen haben wir doch herausgefunden, dass Norbert Schneider Bluesmusiker mit einer sehr markanten, dunklen Stimme war.«

Ihre Kollegen zeigten keinerlei Reaktion. Gold wusste nicht, ob sie dies als gutes oder schlechtes Zeichen betrachten sollte.

»Wenn es uns gelingen sollte, irgendwoher eine Audioaufnahme von ihm zu bekommen, könnten wir diese Frau Fender vorspielen. Vielleicht würde sie die Stimme wiedererkennen.«

Niemand lachte.

»Oder sie könnte uns vielleicht sagen, dass es auf keinen Fall Schneider war, der sie angerufen hat.«

»Wir können doch bei YouTube nachschauen«, schlug Berg vor.

»Hab ich eben schon. Weder unter Norbert Schneider noch unter Blues-Norbert ist dort ein Video-Clip zu finden.«

»Ihre Idee finde ich gut, Kollegin«, schaltete sich Stern ein. »Wir gehen jetzt alle zurück an unsere Arbeit und ich rufe in der City-Station an, sobald die geöffnet haben. Schneider hat früher in einer Band gespielt, hat mir einer der Mitarbeiter dort erzählt. Vielleicht fällt ihm der Name der Band wieder ein, wenn er ein bisschen nachdenkt, und wir finden etwas bei YouTube unter dem Bandnamen. – So, Sitzung beendet. Wenn es neue Informationen gibt, bekommen Sie diese.«

Damit verließ Stern den Besprechungsraum. Er wusste inzwischen, was ihm eingefallen war, als Grüber von Fenders Alibi gesprochen hatte. Allerdings konnte er sich mit dem fälligen Telefonat bis zum frühen Abend Zeit lassen.

*

Der Fremde war weg. Der Tisch, an dem er vorhin gesessen hatte, war wieder belegt. Ein Paar hatte dort Platz genommen. Sie tranken friedlich Kaffee und aßen Kuchen, nachdem sie sich eben auf dem Platz noch ordentlich gefetzt hatten. Aus diesem Grund hatte Nina Fender auch nicht angefangen, selbst Tennis zu spielen, als sie ihren Mann kennengelernt hatte. Hartmut wollte ihr das unbedingt beibringen. Sie aber wollte von Anfang an eine Beziehung auf Augenhöhe und sich nicht von ihrem Freund auf dem Tennisplatz belehren, kritisieren oder herumkommandieren lassen. Und das war auch gut so. Grund zum Streiten gab es in ihrem Alltag schon lan-

238

ge mehr als genug. Davon konnte sie ein Lied singen. Sie dachte an die Auseinandersetzung, die sie nach seinem Überfall zu Hause gehabt hatten. Auch dass er anscheinend immer noch etwas vor ihr verheimlichte, missfiel ihr. Aufrichtig war er noch nie zu ihr gewesen, wusste sie inzwischen.

Das Tor zur Sportanlage wurde geöffnet. Nina Fender sah ihren Mann mit zwei großen Kartons unter den Armen eintreten. Sie griff nach ihrem Tablett und folgte ihm in das Innere des Clubhauses.

»Du, heute Mittag war ein Typ auf unserer Anlage, der kam mir nicht ganz geheuer vor«, sagte sie, nachdem ihr Mann die Kartons mit den neuen Tennisbällen in seinem Büro abgestellt hatte. »So, wie der aussah, könnte der einer von den Typen sein, die dich vor kurzem überfallen und zusammengeschlagen haben. Schade, dass du ihn nicht mehr gesehen hast.«

Fender machte große Augen und wurde plötzlich blass.

»Ich hab ein paar Fotos von dem gemacht. Die kannst du dir mal anschauen.«

Sie ging zu ihrer Handtasche und kam mit dem Smartphone in der Hand zurück. Als das erste Foto auf dem Display erschien, fing Fender an, schallend zu lachen. Er wirkte sichtlich erleichtert.

»Kennst du den denn nicht?«

Nina Fender wurde unsicher. Sie lächelte gequält. »Das ist doch dieser Schauspieler«, redete ihr Mann weiter. »Der spielt manchmal auch im Tatort mit. — Ntt, wie heißt denn der noch?«

Er überlegte kurz. »Fällt mir jetzt nicht ein. Auf jeden Fall hat der mich nicht überfallen.«

Erneut begann Fender zu lachen. Verärgert drehte sich seine Frau um.

»Für dich liegt ein Einschreibebrief auf der Post «, konterte sie. Ihr war nach den Ereignissen der letzten Wochen überhaupt nicht nach Lachen zumute.

*

Mürrisch legte Hans Stern das Telefon weg. Zum dritten Mal hatte er versucht, in der City-Station jemanden zu erreichen. Wieder war niemand rangegangen. Nur die eintönige Stimme auf dem Anrufbeantworter hatte ihn aufgefordert, eine Nachricht zu hinterlassen. Das bedeutete für ihn, er konnte nach Feierabend nicht auf direktem Weg nach Hause fahren, sondern musste vorher noch in die Joachim-Friedrich-Straße und hoffen, dass Becker heute überhaupt dort war. Eigentlich hatte er dazu überhaupt keine Lust. Er blickte auf die Uhr. Grüber war schon nach Hause gegangen. Er würde sich in einer Viertelstunde ebenfalls auf den Heimweg machen. Das zweite Telefonat konnte er auch später von seinem privaten Handy aus erledigen.

*

»Den Namen der Band?« Werner Becker dachte kurz nach. »Nee, der fällt mir beim besten Willen nicht mehr ein. Das war irgendwas mit Chicago, das weiß ich noch. Aber mehr nicht. Tut mir leid.«

Der Hauptkommissar war enttäuscht, hielt sich jedoch zurück. Er wollte Becker nicht drängen.

»Ach«, sagte dieser plötzlich. »Da fällt mir was ein.« Auf seinem Gesicht zeichnete sich ein kurzes Lächeln ab. »Um eine Aufnahme von Schneiders Stimme zu bekommen, brauchen Sie eigentlich gar kein YouTube-Video.«

Hans Stern wurde neugierig.

»Blues-Norbert hat doch im letzten Jahr hier bei uns gespielt. Am Tag der offenen Tür. Ich hab den größten Teil seines Auftritts mit meinem Smartphone aufgenommen. – Konnte doch niemand wissen, dass es sein letzter Auftritt hier bei uns sein würde.«

Er hob bedauernd die Schultern.

»Ach, und falls Ihnen meine Videos nicht reichen, es gibt auch noch weitere Aufnahmen von dem Fest. Eine Kollegin hatte ihre Web-Cam von zu Hause mitgebracht und damit gefilmt.«

Während er sprach, nahm er sein Smartphone aus der Tasche seiner Hose und öffnete eine der Aufnahmen von Schneiders Auftritt. Erstaunlich gute Qualität, freute sich Stern beim Betrachten des Videos, auch die Stimme Schneiders war deutlich und ohne Rauschen aufgenommen worden.

Kurz darauf war das Video als E-Mail-Anhang auf dem Weg in die Keithstraße. Kommissarin Gold würde damit sofort morgen zu Frau Fender fahren und ihr die Aufnahme vorspielen. Und ich fahre jetzt ins

Lentz und genehmige mir ein kühles Andechser Weizen, nahm er sich vor, nachdem er sich bei Becker
bedankt hatte und die City-Station verließ.

*

Um neunzehn Uhr lag der Außenbereich des Gast-
hauses Lentz seit Stunden im Schatten. Den meisten
Gästen war es im April zu kühl, um jetzt noch draußen zu sitzen. Nur die hartgesottenen tranken hier,
eingehüllt in Decken, ihr abendliches oder allabendli-
ches Bier oder ihren Wein. Genauso wie die Raucher.
Stern war gerade von seinem Fahrrad abgestiegen,
als er im Augenwinkel etwas registrierte, was sein
Herz vor Freude höher schlagen ließ. Die junge, in
Schwarz gekleidete Frau mit den großen Kopfhörern
auf, die mit ihrem roten Rennrad gemütlich vorbeira-
delte, war Maischa. Offensichtlich hörte sie nicht sehr
laut Musik. Sie reagierte sofort, als er ihren Namen
rief, hielt an und begrüßte ihn mit einem freudigen
Lächeln.

»Hallopapa. Ich hab schon geguckt, ob du hier bist,
aber ich hab dich gar nicht gesehen.«

»Ich bin auch gerade erst hier angekommen. —
Wenn du möchtest und Zeit hast, können wir etwas
zusammen essen.«

»O ja, gerne. Ich hab einen Riesenhunger.«

Als sie das gut besuchte Lokal betraten, wurde
gerade ein Zweiertisch frei. Sehr schön, dachte Stern.
Er hatte nach diesem langen Arbeitstag Lust, mit

Maischa allein an einem Tisch zu sitzen und gemütlich zu plaudern.

»Schau mal, was ich mir heute gekauft habe.«

Seine Tochter griff in ihre Umhängetasche und zog eine in pechschwarze Kartonhülle verpackte CD heraus.

»Kennst du Lambert?«

Stern schüttelte den Kopf.

»Er macht die schönste Klaviermusik, die du dir vorstellen kannst.«

»Dann muss er besser sein als Satie«, antwortete Stern gerade, als ihnen jemand zwei Karten reichte. Sofort begann Maischa wissend zu lächeln.

»Die gefällt dir? Oder?«

Ohne eine Antwort ihres Vaters abzuwarten, vertiefte sie sich in die Karte.

»Hast du noch mal mit Sebastian Tennis gespielt?«, fragte Sterns Tochter, nachdem die hübsche neue Kellnerin ihr Geschirr abgeräumt hatte. Stern hatte, wie meistens im Lentz, Rösti mit Räucherlachs und Salat gegessen, während sich seine Tochter für Tagliatelle mit Lachs entschieden hatte. Auf die Frage der Bedienung `Hat`s Ihnen geschmeckt?` hatten beide mit Ja geantwortet.

»Nein. Sebastian hat zur Zeit viel zu tun und außerdem Probleme mit seinem Rücken.«

»Dann lass uns doch mal wieder Tennis spielen, bevor ich zu Mama fliege. Am Wochenenden hätte ich Zeit.«

»Okay. Dann bestelle ich uns einen Platz für Samstagmittag. Dann hab ich Freitag noch Zeit, ein bisschen Kondition zu bolzen.«

Sterns Tochter lachte. Als ihr Handy klingelte, schaute sie kurz auf das Display.

»Oh, Fine steht schon vor unserer Haustür«, sagte sie, nachdem sie die SMS gelesen hatte. »Wir sind für heute Abend verabredet.«

»Macht nichts. Papa zahlt mal«, antwortete Stern und zwinkerte mit dem Auge. Dann bestellte er sich bei der hübschen Bedienung ein zweites Bier. Maischa hatte recht. Die Frau gefiel ihm.

Kaum stand das Bierglas vor ihm, näherten sich zwei Mittsechziger mit ihren Rotweingläsern in der Hand angeregt plaudernd dem Nachbartisch. Hans Stern kannte sie vom Sehen. Einer der beiden war Professor an der Freien Universität. Diesen hörte er sagen: »Dass es keine lange Sache werden würde, war mir von Anfang an klar. Sie war im dritten Semester und gerade mal zweiundzwanzig.«

Sein Begleiter entgegnete nichts.

»Aber dass es dann so endete, hat mich ganz schön fertiggemacht.«

»Was regt dich daran denn so auf? Versteh ich nicht.«

»Na wenn`s ein fünfundzwanzig Jähriger gewesen wäre, okay. Dann hätte ich gesagt, gut, es lag am Alter – Aber der Typ, wegen dem sie mich sitzengelassen hat, ist noch drei Jahre älter als ich. Ich kenn den. Das ist ein Greis in meinen Augen.«

»Na und?«

»Das spricht nicht gerade für mich und meine Vitalität.«

So kann man es auch nennen, dachte Stern.

»Mein Selbstbewusstsein hat einen ganz schönen Knacks abbekommen.«

Hans Stern schüttelte den Kopf. Das Mädchen, von dem die Männer sprachen, war jünger als Maischa, war ihm bewusst. Er wollte sich das Gelaber der beiden alten Gockel nicht mehr länger anhören.

»Zahlen!«, rief er, nahm einen kräftigen Schluck von seinem Bier und griff in die Gesäßtasche seiner Hose.

*

Es war kurz vor halb zehn, als Stern die Wohnung betrat. Maischa und Fine waren schon wieder unterwegs. Er ging in die Küche, nahm am Tisch Platz und gab die Nummer des Clubs in sein Handy ein.

»Quasimodo, Berlin«, meldete sich eine Männerstimme.

»Stern ist mein Name. Ich bin Kriminalhauptkommissar beim LKA Berlin. Sind Sie der Inhaber?«

»Ja, der bin ich.«

»Eine Kollegin von mir hat Sie vor kurzem nach einem Mann namens Hartmut Fender befragt. Vielleicht erinnern Sie sich. Es ging bei der Befragung um das Alibi des Mannes.«

»Fender. Ja, ich erinnere mich.« Er lachte. »Fender, wie Stratocaster – oder wie Telecaster. Das war doch der Typ, der die Eintrittskarte gewonnen hatte. Und der den ganzen Abend Alsterwasser getrunken hat.«

»Können Sie sich erinnern«, unterbrach Stern den Clubchef in seinem Redefluss, »ob der Mann einen Bart trug?«

»Nein, der trug keinen Bart. Der war glatt rasiert. Sogar sein Kopf.«

»Danke, das war`s schon. Vielen Dank für Ihre Hilfe und einen schönen Abend noch.«

Der Kriminalhauptkommissar legte sein Handy auf den Küchentisch. Pech gehabt. Es wäre auch zu schön gewesen, dachte er, während er seinen Blick hinaus auf den nächtlichen Lietzensee wandern ließ. Sofort verbesserte sich seine Stimmung. Es gab Wichtigeres im Leben als die Arbeit, machte er sich klar. Daran sollte man sich erfreuen; beispielsweise an seiner Wohnung. Was hatte er für ein großes Glück gehabt, damals, wurde ihm in diesem Augenblick wieder einmal deutlich bewusst.

Als junger Kommissar war er in die Dernburgstraße gezogen, in ein winziges Zimmer in der WG seines Kumpels Gregor. Dessen Eltern gehörte die Wohnung. Nach und nach waren alle WG-Mitglieder in den folgenden Jahren ausgezogen; auch Gregor, den es nicht lange nach dem Mauerfall zum Prenzlauer Berg verschlagen hatte. Und so hatte er schließlich den Haupt-Mietvertrag übernommen. Inzwischen beneideten ihn alle seine Freunde und Bekannte um seine Dreieinhalb-Zimmer-Wohnung mitten in Charlottenburg, mir direktem Blick auf den Lietzensee und mit dem Lietzensee-Park als Wohlfühl-Oase direkt vor der Tür. Stern stimmte ihnen jedes Mal zu. Er liebte seine Wohnung und den Park. Bei der aktuellen Bau-wut in der Boom-Town Berlin stand dieser zum Glück unter Denkmalschutz. Zu verdanken hatten die Char-lottenburger das Kleinod Erwin Barth, wusste Stern. Nach seinen Plänen war der mehr als zehn Hektar große Landschaftspark vor fast hundert Jahren gestal-tet worden.

Heutzutage wäre eine Wohnung mit Lietzenseeblick wohl unerschwinglich für einen Beamten mit seiner Gehaltsstufe. Aber er hatte einen alten Mietvertrag, lange vor der Wende und lange vor der Euro-Einführung abgeschlossen, und die Eltern von Gregor hielten sich erfreulicherweise an die vorgegebenen Vergleichsmieten des Berliner Mietspiegels.

Was für ein Glück für ihn und Maischa, dachte Hans Stern dankbar. Er erhob sich, ging zum Kühlschrank und griff nach einer Flasche Erdinger Weizen.

*

23 Das Vorgeplänkel, das dazu dienen soll, den Gegner aus der Ruhe zu bringen, das Mindgame, wie die Tennisprofis und ihr Team es nennen, beginnt schon lange vor dem eigentlichen Match. Für die bevorstehende Befragung von Hartmut Fender hatte auch Kriminalhauptkommissar Stern auf dieses taktische Mittel gesetzt. Am selben Tag, als Staatsanwalt Dr. Brandt ihnen die Frist zur Beschaffung der notwendigen Beweise gesetzt hatte, hatte Stern zum Telefon gegriffen und seinen Vorgesetzten noch einmal angerufen. Er hatte ihm seinen taktischen Plan dargelegt und den Staatsanwalt ganz nebenbei davon überzeugt, dass die vorgegebene Frist zu kurz sei. Dann hatten sie Fender die von Dr. Brandt genehmigte schriftliche Vorladung zu einer staatsanwaltlichen Vernehmung zugesandt. Dieser musste er Folge leisten. Seine Anwaltsfreunde würden ihm das sicherlich erklärt haben. Um den Druck auf Fender noch zu erhöhen, war die Vorladung per Einschreiben zugestellt worden.

Stern schaute auf die Uhr. Der Termin war auf zehn Uhr festgesetzt. Dem Tennisspieler Fender waren taktische Spielchen garantiert nicht fremd. Stern rechnete damit, dass er zu kontern versuchen würde, indem er keine Minute zu früh zu seiner Befragung erscheinen würde. Der Kommissar sollte recht behalten.

*

Kommissarin Gold verließ ihren Wagen, kurz nachdem Frau Fender das Haus betreten hatte. Sie überquerte die stark befahrene Hauptstraße und steuerte auf den Eingang des Mietshauses zu, in dem die Fenders wohnten. Unmittelbar nachdem Gold geklingelt hatte, wurde der Türöffner betätigt. Frau Fender erwartete die Kommissarin schon; Gold hatte ihren Besuch telefonisch angemeldet.

»Wir müssen uns beeilen«, sagte Nina Fender, als Gold die Wohnung betrat. »Mein Mann hat angerufen. Es sind schon viele Gäste auf unserer Anlage und Pawel ist heute Morgen alleine. Ich muss gleich in die Cicerostraße fahren, um zu helfen.«

Frau Fender führte die LKA-Beamtin in ein gemütlich eingerichtetes Wohnzimmer. Der Raum war mit altem, matt versiegeltem Parkett ausgelegt und hatte eine sehr gut erhaltene Stuckdecke. Wände und Decke waren schneeweiß gestrichen. Parallel zur Fensterfront gegenüber der einzigen Tür stand ein großer rechteckiger Esstisch aus Holz mit vier gemütlich wirkenden Stühlen, die alle verschieden gestaltet waren. An den Kopfenden standen Holzsessel mit gerundeten Armlehnen. Während die linke Wand des Raumes nahezu komplett von einem bis zur Decke reichenden und prall gefüllten Bücherregal bedeckt war, befand sich in der rechten Hälfte des Zimmers ein schräg vor der Ecke platziertes breites Ledersofa, davor ein niederer Couchtisch aus dickem Glas und ein Sessel aus braunem Leder mit Armlehnen aus Stahl. Gold hatte das Modell einmal bei Rahhaus gesehen. Die einladende Wärme, die der Raum ausstrahlte, wurde erzeugt durch zwei flauschige farblich abgestimmte Teppiche, sorgfältig ausgewählte Lampen und zahlreiche Kerzen und Deckchen, die die Möbel verzierten. Einen Fernseher gab es in diesem Raum nicht, stellte Gold erstaunt fest.

»Nehmen Sie Platz«, bot Frau Fender der Kommissarin an. »Können wir die Aufnahmen sofort anschauen?«

»Am besten hören Sie sich nur den Ton an. Dann können Sie sich ausschließlich auf die Stimme konzentrieren.«

Die Kommissarin drückte auf `Play`.

»Als nächstes spiele ich für euch ein Stück von John Mayall. – `Roome To Move`«, war zu hören.

»Das könnte die Stimme gewesen sein«, sagte Frau Fender, noch bevor die Bluesharp Schneiders einsetzte. »Aber ganz sicher bin ich mir nicht.«

Schade, dachte Marieluise Gold, als sie wieder in ihrem Auto saß und das Ergebnis der Befragung in ihr Smartphone tippte und als SMS an ihren Chef schickte. Die Antwort von Frau Fender war auch nach mehrmaligem Abspielen der Tonsequenz vage geblieben. Dann hatte sie ihr die Aufnahmen sogar über das Telefon der Fenders auf Nina Fenders Handy geleitet. Auch dieser Versuch hatte kein anderes Ergebnis gebracht. Ernüchtert drehte die junge Kommissarin den Zündschlüssel und blickte in den Rückspiegel. Für ihre Ermittlungen war diese Befragung ziemlich wertlos gewesen. Wieder einmal viel Mühe für nichts, dachte sie, während sie losfuhr. Mit den beiden Aktenordnern aus Bernd Schönes Wohnung war es nach der ersten Durchsicht Stand heute das Gleiche. Wenn sie sich überlegte, wie viel Zeit und Energie sie investiert hatte, die beiden roten Ordner zu finden, stand der Aufwand in keiner Relation zu ihrem Nutzen. Durch einige der Unterlagen wurden zwar die Aussagen von Schönes portugiesischer Freundin bezüglich der Eigentumswohnung und der Lebensversicherung bestätigt, doch Karin Ruhmann und ihr Sohn standen sowieso nicht mehr unter Verdacht. Die restlichen Schriftstücke mussten sie noch überprüfen. Es handelte sich um Versicherungsunterlagen, den Pachtvertrag für das Gelände des ZentralStadions, einen Leasingvertrag für ein Auto. Auch die Kontoauszüge eines Tagesgeldkontos hatten sie gefunden. Doch sie wiesen kein Guthaben mehr auf.

Shit happens, dachte Gold und setzte zum Überholen an.

*

Punkt zehn klopfte jemand von außen an die Tür des Vernehmungsraumes.

»Herein«, rief der Hauptkommissar, bewusst nicht zu laut, und die Tür öffnete sich.

»Guten Morgen. Christian von Arnim. Ich bin der Anwalt von Herrn Fender«, sagte der Mann, der noch vor Hartmut Fender den Raum betreten hatte. Er trug einen offenen schwarzen Trenchcoat, einen dunkelblauen Anzug, ein weißes Hemd und eine akkurat gebundene schmale schwarze Krawatte.

»Sie sind Kriminalhauptkommissar Stern?«, sprach er weiter, ohne dem LKA-Beamten die Gelegenheit zu lassen, sich selbst vorzustellen.

»Ich leite die Ermittlungen. Stern, Kriminalhauptkommissar, Erste Mordkommission.«

Hans Stern blickte seinem Gegenüber in die Augen. »Guten Morgen.«

Er streckte seine Hand zur Begrüßung der beiden Männer aus. Auf keinen Fall würde er sich von dem Anwalt die Zügel aus der Hand nehmen lassen.

Nachdem die beiden Stern gegenüber am Tisch Platz genommen hatten, betrat, wie vorher verabredet, Dr. Brandt den Raum und setzte sich auf den freien Stuhl neben den Hauptkommissar. Das Doppel konnte beginnen.

»Herr Fender, kennen Sie den Mann?«, begann der Hauptkommissar mit einem Aufschlag, der für sein Gegenüber unmöglich zu lesen gewesen sein konnte. Er zeigte dem Inhaber des ZentralStadions das unscharfe Foto von Norbert Schneider aus der Überwachungskamera von Penny. Vorher hatten Staatsanwalt Dr. Brandt und der Leiter der Ermittlungen sich bei der Erledigung der Formalitäten buchstabengetreu an die Vorgaben der Strafprozessordnung gehalten. Sie wollten ihren Gegnern nicht die geringste Chance geben, entscheidend zu punkten.

»Nein. Kenn ich nicht. Wer soll das sein?«

»Wie erklären Sie sich, dass der Mann Sie offensichtlich kennt?«, wollte Dr. Brandt wissen.

»Keine Ahnung. Ist mir ehrlich gesagt auch egal.«

Stern reichte seinem Gegenüber eine Kopie des Abschnitts aus der Berliner Morgenpost.

»In seiner Jackentasche bewahrte er diesen Zeitungsartikel auf.«

Hartmut Fender warf einen kurzen Blick auf das Foto.

»Vielleicht kannte ihn Bernd. Aber wenn ich mir den Herrn so anschaue, glaube ich das eher nicht.« Seiner Äußerung ließ er ein schiefes Grinsen folgen.

»Herr Fender, was für ein Auto fahren Sie?«

Der Tennistrainer runzelte verdutzt die Stirn.

»Einen Audi. Wieso?«

»Welches Model?«

Für ihre Ermittlungen war das völlig irrelevant. Dr. Brandt hatte nur gefragt, um den Mann zu verwirren.

»Und was für ein Auto fährt Ihr Bruder?«

Stern hatte die Antwort Fenders auf die Nachfrage des Staatsanwalts gar nicht abgewartet. Er wusste selbst nicht so genau, warum er diese Frage gestellt hatte. Sie war mehr oder weniger von selbst aus ihm herausgesprudelt. Interessant, dachte er. Unbedingt merken!

»Warum wollen Sie wissen, welchen Wagen mein Bruder fährt? – Fragen Sie ihn doch selber!«

»Den Wagentyp bitte!«, verlangte der Staatsanwalt.

»VW Touran.«

Der leitende Ermittler zögerte einen Augenblick, bevor er sagte: »Herr Fender, Norbert Schneider, der Mann, den Sie angeblich nicht kennen, hat bei Ihnen auf der Anlage angerufen und wollte Sie erpressen.«

Dies entsprach nicht ganz der Wahrheit, wusste Stern, der die SMS seiner jungen Kollegin bereits gelesen hatte. Aber das konnte der Angesprochene nicht wissen.

»Wie erklären Sie sich das?«, fügte er etwas lauter hinzu.

Christian von Arnim war ein erfahrener Anwalt. Er wollte nicht riskieren, von der Vernehmung ausgeschlossen zu werden, und hatte sich bisher zurückgehalten. Jetzt schien ihm der richtige Zeitpunkt, sich einzuschalten.

»Herr Fender braucht weder sich noch der Polizei etwas zu erklären, was nicht seine Person betrifft. Das müssen Sie schon selbst herausfinden.«

»Gut. Fahren wir fort.« Staatsanwalt Dr. Brandt übernahm.

»Ihr Partner hätte, ein paar Tage nachdem er getötet wurde, einen Termin gehabt. Und zwar bei der Investmentfirma, der das Grundstück gehört, auf dem sich Ihr ZentralStadion befindet.«

Fenders Augen weiteten sich. Etwas übertrieben, wie Stern fand.

»Was?«, fragte der Inhaber des ZentralStadions.

»Wussten Sie das nicht?«

Hartmut Fender schien sprachlos und schüttelte ungläubig den Kopf.

Der Kriminalhauptkommissar griff nach einem Blatt in seinen Unterlagen und legte es so vor sein Gegenüber, dass dieser es lesen konnte.

»Dieses Schreiben haben wir bei Herrn Schöne gefunden. Daraus geht hervor, dass Ihr Geschäftspartner am Mittwoch, den dreiundzwanzigsten März, um 10:30 Uhr verabredet war.«

Stern lehnte sich nach vorne und zeigte auf das genannte Datum.

»Ich kann mir nicht vorstellen, dass er Ihnen nichts davon erzählt hat«, warf Dr. Brandt ein.

Er ließ seine Worte einen Moment wirken.

»Warum haben Sie uns das verschwiegen?«

Von Arnim schaltete sich ein. »Wenn mein Mandant nichts von diesem Termin wusste, kann er ihn Ihnen nicht verschwiegen haben.«

»Was könnte er dort gewollt haben?«

»Sie wissen genau, dass Herr Fender Ihnen diese Frage nicht zu beantworten braucht!«

Christian von Arnim gab sich verärgert.

»Es kann doch hier nicht um Spekulationen meines Mandanten gehen!«

»Wenn Herr Fender uns diese Frage nicht beantworten will, müssen wir uns eben an das Unternehmen wenden. Dort werden wir die Auskunft erhalten. Das dauert nur etwas länger und kostet uns Zeit. Und anschließend werden wir uns hier erneut treffen müssen.«

Stern hob bedauernd die Schultern. Er klappte die Mappe mit seinen Unterlagen zu.

»Haben Sie noch Fragen, Herr Staatsanwalt?«

Der Angesprochene verneinte.

»Dann können wir jetzt also gehen?«, fragte Fender.

»Von unserer Seite aus schon. Wenn Sie keine Fragen mehr haben?«

Der Anwalt antwortete Dr. Brandt nicht, sondern schob seinen Stuhl zurück. Kopfschüttelnd erhob er sich. Hartmut Fender tat es ihm gleich.

»Auf Wiedersehn«, hörten die Beamten Christian von Arnim sagen. Dann schloss sich die Tür hinter den beiden.

*

24 »Letzter Ball!«, rief Hans Stern seiner Tochter auf der gegenüberliegenden Seite des Netzes zu. Es war kurz vor dreizehn Uhr. Die Spieler auf den Nachbarplätzen waren schon dabei, abzuziehen und die Linien zu fegen, und sie mussten auch gleich aufhören. Stern legte immer großen Wert darauf, den Nachfolgern den Platz pünktlich zu überlassen.

»Aber mindestens fünf Ballkontakte«, entgegnete Maischa und spielte ihrem Vater die Filzkugel zu. Kurz darauf gelang es ihr, den Ballwechsel mit einem Winner zu beenden.

»Ja!«, freute sie sich und machte sich auf den Weg zum Netz.

»Ich lade dich auf einen Cappuccino ein, Papa. – Weil du heute so viel rennen musstest.«

Beide mussten lachen. Während sie an einem der Tische Platz nahmen, die in der Sonne lagen, sah Stern Fenders Bruder mit seiner Frau die Anlage betreten. Heute hatten die beiden keine Tennissachen dabei. Vielleicht wollten sie nur das schöne Wetter bei Kaffee und Kuchen auf der Sportanlage von Hartmut Fender genießen und nebenbei den Umsatz des Bruders etwas in die Höhe treiben. Nina Fender, die gerade dabei war, Maischas Bestellung aufzunehmen, begrüßte ihre Verwandten überschwänglich.

»Bleibst du noch hier oder fährst du mit nach Hause?«

Beide hatten ausgetrunken und Maischa hatte mit einem Blick auf ihr Smartphone nach der Uhrzeit geschaut.

»Ich treffe mich gleich mit ein paar Freunden am Lietzensee und später bin ich noch zu einem Geburtstag eingeladen.«

Statt zu antworten, erhob sich Stern von seinem Stuhl. Sie gingen zu ihren Rädern und schoben sie auf die Straße. Kaum waren sie zwanzig Meter Richtung Schaubühne gefahren, als Hans Stern abrupt bremste.

»Fahr schon mal vor. Ich komme gleich nach!«, rief er seiner Tochter, die ein paar Meter vor ihm radelte, zu. Maischa hielt ebenfalls an und blickte zurück zu ihrem Vater.

»Was ist denn? Geht`s dir nicht gut?«

Sie wirkte besorgt. Als sie feststellte, dass mit ihrem Vater alles okay war, flachste sie: »Oder hat dich unser Match konditionell überfordert?«

»Nein, nein. Ich muss nur etwas überprüfen. Ich erzähl`s dir später.«

Er drehte um und fuhr ein paar Meter zurück. Dann hielt er erneut an und zog nachdenklich die Augenbrauen zusammen. Der Wagen, den er beim Vorbeifahren registriert hatte, war nicht weit vom Eingang zum ZentralStadion geparkt worden. Es handelte sich um einen dunkelgrünen Mini Cooper. Er hatte auf beiden Seiten der Motorhaube jeweils von der Scheibe bis zur Stoßstange einen etwa handbreiten schwarzen Streifen auflackiert und ebenso schwarz lackierte Seitenspiegel. Außerdem war das Fahrzeug ein Cabriolet. Genauso sah das Auto auf den Fotos aus, die die Kollegen von der Kriminaltechnik ihnen zugeschickt hatten, nachdem sie viel Zeit und Knowhow in die Bearbeitung der Aufnahmen der Überwachungskamera gesteckt hatten. Wenn wir Glück haben, ist das der Wagen, den wir suchen, dachte Stern. Er spürte, wie sein Herz bei diesem Gedanken schneller zu schlagen begann. Er griff in seine Jackentasche, holte sein Notizbuch und einen Kugelschreiber heraus und notierte sich das Kennzeichen des Fahrzeugs. Seine Kollegin Gold würde sich wieder amüsieren, wenn er ihr am Montag das Autokennzeichen vorlesen würde, anstatt ihr ein Foto des Nummernschildes auf dem Smartphone zu zeigen. Zufrieden steckte er Notizbuch und Kuli weg. Zur Sicherheit machte er aber doch noch zwei Fotos des Fahrzeugs. Er hatte ein gutes Gefühl. Diesmal würde es keine Enttäuschung geben, war er sich sicher, als er sich auf den Weg nach Hause machte.

*

Hans Stern schaltete den Fernseher aus. Die Sportschau war zu Ende, aber die letzten Spiele hatte er sowieso nicht mehr konzentriert verfolgt. Immer wieder war er mit seinen Gedanken abgeschweift zu ihrem Fall und zu dem Fahrzeug, das er heute in der Cicerostraße gesehen hatte und das sie schon so lange suchten. Schon wieder waren sie ganz in der Nähe des ZentralStadions auf eine Spur gestoßen, war ihm bewusst geworden. Was hatte das zu bedeuten? Die Suche nach einer Antwort auf diese Frage ließ ihn nicht mehr los. Fenders Bruder fiel ihm ein. Kaum hatte er in dieser Woche ein Telefonat geführt, in dem es letztendlich auch um ihn ging, traf er ihn heute persönlich. Und wo? – Im ZentralStadion.

Oder war doch alles nur Zufall? Gehörte der flaschengrüne Mini Cooper einem Anwohner oder einer Anwohnerin aus der Cicerostraße? Hatte der Besitzer des Wagens bei der Parkplatznot, die in der Innenstadt in den letzten Jahren stetig zugenommen hatte, in der fraglichen Nacht lediglich keinen Parkplatz in der Nähe seiner Wohnung gefunden? Hatte er eine Runde um den Block gedreht und schließlich in der Albrecht-Achilles-Straße nur zufällig schräg gegenüber dem Tatort geparkt? Stern glaubte es nicht. Dagegen sprachen auch die Zeugenaussagen des Ehepaares, fiel ihm ein, und die Aufnahmen der Überwachungskamera. Jemand war mit dem Wagen kurz nach der infrage kommenden Tatzeit weggefahren.

Egal. Heute würde er sowieso keine Antworten auf seine Fragen erhalten. Außerdem hatte er frei. Es war Wochenende. Er stand auf und ging zum Gitarrenständer. Zehn Songs konnte er inzwischen spielen. Das würde ihn auf andere Gedanken bringen. Jetzt musste er nur noch sein Stimmgerät finden.

*

25 Auf dem Parkplatz standen nur vereinzelte Autos, als Hans Stern den Motor abschaltete und seinen Wagen verließ. Es hatte wie angekündigt angefangen zu nieseln und er eilte auf den Eingang des Dienstgebäudes zu. Zu seinem Erstaunen stand Kollegin Gold bereits unter dem kleinen Vordach der Eingangstür, rauchend und um diese Zeit schon lebhaft telefonierend.

»Ich hab ihn kaum wiedererkannt! Krass!«, verstand Stern beim Näherkommen. »Sieht richtig gut aus jetzt, ohne Bart. Mindestens fünf Jahre jünger!«

Die junge Kollegin geriet richtig ins Schwärmen. Stern nickte ihr im Vorbeigehen zu und öffnete die schwere Eingangstür. Verlegen, bei ihrem Privatgespräch und beim Rauchen beobachtet worden zu sein, grüßte die Kommissarin ihren Chef.

»Guten Morgen. Ich komme gleich hoch.«

»Lassen Sie sich ruhig Zeit. Es ist erst halb acht.«

Eine halbe Stunde später klopfte der Leiter der Ermittlungen kurz an die Tür des Büros, das sich Gold und Berg teilten, und trat ein.

»Frau Gold, ich habe einen Auftrag für Sie.«

Gold und Berg schauten neugierig zu ihrem Chef.

»Ich habe am Samstag auf dem Heimweg vom Tennisplatz in der Cicerostraße ein Fahrzeug gesehen,

261

bei dem es sich um den gesuchten Mini Cooper aus der Tatnacht handeln könnte. Ich möchte, dass Sie mir umgehend den Halter des Fahrzeugs ermitteln!«

Dann reichte er ihr den Notizzettel mit dem Kennzeichen des Autos.

»Es gibt auch Fotos von dem Fahrzeug. Die zeig ich Ihnen später. Ich hab jetzt einen Termin beim Staatsanwalt. Legen Sie mir das Ergebnis auf meinen Schreibtisch!«

*

»Du wirst staunen«, empfing Grüber den Leiter der Ermittlungen eine halbe Stunde später, »wenn du erfährst, wem der Wagen gehört.«

Er hielt Stern das Blatt mit den Personalien des Fahrzeughalters hin.

»Waltraud Rosen-Fender? – Wer ist das?«, fragte dieser erstaunt.

»Fenders Schwägerin.«

»Die Frau von seinem Bruder?« Stern war verblüfft.

»Die beiden waren am Samstag auf der Tennisanlage, sie und ihr Mann. Ich hab sie dort gesehen.«

Er hielt kurz inne. Dann sprudelte aus ihm heraus: »Ralph, ich glaube wir haben was. Komm mal mit!«

Erstaunt folgte Grüber seinem Kollegen auf den Flur.

»Sag Gold, Berg und Watzke Bescheid, sie sollen umgehend kommen!«

262

Mit diesen Worten steuerte der Kriminalhauptkommissar die Tür des Besprechungsraumes an.

Als seine Kollegen sich eingefunden und eilig Platz genommen hatten, begann ihr Chef.

»Kollegin Gold, Sie haben vorhin am Handy darüber gesprochen, dass sich jemand den Bart abgenommen hat. Stimmt`s? Danach sah er völlig verändert und mindestens fünf Jahre jünger aus.«

Marieluise Gold staunte.

Den Blicken der Kollegen nach zu deuten, verstand niemand, worauf er hinauswollte, registrierte Stern und sprach weiter.

»Was hat das mit unserem Fall zu tun?«

Er ließ seine Mitarbeiter einen Moment rätseln.

»Nichts!«

»Tss«, machte Watzke.

»Und dennoch war es ausschlaggebend für meine Überlegungen. – In unserem Fall war es nämlich möglicherweise genau umgekehrt!«

Die Verblüffung der Kollegen wuchs.

»Ich habe Ihnen erzählt, dass ich bei einem meiner Besuche im ZentralStadion Fenders Bruder gesehen habe, Marcus Fender, und dass die beiden Brüder sich sehr ähnlich sehen. Nicht nur ihre Gesichtszüge sind fast gleich, sondern sie sind auch beide fast zwei Meter groß. Unterscheiden konnte ich sie dann in erster Linie dadurch, dass Marcus Fender einen grauen Bart trug und sein Bruder nicht. Was ist, wenn….«

Grüber begriff als erster, worauf ihr Chef hinauswollte, und unterbrach ihn.

»Du glaubst, Fenders Bruder könnte zum Zeitpunkt der Tat noch gar keinen Bart gehabt haben?«

»Und Schneider, der die Tat beobachtet hat, hat ihn verwechselt«, schaltete sich Marieluise Gold ein. »Als er das Foto von Hartmut Fender und Bernd Schöne in der Morgenpost gesehen hat, glaubte er, den Mörder wiederzuerkennen. – Und dann versuchte er, den Inhaber des ZentralStadions zu erpressen.«

Stern nickte zustimmend, die anderen drei Kollegen ebenfalls.

»Seit heute Morgen wissen wir, dass der dunkle Mini Cooper, der zur Tatzeit in der Nähe des Tatortes parkte, der Frau von Marcus Fender gehört. Waltraud Rosen-Fender«, sagte er zu Watzke gewandt. »Das heißt, Marcus Fender könnte mit dem Wagen seiner Frau in die Albrecht-Achilles-Straße gefahren sein und dort Schöne umgebracht haben.«

»Dabei wurde er von Schneider beobachtet. Anschließend ist er mit ihrem Auto geflohen. Dabei wurde er ebenfalls von Zeugen gesehen«, war Kommissar Berg überzeugt.

Der Leiter der Ermittlungen hatte Bergs Ergänzungen nichts hinzuzufügen. Watzke meldete sich zu Wort.

»Das heißt, vieles spricht dafür, dass Fenders Bruder unser Täter ist und nicht Norbert Schneider, wovon wir bisher ausgegangen sind.«

Wovon du die ganze Zeit ausgegangen bist, dachte Stern verärgert, sagte es aber nicht.

»Die Frage ist, was hätte er für ein Motiv haben sollen?«

»Vielleicht Eifersucht«, grinste Grüber und sah Stern an.

Dieser ließ sich nicht provozieren.

»Das werden wir spätestens wissen, wenn wir ihn verhört haben.«

Dabei werden wir keine Zeit verlieren, beschloss Kriminalhauptkommissar Stern.

*

Obwohl bereits kurz nach zwanzig Uhr, war es wegen der Umstellung auf die Sommerzeit noch nicht dunkel. Der Leiter der Ermittlungen trat aus dem Dienstgebäude. Wie heute früh standen nur ein paar einzelne Autos auf dem Parkplatz. Während des kurzen Ganges zu seinem Wagen merkte Hans Stern, wie die Anspannung des zurückliegenden Arbeitstages langsam von ihm abfiel und einem Gefühl der Zufriedenheit wich. Er stieg in sein Auto, startete den Motor und machte sich auf den Heimweg. Sein Team hatte gute Arbeit geleistet heute. Fender saß in Gewahrsam, morgen würde in Anwesenheit seines Anwalts das Verhör beginnen. In Anbetracht der erdrückenden Indizien würde es ihnen gelingen können, ein Geständnis zu bekommen; dessen war sich der Kriminalhauptkommissar sicher. Er dachte an den Verlauf des vergangenen Arbeitstages zurück.

»Watzke, Sie finden heraus, wo Marcus Fender heute zu erreichen ist! Ralph, wir beide fahren zu ihm und vernehmen ihn. Und Sie, Kollege Berg und Sie, Frau Gold, gehen unsere bisherigen Unterlagen noch einmal durch und legen Ihr Hauptaugenmerk darauf, weitere Indizien zu finden, die für die Täterschaft von Marcus Fender sprechen. Für ihn haben wir uns bisher noch gar nicht interessiert.«

Im weiteren Verlauf des Tages hatten sie Glück gehabt. Sie hatten Marcus Fender sofort telefonisch erreicht und ihr Kommen angekündigt. Auf sein Bitten hin hatten sie zugestimmt, ihn nicht in seiner Firma aufzusuchen, sondern als Treffpunkt ein Café auf dem Kaiserdamm, das Stern kannte, akzeptiert. Dort war der Mann zwar pünktlich, aber sichtlich verärgert erschienen.

»Hätte der Termin nicht auch bis nach Feierabend Zeit gehabt? Ich musste ein Kundengespräch absagen.«

Nachdem er erfahren hatte, dass er unter dringendem Tatverdacht stand, wich die Farbe aus seinem Gesicht. Er brachte kein Wort heraus. Diese Reaktion von Tatverdächtigen war den beiden LKA-Beamten nicht neu. Ein kurzer Blick genügte ihnen zur Verständigung. Sie ließen dem Mann genügend Zeit, sich zu sammeln. Im Gegensatz zu seinem Bruder war er schließlich bereit gewesen, auch ohne Anwalt alle ihre Fragen zu beantworten. Und das war auch gut so, dachte Stern und lächelte zufrieden. Er war sicher, dass sie den Mann, der Bernd Schöne erschossen hatte, gefunden hatten.

Ein lautes Hupen riss Hans Stern in die Gegenwart zurück. Die Ampel an der Kreuzung Savignyplatz war auf Grün gesprungen. Ungeduldig drückte die Autofahrerin in dem schwarzen Jeep hinter ihm erneut auf die Hupe.

»Du hast Feierabend, Hans Stern«, murmelte er. »Lass dir jetzt keinen Stress machen!«

In Ruhe schaltete er das Radio ein, drehte die Lautstärke voll auf und wartete, bis die Ampel auf Gelb sprang. Dann gab er Gas.

»Du bist so wunderbar Berlin!«, dröhnte es aus den Lautsprechern. Dem gab es nichts hinzuzufügen.

*

26 Fender sah übernächtigt aus. Seine Gesichtshaut war fahl, was durch das Neonlicht im Verhörraum noch betont wurde. Der Leiter der Ermittlungen und sein Kollege Grüber befanden sich bereits auf ihren Plätzen und sahen schweigend zu, wie der Tatverdächtige hineingeführt wurde. Die Kleidung des Mannes war nach der Nacht in der Zelle zerknittert und roch leicht nach altem Schweiß. Auf Kopfhaut und Gesicht glitzerten die ersten Stoppeln. Sein Gesichtsausdruck war nicht zu deuten. Der Gegner soll nicht erkennen, was in mir vorgeht, dachte Stern bei sich, wie auf dem Tennisplatz.

»Setzen Sie sich«, sagte der Beamte und deutete mit dem Kopf auf einen der beiden Stühle auf der gegenüberliegenden Seite des Tisches.

»Ihr Anwalt hat gerade angerufen. Er wird etwas später kommen. Er steht noch im Stau in der Kantstraße.«

Grüber musste grinsen. Besser konnte das Verhör nicht beginnen.

»Aber wenn Sie nichts dagegen haben, fangen wir schon mal ohne Ihren Anwalt an, Herr Fender.«

Der Angesprochene schwieg, schüttelte aber den Kopf. Sein Blick war verächtlich auf die beiden Beamten gerichtet. Wie auf Kommando erhoben sich Stern und Grüber und gingen schweigend auf die Tür zu. Im selben Moment klopfte von draußen jemand und Christian von Arnim betrat den Raum.

»Guten Morgen«, begrüßte er die Anwesenden, »entschuldigen Sie bitte die Verspätung.«

Er setzte sich neben seinen Mandanten.

»Sorry, auf der Kantstraße gab es einen Unfall«, wandte er sich an Hartmut Fender. Dann blickte er die beiden Ermittler abwartend an.

Grüber schaltete Kamera und Aufnahmegerät an. Nachdem die Formalitäten erledigt waren, begann der Leiter der Ermittlungen.

»Herr Fender, wo waren Sie am Abend des sechzehnten März in der Zeit zwischen zweiundzwanzig Uhr und ein Uhr morgens des folgenden Tages?«

»Die Frage hat Ihnen mein Mandant schon mehrfach beantwortet.«

»Wollen Sie mich auf den Arm nehmen?«, fügte Hartmut Fender gereizt hinzu.

»Aber Ihre bisherigen Angaben sind falsch. Wir haben das noch mal überprüft.« Stern sprach betont ruhig. »Wir haben bei dem Radiosender angerufen. Das Ticket für das Konzert im Quasimodo ging an Marcus Fender, Ihren Bruder.«

»Na und? Marcus konnte nicht. Da bin ich an seiner Stelle hingegangen. Hat doch keiner gemerkt.«

»Auch das stimmt nicht. Wir haben mit Ihrem Bruder gesprochen. Er war an dem Abend im Quasimodo, nicht Sie, wie Sie behaupten. Ihr Bruder trug zu diesem Zeitpunkt keinen Bart. Das wussten Sie. Sie wissen auch, dass Sie beide sich zum Verwechseln ähnlich sehen. Deshalb haben Sie damit gerechnet, dass Ihr Versuch, sich auf diese Weise ein Alibi zu verschaffen, gelingen könnte. Fast wären wir auch darauf hereingefallen.«

Hartmut Fender verschränkte die Arme vor der Brust und schwieg. Kriminaloberkommissar Grüber ließ sich nicht beirren und übernahm.

»Herr Fender, was für ein Auto fährt Ihre Schwägerin?«

Die Verblüffung war Fender anzusehen.

»Welche?«, fragte er, um Zeit zu gewinnen.

»Die Frau Ihres Bruders Marcus.«

»Einen Mini Cooper. – Warum?«

»Das Fahrzeug wird gerade auf Fingerabdrücke untersucht«, antwortete der Kriminaloberkommissar, obwohl die Untersuchung noch gar nicht veranlasst war.

»Natürlich sind in dem Wagen meine Fingerabdrücke. Na und? Ich bin doch neulich damit gefahren. Mein Bruder war in Eile, als er mir das Auto gebracht hat. Er hatte im Halteverbot geparkt.«

Jetzt hast du einen Fehler gemacht, dachte Grüber sofort, sagte es aber nicht.

Christian von Arnim hatte ebenfalls kurz gezuckt und legte seinem Mandanten beruhigend die Hand auf den Unterarm.

»Wann war das?«, fragte Stern schnell.

Aber Hartmut Fender hatte das Zeichen seines Anwalts verstanden.

»Ich sag jetzt gar nichts mehr.«

An seiner Stelle antwortete Grüber.

»Ihr Bruder hat Ihnen das Fahrzeug am sechzehnten März gebracht und am darauffolgenden Tag hat Ihre Frau es etwa um elf Uhr in der Werkstatt abgegeben. Wir haben dort angerufen. Und in der Nacht zwischen dem sechzehnten und dem siebzehnten März stand der Wagen in der Albrecht-Achilles-Straße. Genau zu dem Zeitpunkt, zu dem Ihr Geschäftspartner Bernd Schöne dort erschossen wurde!«

Von Arnim schaltete sich ein. »Daraus können Sie doch nicht den Schluss ziehen, dass Herr Schöne von meinem Mandanten umgebracht wurde! Das wissen Sie doch selbst. Und so lange Sie keine Beweise haben – und die gibt es nicht, weil Herr Fender unschuldig ist, – bestehe ich darauf, dass mein Mandant nicht länger hier festgehalten wird!«

»Das wird der Haftrichter entscheiden«, entgegnete Stern leidenschaftslos. Er packte seine Unterlagen zusammen, stand auf und verließ ohne Gruß den Raum. Sein Kollege Grüber wusste Bescheid, was jetzt zu tun war.

Der Leiter der Ermittlungen musste für einen Augenblick zur Ruhe kommen. Er trat an den Kaffeeautomaten und bereitete sich einen Milchkaffee zu. Mit den Informationen, die sie von Marcus Fender erhalten hatten, hatten sie ein gutes Blatt auf der Hand. Allerdings spielten sie ohne `Drei`. Sie hatten kein Geständnis. Das würden sie, dem bisherigen Verlauf der Vernehmung nach zu urteilen, von Hartmut Fender auch so schnell nicht bekommen. Zumindest nicht, solange er unter dem Einfluss seines Anwalts stand. Sie hatten die Tatwaffe noch nicht gefunden und sie hatten bis jetzt noch kein Motiv. Aber sie hatten auch ein paar hohe Karten. Marcus Fender hatte seinem Bruder das Auto gebracht, weil die Hauptuntersuchung des TÜV überfällig war und er selbst am nächsten Tag mit seiner Frau nach Mallorca geflogen ist. Weil er ihm den einzigen noch vorhandenen Wagenschlüssel dagelassen hatte, konnte nur sein Bruder mit dem Wagen in der Tatnacht in die Albrecht-Achilles-Straße gefahren sein. Dort musste er Bernd Schöne erschossen haben. Dabei war er von Norbert Schneider beobachtet worden. Kurze Zeit später hatte Schneider seinen Erpressungsversuch gestartet. Schade, dass ihr einziger Tatzeuge tot war. Aber es gab ja noch die beiden Zeugen, die gesehen hatten, wie der dunkle Mini Cooper sich nachts vom Tatort entfernte. Ihr Trumpf-Ass war jedoch die Tatsache, dass es ihnen gelungen war, Hartmut Fender der Lüge zu überführen und sein Alibi zu widerlegen. Das muss fürs erste reichen, dachte Stern. Vielleicht finden wir noch einen oder zwei Buben im Stock, hoffte er. Die gestrige Befragung von Fenders Bruder hatte sie auf jeden Fall ein ganzes Stück weitergebracht. Als dieser plötzlich begriffen hatte, dass mit seinen Angaben der Hauptverdacht auf seinen Bruder gefallen war, hatte er fast die gleiche Reaktion gezeigt wie zu Beginn ihrer Befragung ein paar Minuten zuvor. Alle Farbe wich aus seinem Gesicht und es verschlug ihm die Sprache. Grüber hatte sofort reagiert. Er verließ das Café, rief umgehend Watzke an und beauftragte ihn, die sofortige Festnahme Hartmut Fenders zu veranlassen, bevor sein Bruder ihn über die neueste Entwicklung informieren konnte. Als Watzke ihnen eine halbe Stunde später Vollzug meldete, konnten sie Marcus Fender endlich entlassen.

Der leitende Ermittler erschrak, als jemand anklopfte und die Tür zu seinem Büro vehement geöffnet wurde. Marieluise Gold war sichtlich aufgeregt. Stern bat sie Platz zu nehmen.

»Herr Stern«, sprudelte sie los, »ich glaub, wir sind bald am Ziel.«

Ihr Vorgesetzter machte große Augen.

»Sie haben mich und den Kollegen Berg doch damit beauftragt, alle unsere Unterlagen noch einmal genau durchzugehen. Dabei ist mir auch, eher zufällig, der Brief der Grundstückseigner an Bernd Schöne in die Hände gefallen.«

Stern verstand nicht auf Anhieb.

»Das Schreiben von der Investorengruppe, der das Grundstück in der Cicerostraße gehört. Die Nachbarin hatte es in ihrer Wohnung liegen.«

»Ach so! Ja.«

»Und plötzlich ist mir aufgefallen, dass der Unterzeichner des Schreibens denselben Namen trägt, wie die Person, von der Sie erzählt haben.«

Wieder musste Stern verständnislos dreingeschaut haben, denn die Kommissarin fügte hinzu: »Auf deren Namen die Zimmer im Schlosshotel Fürstlich Drehna Anfang des Jahres gebucht worden waren.«

Scheiße! Warum ist mir das nicht aufgefallen. Nur mit größter Mühe gelang es ihm, den Ärger, der sich urplötzlich in ihm ausbreitete, zu kontrollieren. Was ist nur mit mir los in letzter Zeit?

»Sehr gut!«, sagte er zu seiner jungen Mitarbeiterin. »Haben Sie schon etwas unternommen?«

»Ja. Heute Morgen hab ich den Mann endlich erreicht.«

Sie machte absichtlich eine kleine Pause und fixierte die Augen ihres Vorgesetzten.

»Und jetzt halten Sie sich fest! Wissen Sie, was die beiden Männer in Drehna gemacht haben? Die sind kein schwules Paar, wie Grüber vermutet hat. Die haben in dem Hotel zweimal verhandelt wegen der Auflösung des Pachtvertrages. Und Bernd Schöne konnte wohl letztlich überzeugt werden. Er wollte das Angebot der Investment Group annehmen und aus dem Vertrag aussteigen. – Gegen eine satte Abfindung natürlich. Was sagen Sie jetzt?«

Der Hauptkommissar war völlig überrascht.

»Und was hat Fender dazu gesagt?«

»Das habe ich auch sofort gefragt. Aber dazu wollte sich der Mitarbeiter nicht äußern.«

So lief das also, dachte Stern. Kein Wunder, dass in Zusammenhang mit der Entwicklung des Berliner Wohnungsmarktes immer häufiger der Begriff Immobilienhaie verwendet wurde. Die Investmentgruppe hatte das Grundstück hinter der Schaubühne vom Senat für vierhundertfünfunddreißigtausend Euro gekauft, war damals zu lesen gewesen. Bei einem Areal von sechstausend Quadratmetern – so groß war die Fläche, erinnerte sich Stern – waren das etwas mehr als lächerliche siebzig Euro pro Quadratmeter. Nicht zu glauben, wenn man wusste, dass sich die Grundstückspreise in Berlin inzwischen bis auf siebenhundert Euro pro Quadratmeter beliefen. Und das war nur ein Durchschnittswert. Bei der exklusiven Lage gleich hinter der Schaubühne in unmittelbarer

Nachbarschaft des Ku´damms ließen sich für das Areal sicher Höchstpreise erzielen. Der Investor brauchte nach seinem Kauf nur ein wenig Geduld. Um auch in der Zeit, die er darauf warten musste, bis man auf dem Gelände luxuriös bauen durfte, Gewinne zu erzielen, verpachtete die Investmentgruppe die marode Tennisanlage an Hartmut Fender und seinen Compagnon. Und jetzt stand die Baugenehmigung, wie man hörte, wohl kurz bevor. Sebastian hatte kürzlich offenbar recht gehabt. Und deshalb sollten die Pächter einfach wieder von dem wertvollen Gelände vertrieben werden. Wahrscheinlich gegen eine lächerlich geringe Abfindung. Damit wurden mindestens zwei neue berufliche Existenzen sofort wieder zerstört. Aber das interessierte niemanden. Die Aussicht auf Millionengewinne beim Weiterverkauf der Grundstücke oder später beim Verkauf der geplanten Luxusvillen mitten in der alten City-West rückte alles andere in den Hintergrund.

Auch in seinem Kiez rund um den Lietzensee waren in letzter Zeit einige Häuser von Investoren gekauft worden. Nach erfolgter Luxussanierung wurden die Mietwohnungen in Eigentumswohnungen umgewandelt und anschließend weiterveräußert. Dabei wurden Quadratmeterpreise von fünftausend Euro an aufwärts aufgerufen. Für Normalverdiener wie ihn unbezahlbar.

Stern hörte, wie seine junge Kollegin ihre Frage wiederholte.

»Ich bin sprachlos. Ich dachte, Fender und Schöne hätten einen langfristigen Pachtvertrag für das Gelände abgeschlossen.«

»Haben Sie auch. Ich hab mir ihren Vertrag zusammen mit dem Kollegen Berg noch einmal genau angeschaut. Ganz schön kompliziert. Es gibt darin einige Klauseln. Und eine davon besagt, dass der Vertrag nur dann vorzeitig aufgelöst werden kann, wenn mindestens zwei Parteien der Auflösung zustimmen.«

»Klingt wie eine Absicherung für Fender und Schöne«, bemerkte Stern.

»So war es auch sicher gedacht. Allerdings haben die Grundstückseigentümer diesen Passus dann mit Hilfe von Schöne ins Gegenteil gekehrt.«

»Und Fender hat vorgegeben, von den Verhandlungen nichts gewusst zu haben«, sagte Stern. »Glauben Sie das?«

Die junge Kommissarin schüttelte den Kopf. Der Leiter der Ermittlungen trat auf Marieluise Gold zu und gratulierte ihr.

»Respekt, Kollegin. Sehr gute Arbeit.« Er lachte freundlich. »Wenn Sie so weitermachen, werden Sie noch Polizeipräsident.«

»Polizeipräsidentin!«, korrigierte sie ihn leicht verunsichert.

Ein Bube im Stock, dachte Stern, während seine Kollegin an ihren Schreibtisch zurückkehrte. Wenn das nicht sogar der Pik Bube war. Sie könnten das Motiv gefunden haben. Er musste sofort den Staatsanwalt informieren.

*

Maischa musste laut lachen, als Stern ihr am Abend von dem Gespräch mit seiner jungen Kollegin erzählte. Sie standen in ihrer Küche und bereiteten das Abendessen zu. Seine Tochter hatte Rotbarsch, Blattsalat und, bei einem Weinhändler in der Westfälischen Straße, original französisches Baguette und eine Flasche Weißwein besorgt.

»Das war richtig. – Eigentlich hab ich gedacht, dass du den Unterschied zwischen einem Polizeipräsidenten und einer Polizeipräsidentin kennst«, musste Hans Stern sich von seiner Tochter anhören.

Ihr Vater runzelte schuldbewusst die Stirn.

»Dann habt ihr den Fall also gelöst?«

Hans Stern nickte und spürte immer noch die Erleichterung.

»Sieht der Staatsanwalt das auch so?«

»Ja, natürlich. Die Staatsanwaltschaft wird Anklage erheben und wir sind uns alle sicher, dass es zu einer Verurteilung kommt. – Wir haben doch sogar die Tatwaffe bei Fender gefunden.«

»Bei Fender? Wie dumm ist das denn?«

»Ich weiß es auch nicht. Manchmal machen die Leute wirklich die idiotischsten Fehler. – Zum Glück für uns«, fügte Stern hinzu.

»Und wo lag die Waffe?«

»Auf der Anlage. Nicht zu glauben. Kannst du dich erinnern? Direkt neben dem Eingang steht links ein alter kleiner Schuppen. Der stammt noch von den Vorpächtern. Kürzlich hat der Platzwart den erst neu gestrichen, als ich dort war. In diesem Schuppen hatte Fender die Waffe versteckt. In einem kleinen Kasten aus Stahl mit Vorhängeschloss. Ttt. Und dann behauptet er, die Waffe noch nie gesehen zu haben, und war sich sicher, dass wir an der Waffe keine Fingerabdrücke von ihm finden würden.«

»Und, habt ihr?«

»Auf den ersten Blick schien die Waffe sehr sorgfältig abgewischt worden zu sein. Aber die kriminaltechnische Untersuchung ist noch nicht abgeschlossen.«

»Wie wollt ihr ihm denn beweisen, dass es seine Waffe ist?«

»Wir haben die Schlüssel für den Schuppen und für das Vorhängeschloss, das an dem Stahlbehälter befestigt war, in seinem Schreibtisch gefunden. Auf der kleinen Pappschachtel, in der er sie aufbewahrte, befanden sich seine Fingerabdrücke.«

»Ich glaube, wir können essen«, verkündete Maischa, »der Fisch müsste jetzt fertig sein.«

»Sehr gut«, freute sich ihr Vater und füllte ihre Gläser mit dem kühlen Wein. »Ich hab einen Riesenhunger. – Auf uns«, fügte er hinzu und hob sein Glas, um mit seiner Tochter anzustoßen.

*

27   Marieluise Gold saß alleine in ihrem Büro und schaute konzentriert auf den Bildschirm ihres Rechners. Berg hatte sich heute frei genommen. Die Kommissarin wollte die Zeit dazu nutzen, in aller Ruhe nach weiteren Indizien zu suchen, die für die Schuld ihres Tatverdächtigen sprachen. Die Überwachungsvideos aus dem Supermarkt waren ihr wieder eingefallen. Als sie diese angeschaut hatten, waren sie auf der Suche nach Sequenzen gewesen, auf denen ein Obdachloser zu sehen war, der sich in der Nähe des Tatortes aufgehalten haben musste. Alles andere hatten sie dabei fast außer Acht gelassen. Vielleicht war Hartmut Fender ebenfalls am Tatabend noch schnell in dem Markt gewesen. Schon mehrfach hatte die Kommissarin die Aufnahmen angehalten, eine Person herangezoomt, zurück- und dann wieder vorgespult. Aber bisher war keiner der männlichen Kunden, die sie sich genauer angeschaut hatte, Hartmut Fender gewesen. Jetzt näherte sich wieder eine große Gestalt dem Kassenbereich und blieb neben der Ablage mit den Zigaretten stehen. Der Mann trug Sportkleidung und hatte sich die Kapuze seines Pullis über seinen Kopf gezogen. Das könnte er sein. Er wollte offensichtlich von niemandem erkannt werden und hatte sich gut getarnt. Die Zeitangabe blieb auf zweiundzwanzig Uhr fünfzehn stehen, als Gold die

Aufnahme anhielt. Könnte passen, dachte sie. Sie musste den Ausschnitt vergrößern, um sein Gesicht zu erkennen.

»Schade!«, entfuhr es ihr Sekunden später. Das konnte nicht Fender sein. Rechts und links vom Kinn ragten lange blonde Haare aus der Kapuze. Dann zuckte die Kommissarin. Sie hatte noch etwas entdeckt. Auf der linken Seite der Sportjacke, die die Person trug, eine Handbreit unter dem Kragen, befand sich ein Sticker. Und auf diesem Sticker war ein Signet zu erkennen. ZS, genau wie auf den Flyern, die sie in Schönes Auto gefunden hatten. ZS stand für ZentralStadion. Das musste etwas zu bedeuten haben, war sie sich sicher. Ihr Herz begann schneller zu klopfen. Bei einem erneuten Blick auf die Aufnahme fiel es ihr wie Schuppen von den Augen. Davon musste sie sofort ihrem Chef berichten.

»Wissen Sie, wer das ist?«

Aufgeregt zeigte die Kommissarin auf die vergrößerte Aufnahme auf ihrem Monitor.

»Nein, wer soll das sein?«

Der leitende Ermittler, der seiner nervösen jungen Kollegin in ihr Büro gefolgt war, erkannte die Person nicht.

»Schauen Sie mal hier, der Sticker! – ZS ist das Emblem des ZentralStadions!«

»Na und? Wir haben den Fall gelöst und die Staatsanwaltschaft erhebt Anklage. Basta!«

Stern ertappte sich dabei, dass er sich anhörte wie Watzke kürzlich.

»Das ist Nina Fender! Nicht lange, bevor Bernd Schöne in unmittelbarer Nähe des Supermarktes erschossen wurde.«

Kommissarin Gold blieb beharrlich. Sie ließ sich von ihrem Vorgesetzten nicht einschüchtern.

»Vielleicht hat sie auf der Sportanlage gearbeitet und wollte anschließend nur noch schnell etwas zu essen einkaufen für sich und ihre Kinder. Der Supermarkt befindet sich doch nur einen Steinwurf vom ZentralStadion entfernt.«

»Abends um zweiundzwanzig Uhr fünfzehn?«, fragte die Kommissarin ungläubig.

»Warum nicht? Die meisten anderen Märkte sind um diese Zeit bereits geschlossen.«

»Aber sie hat uns gesagt, sie sei an dem Abend beim Yoga gewesen«, insistierte Gold.

Ihr Chef stutzte. »Haben wir ihr Alibi nicht überprüft?«

»Doch! Aber nur telefonisch«, gab die Kommissarin kleinlaut zu. »Die Sekretärin der Yoga-Schule hat auf der Anwesenheitsliste für den sechszehnten März nachgeschaut und mir bestätigt, dass Nina Fender auf dieser Liste eingetragen war.«

»Dann hat Frau Fender uns also belogen?«

Stern dachte kurz nach. Dafür musste es einen Grund geben, waren sich die beiden LKA-Beamten einig. Der Kriminalhauptkommissar blickte auf seine Uhr.

»Um diese Zeit könnte sie im ZentralStadion sein. Die Kinder sind in der Schule und Pawel Greskowiak kann dort nicht alles alleine machen.«

»Am besten fahren wir gleich hin«, schlug Kommissarin Gold vor.

»Okay. Sie kommen mit! Ich sag nur Grüber kurz Bescheid.«

»Ich hab mir überlegt«, begann Gold, als sie im Wagen saßen und in Richtung Olivaer Platz fuhren, »alle unsere Indizien, die für die Schuld von Hartmut Fender sprechen, könnten auch auf seine Frau angewandt werden. Sogar das Motiv.«

Gold blickte ihren Chef auf dem Fahrersitz direkt an.

»Sie muss Zugang zu den Wagenschlüsseln für den Mini Cooper gehabt haben, denn sie hat ihn am nächsten Tag zur Werkstatt gebracht. Also kann sie auch mit dem Auto in die Albrecht-Achilles-Straße gefahren sein. Sie hat gelogen, was das Alibi anbetrifft, genau wie ihr Mann. Und sie könnte die Waffe im Schuppen versteckt haben. Die Schlüssel befanden sich im Schreibtisch ihres Mannes im Büro.«

Der Hauptkommissar nickte.

»Und der Schlüssel für das Vorhängeschloss an der Stahlkassette hat ebenfalls dort gelegen«, ergänzte er.

»Und jetzt haben wir sogar einen Beweis dafür, dass sich die Frau nicht lange, bevor Schöne erschossen wurde, in der Nähe des Tatortes befand.«

»Vorsicht«, warnte Stern seine Kollegin. »In der Nähe des Tatortes befanden sich zu diesem Zeitpunkt einige Personen, wie das Video beweist. Das besagt noch gar nichts. Und so gestochen scharf sind die

Bilder der Überwachungskamera nun auch wieder nicht.«

»Wir werden sehen.« Gold blieb zuversichtlich.

Stern runzelte nachdenklich seine Stirn.

»Und dann gibt es da noch eine Sache, die mich irritiert.«

Neugierig blickte Marieluise Gold zu ihrem Chef.

»Wir haben bisher angenommen, Norbert Schneider hätte Hartmut Fender erpresst.«

Unbewusst nickte die Kommissarin mit dem Kopf.

»Das würde doch überhaupt keinen Sinn machen, wenn er beobachtet hätte, wie Fenders Frau Bernd Schöne erschossen hat.«

»Vielleicht hat Nina Fender die Unwahrheit gesagt und der Anruf galt ihr«, entgegnete Gold.

Der Hauptkommissar hob kaum merklich seine Schultern. Er wirkte weiterhin skeptisch.

»Hhmm. Wir werden sehen.«

Nachdenklich schweigend setzten die beiden LKA-Beamten ihre Fahrt fort.

Die Sonne schien, als Kriminalhauptkommissar Stern und seine Kollegin ihren Dienstwagen verließen. Sie hatten einen Parkplatz in der benachbarten Nestorstraße gefunden. Zügig gingen sie durch den kleinen Park am Hochmeisterplatz auf den Eingang des nahegelegenen ZentralStadions zu. Kurz darauf konnten sie Nina Fender sehen. Sie brachte Getränke zu zwei Männern, die offensichtlich schon Tennis gespielt hatten. Bei diesem Wetter war die Sportanlage sehr gut besucht. Alle vier Tennisfelder waren belegt, eine Schulklasse lärmte auf der Minigolf-Anlage. Wandertag, dachte Stern. Auf einem der beiden Beachvolleyball-Felder trainierte ein Frauenteam mit einem sehr engagierten russischen Trainer. Zum ersten Mal sah Stern, dass auf dem zweiten Feld Beach-Tennis gespielt wurde. Das muss ich auch einmal ausprobieren, nahm er sich vor. Allerdings brauchte er dazu drei Partner, die ebenfalls Lust hatten, mal etwas Neues zu versuchen.

»Ich würde jetzt auch viel lieber Tennis spielen, als Frau Fender mitzunehmen«, sagte der Hauptkommissar zu seiner Kollegin, »hoffentlich findet sie auf die Schnelle jemanden, der für sie einspringen kann.«

Gold wunderte sich über so viel Mitgefühl. Immerhin hatte die Frau womöglich den Geschäftspartner ihres Mannes umgebracht. Die Kommissarin hielt dies jedenfalls für ziemlich wahrscheinlich. Ob es ihr nichts ausmacht, dass die Polizei ihren Mann als Haupttatverdächtigen festgenommen hat, fragte sie sich, während die Inhaberin auf sie zu trat.

»Guten Morgen. Kann ich Ihnen helfen?«, begrüßte Nina Fender die beiden Ermittler.

»Frau Fender, können wir irgendwo ungestört sprechen?«

Ob die Frau ahnte, weshalb sie gekommen waren? Wortlos drehte sie sich um und ging auf den Eingang des Clubrestaurants zu.

*

»Wo sind denn alle?«, fragte Watzke, als er die Tür zum Büro seines Chefs öffnete und feststellte, dass auch der Leiter der Ermittlungen nicht auf seinem Platz hinter dem Schreibtisch saß.

Grüber grinste. »Du wirst es nicht für möglich halten! – Im Einsatz im ZentralStadion.«

Ungläubig schaute Watzke seinen Kollegen an.

»Mach keinen Scheiß! Ich dachte, wir hätten den Fall jetzt endlich aufgeklärt.«

»Das hast du schon einmal gemeint. Weißt du noch?«

Der Oberkommissar amüsierte sich. Dass er zu diesem Zeitpunkt ähnlich gedacht hatte, war ihm noch in allzu guter Erinnerung.

»Jetzt mal ernsthaft«, forderte Watzke.

»Unsere eifrige Kollegin Gold hat auf einem Überwachungsvideo von Penny etwa zum Tatzeitraum eine Frau entdeckt, bei der es sich um Nina Fender handeln könnte. Angegeben hatte sie aber, zu der Zeit beim Yoga in Schöneberg gewesen zu sein. Das macht sie natürlich verdächtig. Stern und Gold sind unterwegs, um die Frau zur Vernehmung zu holen.«

»Sehr schön! Und wieso soll Norbert Schneider dann den Fender erpresst haben?«

»Keine Ahnung. Vielleicht hat er die Fender erpresst.«

»Ich fass es nicht!« Watzke war sauer. »Wird das jetzt zur never ending story?«

»Das könnte schon passieren.«

Watzkes Verblüffung wuchs, als er Grüber sagen hörte: »Wenn alle beide ein Geständnis ablegen.«

Der Kommissar schnitt eine Grimasse. Angefressen kehrte er an seinen Arbeitsplatz zurück.

*

»Gold und ich übernehmen das Verhör«, teilte er Grüber kurz mit, bevor der Kriminalhauptkommissar seiner Kollegin und Nina Fender in einen der Vernehmungsräume folgte. Alle drei nahmen Platz. Während der Kriminalhauptkommissar das Aufnahmegerät anschaltete und Frau Fender über ihre Rechte aufklärte, ließ seine Kollegin ihr Notebook hochfahren.

»Kann ich ein Glas Wasser haben?«, bat Nina Fender leise. »Am liebsten stilles Wasser, wenn Sie haben.«

Stern reichte ihr eine kleine Flasche mit Schraubverschluss und ein sauberes Glas.

»Danke.«

»Frau Fender, Sie haben sich am sechzehnten März gegen zweiundzwanzig Uhr fünfzehn in unmittelbarer Nähe des Tatortes aufgehalten, an dem Bernd Schöne erschossen worden ist«, begann Kommissarin Gold.

Sie startete die Aufnahmen der Überwachungskamera aus dem Supermarkt. Nachdem Nina Fender sich die Szene schweigend angeschaut hatte, stellte Gold der Frau die Indizienkette und den wahrscheinlichen Tatverlauf dar. Nina Fender schaute die beiden Beamten verzweifelt an. Sie brachte keinen Ton heraus. Dann schienen die Dämme zu brechen. Die zurückliegenden Wochen in ständiger Angst und Anspannung müssen alle ihre Kraftreserven aufgebraucht haben, dachte Stern bei sich. Mit Tränen in den Augen und brechender Stimme wandte sie sich an Gold. Damit hatte der Hauptkommissar gerechnet. Er hielt sich bewusst zurück und überließ seiner jungen Kollegin weiterhin die Leitung des Verhöres.

Vor ein paar Wochen hatte sie aus Versehen einen Brief geöffnet, der an das ZentralStadion adressiert war, berichtete Nina Fender mit leiser Stimme. Erst beim Lesen bemerkte sie, dass das Schreiben an Bernd Schöne gerichtet war. Es enthielt ein konkretes Ausstiegsangebot. So hatte sie davon erfahren, dass der Geschäftspartner ihres Mannes gewillt war, der Auflösung des Pachtvertrages mit der Investmentgruppe zuzustimmen. Von dem Zeitpunkt an raubten ihr Existenzängste den Schlaf.

»Ich geriet in Panik! Ich hab mein ganzes Geld, das ich von meinen Eltern geerbt habe, auch in die Sanierung der Sportanlage investiert.«

»Haben Sie denn nicht mit Ihrem Mann darüber gesprochen?«

Kommissarin Gold war perplex.

»Mit dem?«, fragte Nina Fender total erschöpft. »Der hat doch, seitdem ich den kenne, noch nie etwas geregelt bekommen. Erst hat er sein Studium abgebrochen, genau als ich zum ersten Mal schwanger war. Dann wollte er eine Kinder- und Jugend-Tennisschule aufbauen. Gescheitert. Sogar seinen Trainerschein hat er nur mit Ach und Krach geschafft, weil er die theoretische Prüfung fast verkackt hätte.«

Die Frau machte eine Pause und schaute zu Boden.

»Und dann kommt er plötzlich mit der Idee, die völlig verrottete Tennisanlage in der Cicerostraße zu pachten. Eine langfristige Sache, hat er mir versichert, der Lügner. Damit bauen wir uns eine Existenz auf, das schwöre ich dir. – Noch nicht einmal das Darlehen, das er für die Sanierung der Anlage brauchte, hat er alleine zusammenbekommen. Ohne die finanzielle Hilfe meiner Eltern wäre der Laden heute noch nicht eröffnet.«

Sie atmete tief durch.

»Erst mal für zehn Jahre. Davon bin ich ausgegangen. Und dann sollte sich der Vertrag automatisch verlängern, wenn keine der Parteien ihn kündigt. So stand es jedenfalls in dem Teil des Vertrages, den er mir zu Hause vorgelegt hat, der Betrüger. – Und dann will Bernd, dieser Idiot, schon nach dem zweiten Jahr wieder aussteigen! Und wir, mit unseren zwei Kindern? Was soll aus uns werden? Wir stehen schon wieder vor dem Nichts!«, schrie Nina Fender plötzlich. »Und warum? Sicher, weil seine Braut zurück nach Portugal will!«

»Hat Bernd Schöne nicht gemerkt, dass jemand seinen Brief geöffnet hatte?«, schaltete sich der Hauptkommissar ein.

Frau Fender wirkte überrascht.

»Nein. Ich hab ihm den Brief gar nicht gegeben. Ich hab ihn zweimal gelesen. Dann hab ich ihn einfach verbrannt.«

»Dann konnten Sie ihn gar nicht auf den Inhalt des Schreibens ansprechen?«

Stern ließ der Frau Zeit für ihre Antwort.

»Wussten Sie eigentlich, dass mein Mann seit Wochen mit einer seiner Tennisschülerinnen schläft?«, begann Frau Fender unvermittelt, nachdem sie eine Weile geschwiegen hatte.

Die Bemerkung überraschte die Ermittler.

»Er hat sich eingebildet, ich wüsste es nicht. Aber die Wände hier bei uns haben Ohren – und Augen. Und die Kunden auf unserer Anlage ebenfalls.«

Ihr Lächeln wirkte bitter.

»Eine sehr attraktive Bundestagsabgeordnete. Die Dame ist verheiratet. Ihr Mann könnte ihr Vater sein und lebt nicht in Berlin. – Deshalb musste mein Mann sich auch für den Tatabend ein falsches Alibi ausdenken. Die hätte ihn gelyncht, wenn ihre Affäre bekannt geworden wäre. Das hätte doch ihrer politischen Karriere geschadet. Etwas anderes interessiert die doch gar nicht.«

In Nina Fenders Miene war Wut und Verzweiflung abzulesen.

Ein Gedanke ging Stern durch den Kopf. Vielleicht wusste der Betrogene ebenfalls Bescheid. Vielleicht war der Ehemann auch die ominöse Person, die im ZentralStadion angerufen und gedroht hatte. Möglicherweise hatte er sogar seinem Rivalen die Schläger auf den Hals gehetzt, als Warnung. Oder aus Rache. Jedenfalls nicht, um Schutzgeld von Hartmut Fender zu erpressen. Auf diese Fragen würde er wohl keine Antworten erhalten, vermutete der Hauptkommissar. Weder von Fender noch von seiner Geliebten oder ihrem Mann. Eigentlich interessierte es ihn auch nicht. Für ihren Fall war es nicht mehr von Relevanz.

»Und um zu verhindern, dass Bernd Schöne den Pachtvertrag kündigte, haben Sie ihn erschossen?«, hörte der Hauptkommissar seine Kollegin fragen.

Die Frau nickte. »Ja. – Er wollte sich nicht umstimmen lassen. Obwohl ich ihn angefleht habe!«

Stern schaltete sich ein. »Und woher hatten Sie die Waffe?«

»Die hatten wir zufällig in dem alten Schuppen gefunden. Die mussten unsere Vorgänger dort vergessen haben. Die Schlüssel zum Versteck bewahrte Hartmut in seinem Schreibtisch auf.«

»Der Drohanruf im ZentralStadion? Galt der Ihnen?«, wollte Marieluise Gold wissen.

Nina Fender sah die Kommissarin erstaunt an.

»Nein. Wieso? Mich hat der Mann nicht gemeint.«

»Sind Sie sich da ganz sicher?«

Die Frau blieb bei ihrer Antwort.

Dann war wohl Norbert Schneider doch nicht der ominöse Anrufer, vermutete Gold. Sie mussten sich geirrt haben mit ihrer Theorie.

»Frau Fender, wer hat Sie auf die Anwesenheitsliste in der Yoga-Schule eingetragen?«

Gold wollte wissen, ob es möglicherweise eine Komplizin gab.

»Ich bin selbst am Abend dort gewesen. Es war kein Problem, unbemerkt wieder zu verschwinden. Darauf achtet dort niemand.«

Stern merkte, wie sein Handy vibrierte. Eine SMS war angekommen. Während Frau Fender seiner Kollegin den Tathergang noch einmal schilderte, warf Stern einen kurzen Blick auf das Display. Er musste lächeln.

`Hallopapa, die Sonne scheint und ich fahr zu Stella am Lietzensee :)
Wenn du blaumachen kannst,......   ;)`

Stern schaute hoch. Nina Fender hatte aufgehört zu sprechen. Er merkte auf einmal wieder, wie ihn diese ganzen menschlichen Tragödien, mit denen er in seinem Beruf zu tun hatte, ankotzten.

»So, das war`s dann«, hörte er sich plötzlich sagen. »Kollegin Gold, Sie übernehmen die weiteren Formalitäten. Bei Fragen wenden Sie sich an Oberkommissar Grüber. Ich muss noch mal weg.«

Ohne auf den erstaunten Gesichtsausdruck seiner jungen Kollegin zu achten, verließ er den Verhörraum.

Auf zum Lietzensee. – Auf zu Maischa, bevor sie in ein paar Tagen zu ihrer Mutter in die USA flog. –

Auf in die Sonne!

*

Danke

An dieser Stelle möchte ich allen danken, die mich während der Entstehung meines Romans unterstützt haben.

Franziska für die Fotos, ihr Knowhow und die intensive Zusammenarbeit bei der Gestaltung des Covers.

Meinen `Testlesern` für zahlreiche Hinweise und Anregungen und für die Bereitschaft, sich immer wieder Textpassagen anzuhören.

Den Mitarbeiterinnen und Mitarbeitern meines Verlages.

Der besondere Dank gilt meinen Eltern. Zu Ehren meiner Mutter habe ich ihren Geburtsnamen `Schley` als mein Pseudonym gewählt.

Josef Schley (Oktober 2017)

Ebenfalls erschienen bei   *Verlag: BoD*
                                 Books on Demand
                                 Norderstedt

Josef Schley

ROCKFEST

Kriminalroman

Zum zweiten Mal findet in diesem Jahr an der Berliner Jim-Morrison-Schule im Bezirk Steglitz/ Zehlendorf das ROCKFEST statt. Die verantwortlichen Schüler und ihre beiden Lehrer Elli Beck und Wolf Märtens feiern die Veranstaltung als großen Erfolg, bis ihre Freude ein jähes Ende findet. Beim nächtlichen Abbau der Anlage finden sie im Technik-Keller der Schule einen Toten.

Kriminalhauptkommissar Hans Stern vom LKA Berlin und sein Team der 1. Mordkommission übernehmen die Ermittlungen. Viel Arbeit liegt vor ihnen, denn der Täter könnte sich unter den zahlreichen Teilnehmern des Rockfestes befinden.

ISBN   978-3-7392-9273-1

Leserstimmen

„ROCKFEST ist ein sehr gut lesbarer Krimi! Spannend erzählt und mit einem schlüssigen Aufbau gelingt es dem Autor, die Charaktere der Hauptdarsteller plastisch und lebendig zu beschreiben. Authentisch erzählt wird das Schulmilieu, in dem sich die Protagonisten vorwiegend bewegen. Ich halte diesen Krimi für uneingeschränkt empfehlenswert."

„Ein Top-Krimi. Spannend geschrieben, interessante Figuren und ein überraschendes Ende."

„ROCKFEST – Spannend, unterhaltsam und lesenswert!"

„ROCKFEST besticht durch eine klar strukturierte, immer nachvollziehbare Handlung, deren Auflösung aber erst am Schluss erfolgt, sodass die Spannung bis zum Ende erhalten bleibt."

Ebenfalls erschienen bei

Verlag: BoD
Books on Demand
Norderstedt

Josef Schley

Skifahrt

Kriminalroman

Besser als in diesem Jahr kann eine Skifahrt nicht laufen, denkt der Lehrer Thomas Wallroth.

Zusammen mit einer Gruppe von Oberstufenschülern und mit seiner jungen, attraktiven Kollegin Kristina Toll befindet er sich seit einer Woche zum Skifahren und Snowboarden in dem malerischen Ort Mauterndorf in Österreich.

Doch dann ist eines Morgens eine Schülerin verschwunden. Als die eigene stundenlange Suche nach dem Mädchen erfolglos bleibt, wenden sich die beiden Lehrer an die Polizei. - Nicht ahnend, welche Dramatik die Ereignisse in den nächsten achtundvierzig Stunden annehmen würden.

ISBN   978-3-8482-0315-4

Leserstimmen

„Ich konnte gar nicht aufhören zu lesen, und das ist bei mir immer das erste und beste Zeichen für ein Buch, das mich fesselt."

„Ein super spannender Krimi. Man fühlte sich mitten im Geschehen..... Freue mich schon auf die Fortsetzung."

„Es hat mir wirklich Spaß gemacht, das Buch zu lesen."

„Habe es innerhalb von zwei Tagen gelesen, weil ich unbedingt wissen musste, was passiert! Wirklich spannend, interessantes Ende! Großes Kompliment, freue mich schon auf das nächste Buch."

„SKIFAHRT ist ein Krimi zum Mitfiebern, Mitraten und vor allem zum Mitfühlen. Eine empfehlenswerte Lektüre für sowohl junges als auch älteres Publikum – Respekt."

Liebe Leserinnen und Leser,

über jede weitere Leserstimme oder Rezension meiner Bücher freue ich mich sehr.
Gerne auch auf meiner **Facebook**-Seite:

JOSEF SCHLEY, AUTOR

Ich lese Ihre Kommentare mit großem Interesse und möchte mich schon im Voraus bei Ihnen bedanken.

Beste Grüße

Josef Schley

*

*